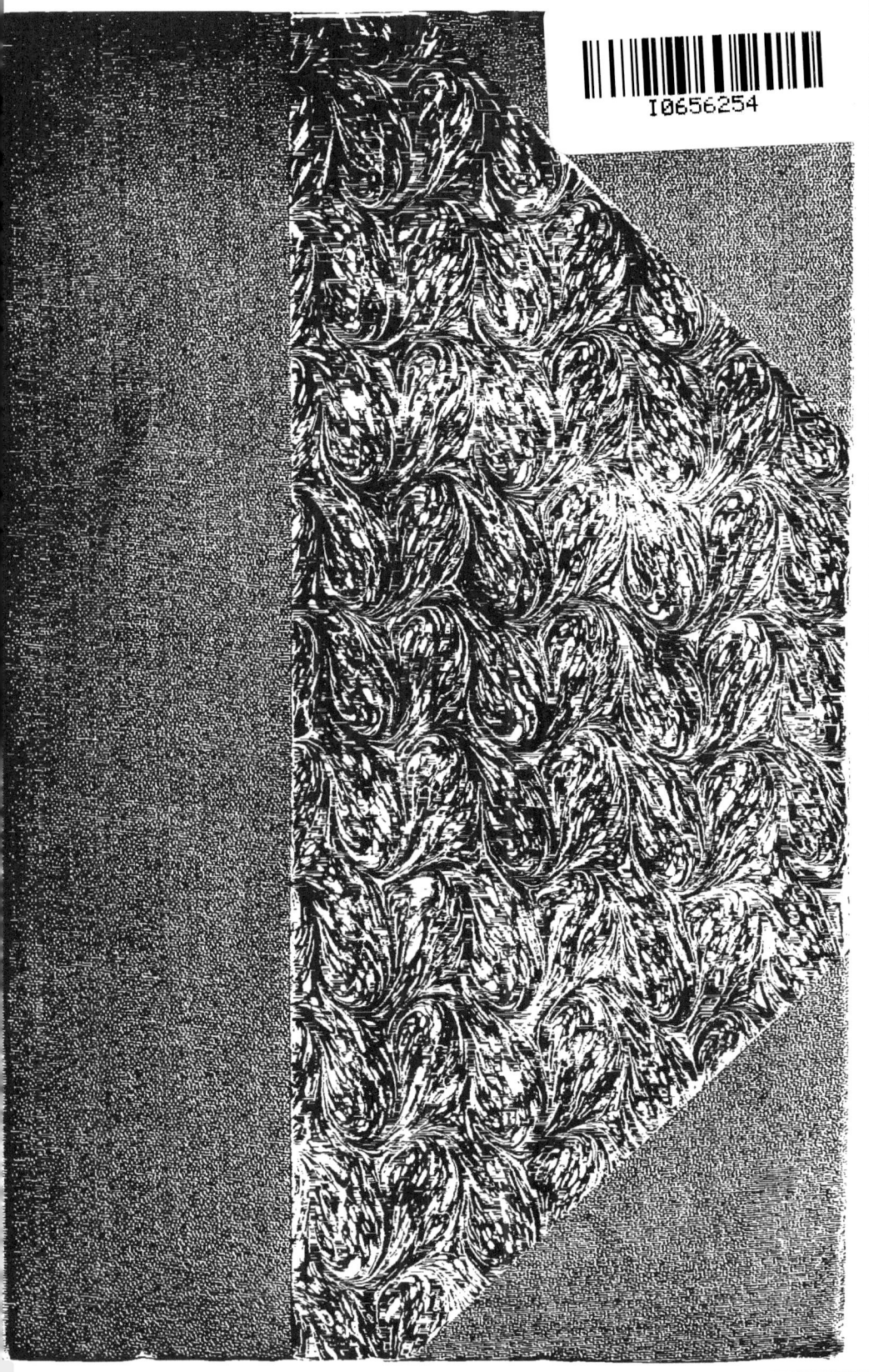

SOUVENIRS DU QUARTIER LATIN.

3 1/4

8° 2
Ce femme
6001

LA ROCHELLE. — TYP. DE A. SIRET.

MACÉDOINE

SOUVENIRS

DU QUARTIER LATIN

DÉDIÉS A LA JEUNESSE DES ÉCOLES

PAR

E. LABRETONNIÈRE.

Paris à la chûte de l'Empire et pendant
les Cent Jours

CORRESPONDANCE AVEC BÉRANGER.

PARIS

LUCIEN MARPON, LIBRAIRE-ÉDITEUR,
GALERIE DE L'ODÉON, 4, 5 ET 7.

1863

Aux Étudiants.

Voilà mes souvenirs, chers feuillets de ma vie ;
Qu'ils s'envolent vers vous, fleur du quartier latin,
Vous tous qu'à son déclin, le sage sans envie
Sous un ciel printanier voit sourire au matin.

D'un douloureux tableau mon âme poursuivie
Pourtant aime à planer sur mon Paris lointain,
Au jour expiatoire où notre aigle asservie,
Foudroyée à son tour, ne céda qu'au destin.

Grande leçon ! à tous par Dieu même donnée !
Ah ! pour garder l'horreur d'une telle journée,
Lisez ce livre, enfants ; la plaie y saigne encor.

Et toi, vieux Panthéon, studieuse patrie
Que du nouveau Paris envahit la féerie,
Dans Sybaris, du moins, garde leur un cœur d'or !

—

LIVRE PREMIER.

—

POÉSIE.

—

Majora canamus.

Virg.

L'Insurrection Grecque

(1822).

—

Comment ! de la poésie ! Mais c'est un véritable guet-apens.

Hélas ! je ne sais que trop combien il faut, de nos jours, prendre de précautions oratoires pour préparer le lecteur à rencontrer des vers sur son passage. J'aime mieux confesser lui avoir tendu un piège, que d'essayer de le couvrir de fleurs de rhétorique.

La Poésie se meurt, la Poésie est morte ! Tel est le cri que, depuis quinze ou vingt ans, se plait à jeter, comme Bossuet, le prosaïsme du siècle. Et cependant, d'intrépides rimeurs ne cessent de lancer, en signe de protestation, leurs in-8°, leurs in-12, à la tête de ce siècle tout positif. C'est à qui trouvera le titre le plus appétissant , afin d'exciter tant de goûts blasés. En vain les grands journaux sonnent la trompette de la réclame en faveur de *charmants recueils qui ne peuvent manquer de se trouver bientôt dans toutes les bibliothèques ;* quand le lecteur arrive à cet endroit : *se vend chez un tel , éditeur , prix 7 fr. 50 ,* adieu toutes les fleurs poétiques , le lecteur retourne à sa tasse de café qui froidit, et s'en rapporte au jugement du panégyriste à trente sous la ligne. Seulement , il fait , à part soi , un petit erratum à la réclame , et se dit : au lieu de : *se vend chez un tel ,* lisez : *ne se vend pas.*

Et c'est justice. Allez donc donner 7 fr. 50 pour assister à trois cents pages de clairs de lune , de couchers de soleil, de murmures de ruisseau, et autres nouveautés à l'usage des Théocrites de sous-Préfecture, qui accourent, chaque année, roucouler leurs champêtres amours dans quelque mansarde de la rue Saint-Jacques ou des Francs-Bourgeois ! Oh ! c'est en ce sens que la Poésie est morte et bien morte ; que la presse lui soit légère !

Mais qu'elle entonne le *majora canamus* de Virgile ; qu'elle jette aux orties toute sa défroque pastorale pour passer sous l'une des bannières qui divisent aujourd'hui le monde politique , elle peut encore ressaisir le sceptre qui lui échappe. Les mœurs parlementaires ont, chez nous, érigé une multitude de tribunes où la passion déclame chaque jour ; pourquoi la Poésie n'y monterait-elle pas à son tour et n'y ferait-elle pas résonner sa voix vibrante et cadencée ? Le rythme double la puissance de la pensée ; la période, marchant à pas réglés, pénètre bien plus profondément au cœur de qui l'écoute ; c'est la cadence des forgerons, décuplant leur énergie, si leur marteau retombe en mesure sur l'enclume ébranlée.

La France n'a-t-elle pas assez longtemps offert ce désolant spectacle moral d'une société se ruant, comme aux jours de Law, sur tant d'entreprises précédées d'une nuée de prospectus fallacieux, s'abattant comme une volée de corbeaux jusque sur les plus humbles chaumières ; transformant ainsi le pays tout entier en un vaste bazar ; n'en faisant plus qu'un piège immense tendu à la crédulité et à l'ambition ?

Certes, la Poésie a toujours été une arme formidable aux mains du génie, et la noble sœur de l'éloquence; il faudrait aujourd'hui, cependant, que je lui crusse bien de la puissance à cette Poésie, pour lui conseiller d'entreprendre une tâche si ardue, pour aller lui dire de saisir l'oriflamme et de guider de nouveaux croisés à la délivrance du civisme, gardé par l'égoïsme et la corruption au fond du tombeau qu'ils lui ont creusé !

Ce que la muse n'ose point entreprendre, la raison, aimons à le croire, l'accomplit chaque jour ; elle enseigne enfin que ce n'est point assez de procurer aux nations et de leur préconiser la seule vie matérielle ; il est un autre bien-être que celui d'Epicure ; les peuples , comme tout homme , ont des besoins moraux ; il leur faut l'estime d'eux-mêmes et l'estime des autres. Qui n'est enfin convaincu, parmi les esprits éclairés, que les intérêts matériels d'un peuple sont intimement liés à ses intérêts politiques ?

A Dieu ne plaise que j'aille , en continuant sur ce ton , vous faire asseoir au banquet de certaine politique , véritable harpie , empoisonnant tout ce qu'elle touche , ne déployant jamais d'autre esprit que l'esprit de parti. Mon Dieu non ; je laisse à la diplomatie le soin de débrouiller l'écheveau dans lequel s'empêtre le monde officiel ; d'ailleurs , en me livrant à des considérations politiques sur la situation , j'apercevrais bientôt le long bras du fisc , s'allongeant de la rue de la Banque, et suspendant sur mes timides feuillets le timbre de Damoclès.

Ce que je veux faire, plutôt, c'est me laisser aller encore, comme toute ma vie, à mes entraînements poétiques ; mettre ma main dans celle que me tend cette douce et nonchalante fée, qui menait Sterne à travers champs , le promenait de ça, de là , et qui, après mille détours, le ramenait sans cesse à ce *moi,* chez lui si plein de charme, à ce moi qui lui inspira si souvent de délicieuses pages empreintes de tant de sentiment.

Et quelle poésie portera au front plus fraîche et plus pure couronne que la souvenance, cette muse fidèle, toujours prête à vous ramener aux jours lointains de vos jeunes années ? Le nom de la Grèce, retentissant de nouveau et venant de frapper l'Europe, a réveillé nos souvenirs, à nous tous qui, il y a quarante ans, avions entendu le premier cri de sa résurrection. La jeunesse des Écoles, qui nous a remplacés dans notre vieux quartier latin, aujourd'hui se pavanant lui-même sous le splendide manteau de la rénovation, comme le reste de Paris transformé en moderne Babylone, la jeunesse, dis-je, ne se doute guère de l'ardeur politique que nous apportions alors à toute chose.

Les secousses qui ébranlaient le monde en travail avaient un retentissement immédiat autour de l'Odéon ; les cœurs de vingt ans ne se laissent guère refroidir par la glace des protocoles et les subtilités de la diplomatie. Enfants d'une ère révolutionnaire, nous tranchions, dans nos sympathies, tout nœud gordien avec le glaive impérial, dont les éclairs avaient ébloui notre enfance ; les plus agréables rumeurs qui parvinssent alors dans notre France incandescente, étaient les roulements de tout tambour nous apportant, à travers l'espace, l'écho de quelque révolution lointaine.

Quatre-vingt-neuf, comprimé partout par la force et la violence, partout soulevait le sol jusque sous le pied qui tentait de l'écraser ; l'arc, trop tendu, avait ainsi, en se redressant, emporté le droit divin à Madrid, à Lisbonne, à Turin et à Naples. La souveraineté nationale avait trôné à son tour dans ces quatre capitales, sous l'égide d'une constitution qui consacrait de nouveau, dans ces contrées, le grand principe sur lequel reposent aujourd'hui nos droits et nos institutions.

Mais ce triomphe n'avait pas été de longue durée ; les Autrichiens marchèrent sur Naples ; une dépêche, lue quelques jours après à la tribune de la chambre des députés, annonçait qu'ils étaient entrés dans les Abruzzes. — *Ils n'en sortiront pas !* s'écria de sa place le bouillant général Foy. Pauvre général, il faisait aux Napolitains l'honneur de les comparer aux soldats qu'il avait eu, lui, l'honneur de commander si longtemps.

On sait quel dénouement devait couronner l'insurrection napolitaine, après les démonstrations les plus enthousiastes pour défendre la liberté. Casimir Delavigne l'a stigmatisé dans sa Messénienne : PARTHÉNOPE ET L'ÉTRANGÈRE.

> Ils partirent alors, ces peuples belliqueux ;
> Et trente jours plus tard, oppresseur et tranquille,
> Le Germain triomphant s'énivrait avec eux
>   Au pied du laurier de Virgile !

La trahison accomplit à Lisbonne et à Turin ce que l'étranger avait opéré à Naples. Evidemment, on nous devait quelque part une revanche, à nous tous, cherchant chaque matin quelque révolution sur le journal.

Aussi, de quel enthousiasme la France presque entière

fut-elle saisie, quand y retentit soudain le premier cri de délivrance jeté par la Grèce! C'était un écho de tout ce qui avait, dans l'antiquité, le plus charmé nos cœurs et fasciné nos esprits; ces Grecs, objet de tant d'admiration, avaient été, depuis plus de quatre siècles de servitude, tenus, par l'odieuse tyrannie des Turcs, dans un tel état d'abjection et d'oubli, que ce fut pour nous comme le cri de Lazare ressuscité.

Que de Poésie dans ce seul mot: la Grèce! Etait-il un cœur juvénil qui ne s'enflammât en entendant résonner de nouveau tous ces noms si gracieux et si sonores; une imagination ardente qui ne s'élançât vers ces mers azurées, où tant d'îles sont semées comme des fleurs sur l'archipel Hellénique? La gloire antique venait rayonner de tout son éclat aux yeux d'une génération qui la cherchait en vain dans sa patrie. Les esprits avaient été tellement faussés chez nous, que nous n'apercevions la gloire qu'à travers la fumée sanglante des batailles; sous le nom si peu applicable de *libéraux*, nous poursuivions sans merci la Restauration, qui cependant nous avait rendu des droits longtemps méconnus. Nous nous transformions en fanfares vivantes d'un pouvoir dont le clairon fascinateur avait, lui, sonné le glas de toutes les libertés.

Mais, cette fois, nous pouvions applaudir sans restriction. C'était bien pour la liberté, la véritable celle-là, l'indépendance de tout un peuple héroïque, que tonnait le canon et étincelait le cimeterre. La Poésie pouvait-elle se taire , quand elle avait à célébrer la patrie d'Homère et les fils de Thémistocle , combattant sous la croix pour briser le joug de Mahomet ? Chateaubriand , Delavigne , Béranger , Victor Hugo , Lamartine, entonnèrent , sur tous les modes, le concert poétique auquel s'unirent bientôt tous les cœurs généreux qu'échauffait l'étincelle sacrée ; ce fut une sainte et nouvelle croisade partout prêchée par le génie.

Le plus illustre de tous , lord Byron , qui , dans tant de strophes admirables , avait chanté les douleurs de la Grèce captive , répondit à l'appel de l'Hellénie brisant ses fers ; il accourut à son secours , et ce fut au bruit du canon de Missolonghi, que Childe-Harold expirant termina son immortel pélerinage en faisant retentir le Pinde de son dernier soupir.

En ce temps de mythologie , quiconque jouait de la *lyre,* et croyait toujours en Appollon , s'empressait de la saisir et de demander à la rime de lui fournir une certaine dose de *délire ;* jamais aux sollicitations du *cœur ,* le docile hémistiche n'avait plus naturellement amené le *vainqueur.* La Poésie voguait alors dans des eaux incertaines où la nouvelle école, à peine naissante, ralliait à son pavillon quelques transfuges timorés ; de là des disparates choquantes, un reste de lutte entre deux systèmes se heurtant souvent sur la même page. La mythologie classique s'obstinait à ne point rendre la citadelle que lui avait confiée Boileau. Le maître du tonnerre ne pardonnait pas plus à Franklin de lui avoir dérobé ses foudres vengeurs conduits à la lisière, que la pâle Phœbé à l'insolent hydrogène dont les jets éblouissants effaçaient son disque argenté, si cher aux amoureux transis. Consolez donc Mercure, ce commissionnaire de l'Olympe, toujours en course, des cieux à la terre et de la terre aux cieux, de se voir couper les quatre ailes et de n'avoir plus à monter et à descendre que le long d'un tube de thermomètre ! Et Mars, le terrible dieu Mars, entraînant jadis les héros, clairon sonnant et enseignes déployées... tombant maintenant des hauteurs de l'Iliade à la porte des cabarets et réduit à servir d'enseigne à bière !

Aussi voyait-on, avant l'exécution de l'arrêt qui les chassait de leur domaine séculaire, se cramponner avec désespoir aux broussailles du Parnasse, toutes ces victimes infortunées de l'ostracisme romantique. C'était vers cette époque que dans une de ses Messéniennes, à propos de la spoliation du Musée et de l'enlèvement de la Vénus de Médicis par les Pandours, Casimir Delavigne, au lieu d'un de ces ïambes comme en eussent cinglé Auguste Barbier et Victor Hugo, commettait le huitain suivant, que nous nous efforçions de trouver admirable.

> Le deuil est aux bosquets de Gnide ;
> Muet, pâle et le front baissé,
> L'amour, que la guerre intimide,
> Eteint son flambeau renversé.

> Des Grâces la troupe légère
> L'interroge sur ses douleurs ;
> Il leur dit en versant des pleurs :
> J'ai vu Mars outrager ma mère.

Accompagnez cela d'une gravure représentant Mlles Euphrosine, Thalie et Aglaïa se présentant à Cupidon accroupi au pied d'un socle veuf de sa statue, et *l'interrogeant sur ses douleurs,* dans un costume conforme peut-être au Journal des Modes de Paphos, mais peu présentable dans les galeries du Louvre, et vous aurez le cachet complet de l'époque.

La Poésie a, depuis en France, pris de tout autres allures ; elle a remplacé toute la friperie mythologique par une théogonie nouvelle où, il faut l'avouer, on voit souvent un réalisme outré occuper la place de fictions qui, si elles étaient plus usées, étaient du moins plus gracieuses. Mais l'école germanique, tout en introduisant chez nous ses abstractions et ses ardentes rêveries, nous a délivrés de tous ces mensonges de mise en scène, de ces fadeurs musquées qui allaient étaler jusqu'au village le jargon pailleté des boudoirs, mis sur les lèvres des bergers et bergères de contrebande, se prélassant sous les oripeaux de l'opéra.

Mais ce fut, surtout, dans l'assaut livré à Aristote sur la scène Française et à Jean Baptisté sur le terrain de la poésie lyrique, que triompha la phalange rénovatrice marchant sous l'étendard de son intrépide vexillaire, le jeune Victor Hugo. Déclarons que nous ne sommes point Hugolâtre. Certes, le parti pris et l'indocilité systématique le font, surtout de nos jours, se raidir contre les conseils bienveillants de ses vrais amis littéraires; l'auteur de *la Légende des Siècles* y abuse étrangement parfois de merveilleuses facultés; on dirait qu'il se plaît à braver la critique par d'incroyables pages qu'on ne sait comment qualifier.

Quoi qu'il en soit, Victor-Hugo n'en est pas moins le premier poète de l'époque. Que si l'on m'opposait, dans quelques-uns de ses drames, ces obscurités dont je parle, où il est bizarre par calcul et familier jusqu'au trivial, je répondrais que j'entends surtout parler du poète lyrique. C'est que, sur ce terrain, la critique la plus hostile ne peut s'empêcher de s'incliner devant une magnificence que ne peuvent ternir quelques taches à l'auréole d'un tel soleil. Compulsez tous nos lyriques, choisissez les plus belles strophes, rassemblez les feuillets de votre compilation, puis ouvrez au hasard les *Orientales* et lisez-en dix pages; vous trouverez là autant et plus de beautés de premier ordre que dans les vingt volumes par vous mis à contribution. Les *Orientales* sont le diadème le plus admirable qui ait jamais été posé au front de la Poésie; jamais l'imagination n'y avait prodigué tant de pierreries; artiste ne les avait ciselées d'un burin plus ingénieux et plus habile.

La Révolution romantique a été complète; une nombreuse

et brillante école apporte chaque jour une perle à cet écrin poétique. Et pourtant, voilà qu'au milieu de toutes ces jeunes muses, étalant leurs bijoux avec orgueil, je viens, à mon tour, Cornélie en barbe grise, vous présenter mes seuls joyaux, mes premiers nés, de jolis petits Burgraves, élevés, il y a fort longtemps au biberon classique, et de plus au fond d'un département.

Horace nous conseille, avant de livrer nos vers au scalpel de la publicité, de les renfermer pendant neuf ans dans un coffret de bois de cyprès:

> *Nonum premantur in annum,*
> *Levi servanda cupresso.*

J'ai largement obéi aux prescriptions du lyrique romain; j'ai gardé, pendant tente ans et plus, mes vers soustraits au contact du jour. Seulement, je n'ai pas observé la recommandation en ce qui concerne la boîte de cyprès; ce bois sentait un peu trop l'oubli d'une tombe anticipée; je me suis contenté de donner pour catacombes à mes poésies, les tiroirs d'acajou de mon secrétaire.

Nous verrons bien; *le bois* ne fait rien à l'affaire.

Il y a toujours un certain charme attaché à ces fouilles *Pompéiennes.* Il est si doux de revenir sur les années envolées sans retour; de marcher de nouveau dans les sentiers embaumés de sa jeunesse; d'y retrouver sous ses pas, tout épanouies encore, les fleurs si fraîches de notre âme candide et parées de cet éclat naïf que n'avait point terni le souffle de tant de désillusions !

C'est surtout quand vous fouillez, après tant d'années, non pas seulement dans vos souvenirs, mais à travers les couches de manuscrits oubliés, que le cœur humain se dévoile chez vous avec tout son amour et toute sa vanité. Quand, dans son Herculanum littéraire, l'âge mûr rencontre de ces niaiseries amoureuses, début immanquable de tout rimeur échappé du Lycée, il se dit à lui-même d'un air protecteur : *vrai, je ne me croyais pas si bête.* Puis ses yeux s'obscurcissent, il se rappelle avec tendresse ses amours enfantines qui lui ont inspiré de si mauvais vers ; il absout le poète en faveur de l'amant transi ; c'est Rousseau nous racontant avec tant de charme sa sotte timidité dans ses courses avec les demoiselles Gallet.

Que si, au contraire, sous les cendres et les scories du Vésuve éteint, le regard voit soudain étinceler quelque page ardente de verve et de coloris ; votre sourcil se fronce, vous demandez presque compte à votre jeune âge d'avoir fait mieux, il y a quarante ans, qu'il ne vous serait possible aujourd'hui. Vous êtes convaincu d'avoir ainsi d'avance porté atteinte à *l'autorité de l'expérience*, ce masque si commode à la médiocrité en lunettes ; l'Archevêque de Grenade lance à Gil-Blas un coup-d'œil jaloux ; Son Eminence ne veut pas qu'on ose lui laisser entendre que, chez elle, la plume a vieilli en même temps que la personne.

— Mais enfin arrivons-nous à la Grèce ? — Parbleu, vous m'y faites songer ; nous allons y aborder dans l'instant ; c'est que, voyez-vous, je n'ai pas pris au hasard le mot servant d'enseigne à mon livre ; une Macédoine donne, en feuilleton comme en art culinaire, le droit de varier ses ingrédients ; j'use de mon droit. Je vous préviens même qu'à mesure qu'il prendra un caprice à ma plume, je ne me gênerai nullement pour en abuser : *Summum jus* ; ce sera seulement à moi de ne pas vous donner le droit d'ajouter : *Summa injuria.*

La résurrection de la Grèce, qui pendant cinq mémorables années de luttes et de dévouement, soutint seule et presque désarmée, le choc des nombreux bataillons de la Porte Ottomane, eut trois phases qui impressionnèrent vivement le monde chrétien, ou plutôt cette partie ardente de la France surtout, dont l'enthousiasme contrastait avec la désolante indifférence des cabinets européens, contemplant d'un œil sec les flots de sang répandu au nom de la liberté et sous l'étendard du Christ. Ce furent les massacres de Scio, suivis bientôt de l'héroïque défense de l'île de Psara ; l'incendie de la flotte turque et sa destruction par Kanaris, merveilleux fait d'armes qui délivra Samos et enflamma de courage et d'espérance la Hellade tout entière ; le passage du Pruth par la Russie, qui semblait marcher au secours de ses coreligionnaires, et qui les laissa égorger par les sicaires du Sultan ; enfin la mort héroïque de Marcos Botzaris et le siège immortel de Missolonghi que venait de fortifier à la hâte cet illustre patriote, avant d'aller mourir, comme Machabée, frappant jadis l'éléphant d'Antiochus qui devait l'écraser dans sa chute.

Marcos Botzaris peut, avec orgueil, être par la Grèce moderne opposé aux héros d'Homère. Il avait reçu du ciel tous les dons à la fois ; la beauté virile, l'éloquence, la poésie ; l'Epire répète encore les chants harmonieux qu'il improvisait pour son pays. Jamais patriotisme plus pur ne régla les élans d'une bravoure plus audacieuse. Nommé stratarque de la Grèce occidentale, Botzaris y déploya une ardeur et une intelligence admirables. Il apprend que vingt mille turcs marchant contre lui, ne sont plus qu'à quelques lieues et sont commandés par les deux Pachas qui s'étaient le plus couverts de meurtres sur l'ordre d'Ali Pacha, ce bourreau des infortunés Souliotes. — C'est le ciel qui nous les livre ! s'écrie-t-il en s'adressant à une poignée de braves qu'il rassemble à l'instant ; cette nuit sera leur dernière !

Persuadé qu'en face du petit nombre de combattants qu'il a sous la main, les généraux Turcs, ne pouvant croire à une attaque des Grecs, négligeront de se garder sérieusement, il décide de tenter, quelques heures après, un fait d'armes prodigieux. Qu'il périsse lui-même, pourvu que le sang de tant de martyrs Souliotes soit vengé ! Il choisit un groupe d'amis fidèles et intrépides et en forme comme une compagnie sacrée. Avant de marcher au combat, et au trépas sans doute, ces dignes enfants de la Grèce imitent leurs immortels aïeux ; comme au détroit des Thermopyles avaient fait les trois cents héros Spartiates, ils veulent sacrifier aux Dieux dans un banquet funèbre ; mais ils se souviennent également de leur baptême, ils sont chrétiens ; dans une sainte et patriotique communion, ils rompent entre eux le gâteau funéraire ; Botzaris et ses Palikares s'embrassent : *se se morituri salutant*, et à la nuit tombante, les Grecs se mettent en marche, silencieux et enflammés d'ardeur ; ils venaient, dans leur banquet, d'invoquer la Vierge de Souli.

A onze heures et demie, on découvre les feux du camp ennemi ; Botzaris donne ses dernières instructions ; pas un coup de feu ne sera tiré, c'est le sabre à la main qu'il faut vaincre. A l'exemple de notre béarnais Henri IV, faisant de son panache le signe de ralliement dans les champs d'Ivry : *Amis*, s'écrie le héros Grec, au moment de lancer sa colonne sur les Turcs, *si dans le combat vous me perdez de vue, marchez sur la tente des Pachas, c'est là que vous me trouverez mort, ou vainqueur !*

Le signal est donné : un torrent déchaîné se rue sur les avant-postes Turcs, qui sont surpris et sabrés. Le camp se réveille en sursaut et se met en défense ; vains efforts ; la terreur s'introduit dans les rangs, le cimeterre Grec les fauche comme l'herbe des champs ; au milieu des ténèbres et du carnage, une voix terrible se faisait entendre :

Où sont les Pachas ! Où sont les Pachas ! C'était celle de Botzaris ; il aperçoit enfin la tente aux triples crins flottants.

Il y court : il reconnaît, le sabre à la main comme lui, le féroce Hago Bessiarri, le bourreau des Souliotes, entouré de ses beys et de ses serviteurs. A cet aspect, enflammé de fureur, il fond sur le groupe, le poignard et le yatagan aux deux poings ; il renverse de coups mortels sept beys, le Sélictar de Moussaï, et tout ce qui tente de l'arrêter. Couvert de blessures, mais encore plein d'une vigueur surnaturelle, il arrive au Pacha ; le saisissant par la barbe ; *Ah ! bourreau, s'écrie-t-il, je te tiens ! tu ne m'échapperas pas !* et il lui passe son sabre à travers le corps. En ce moment, une balle l'atteint lui-même à la tête ; à vingt-trois ans, Marcos Botzaris tombe ainsi en héros pour la patrie et la liberté !

Ses restes furent disputés et arrachés aux Turcs, dont un carnage effroyable anéantit l'orgueilleuse espérance et mit en déroute complète la deuxième armée lancée contre l'insurrection Grecque.

Il ne faut pas croire, du reste, que ce soit l'Hellénie qui en ait donné le signal ; il partit de ces mêmes provinces Danubiennes qui, depuis si longues années, compliquent encore la question orientale. Ce fut Ypsylanti qui, le premier, arbora la croix grecque en Moldavie ; son appel aux armes eut bientôt des échos fidèles dans toute la Grèce, et

2

le nouveau *Labarum* rayonna comme un phare sauveur sur l'Acropole d'Athènes.

Mais la malheureuse Grèce ne pouvait, qu'au moyen de sacrifices au-delà de ses forces, soutenir, sans s'épuiser et périr, une lutte dans laquelle les cabinets, loin de lui prêter secours, n'avaient que des injures à lui prodiguer, en traitant de *carbonari* et de *révolutionnaires* ses plus glorieux enfants. Vainement elle avait tendu des mains suppliantes vers les monarques chrétiens réunis au congrès de Vérone ; sourd à ses prières, sans douleurs pour ses blessures, ce cénacle impitoyable voua tout un peuple à la mort !

Ce ne fut qu'un cri d'indignation en France, quand y parvint la nouvelle de cet incroyable arrêt. Des comités de souscriptions s'organisèrent partout sous la direction du comité philhellène de Paris, présidé par M. Ternaux, alors député patriote de la Seine. Des bals, des concerts, des représentations théâtrales, des ventes d'objets d'art devinrent dans toutes les villes de quelque importance, une source généreuse où put puiser l'armée de l'indépendance ; des volontaires allemands et français purent ainsi aller offrir leur épée à une si belle cause, et le colonel Fabvier eut l'éternel honneur de buriner son nom à la pointe d'une baïonnette française, sur une des colonnes mutilées du Parthénon ; de ce même Parthénon, spolié de ses marbres sacrés par un fils de cette même Angleterre, à laquelle tendait naguère les bras l'égoïsme mercantile, s'affublant du masque du patriotisme.

A chaque évènement important qui, de la Grèce, venait retentir en France, c'était, au chef-lieu de tous les départements du Pinde, un nouveau feu d'artifice rimé, tiré par les beaux esprits de l'endroit. A part quelques pièces réussies dans cette pyrotechnie d'amateurs, que de fiascos se donnant des airs de soleils ; que de pièces tournantes ne pivotant que sur chevilles ; de fusées pindariques ne sifflant dans les régions hyperboliques que pour être sifflées plus bas !

· Je n'étais pas homme à laisser passer une si belle occasion de rimer ; aussi les vers pleuvaient par centaines de mon cerveau surexcité sans relâche par ce grand nom de la Grèce. C'était avec ces tirades juvéniles, qu'en prenant la plume, j'avais l'intention de vous faire faire ici connaissance. Mais, par où commencer ? Ma foi, je n'en sais rien ; il est assez d'usage aujourd'hui de commencer une histoire par la fin ; je prendrai un *mezzo termine* et je débuterai par le milieu en vous exhumant des fragments sur le passage du Pruth, par les Russes et les massacres de Scio, par les Turcs. Je vous prierai seulement de vous rappeler qu'à cette époque Apollon était Dieu, et que Mahomets de la rime, Jean-Baptiste et Delille étaient ses prophètes.

La fable venait là se mêler tout naturellement à l'histoire. C'était d'un côté, pour le poète, toutes les riantes fictions de la Grèce païenne, se réveillant en face de tant de douleurs et de tant d'espérances déçues.

De l'autre, c'était la croix grecque, apparaissant aux regards des populations chrétiennes, au premier cri jeté par l'aigle moscovite. Byzance détrônait Stamboul ; le labarum rayonnait de nouveau sur le dôme de Sainte-Sophie, arrachée à Mahomet.

Dans les vers qui suivent, je laisse le lecteur se figurer qu'il assiste à une tragédie antique, avec chœurs d'hommes et de femmes, et laisse à sa volonté le soin d'y choisir le coryphée pour chacune des strophes. Ce qu'il aura le plus de peine à se persuader, c'est qu'il lit de l'Euripide.

LE PASSAGE DU PRUTH.

O Grèce infortunée ! ô terre des héros !
　　Ils veulent donc dans ta croyance
Te faire chanceler en servant tes bourreaux ?
Faut-il pleurer les jours où ta crédule enfance
Faisait jaillir des dieux armés pour ta défense
　　Des blanches veines de Paros !

Du divin Sperchius les ondes fugitives
　　Caressent d'un flot toujours pur
　　Leurs riantes et fraîches rives ;
Mais ce n'est plus qu'un fleuve ; et les nymphes craintives
Ne livrent plus leurs pieds à son mobile azur.

Là, Phœbus était fier de briller pour Corinthe ;
　　Delphes, dans ce sauvage lieu,

Voyait un peuple entier écouter avec crainte
Son trépied prophétique, interprète d'un dieu.

Mais aujourd'hui... pour toi, plus de riants prestiges ;
Plus de divinités pour peupler tes vallons ;
Le temps, qui, sans respect, renversa tes prodiges,
A peine de ta gloire a laissé des vestiges,
Et ton soleil, lui seul, a gardé ses rayons.

Tes célestes enfants, les deux frères d'Hélène,
Qui décoraient tes cieux de leurs signes gémeaux,
Ont pu prêter leurs feux aux barbares vaisseaux
T'apportant le trépas, vomis par Mitylène :
Et Neptune impuissant qui les voyait partir,
Debout, sur ces écueils, qu'éclairaient les étoiles,
N'avait plus un regard pour foudroyer leurs voiles,
        Un trident pour les engloutir !

Qu'importe, dites-vous, sous quel signe on succombe ?
Quand l'orgueilleux croissant triomphe de la croix,
Le nouveau dieu des Grecs entend-il notre voix
Qui l'implore aujourd'hui sur le bord de la tombe ?

        De ces doutes blasphémateurs,
Gardez-vous d'ébranler votre foi méprisée ;
Songez qu'il vient un jour, où, loin du champ des pleurs,
Par la main qui souffrit la souffrance est pesée
        Dans les cieux rémunérateurs.
Consolez-vous, chrétiens, de vos dieux imposteurs,
La palme des martyrs manquait à l'Élysée !

Non , ce n'est point le ciel que tu dois accuser.
Tourne vers la Newa ta mourante paupière ;
Découvre-lui tes flancs qu'elle laisse épuiser ;
O Grèce , de tes maux vois la source première.
   Pouvais-tu ne pas tressaillir ?
Pouvais-tu lâchement dormir sous tes entraves ,
Lorsque l'airain bruyant des minarets moldaves ,
Sous le bras d'un chrétien put faire retentir
   Ce signal qu'un peuple d'esclaves
Attendit trois cents ans , pour s'armer et mourir !

Tout ton sang s'alluma dans tes brûlantes veines :
   Tu crus à des destins nouveaux ,
Le jour qu'Ypsylanti vint de tes vastes chaînes
   Ébranler les premiers anneaux.
Eh ! qui se joua mieux de ta noble espérance ?
Sur les tours de Cherson , s'essayant en silence ,
L'aigle avide des Czars , du haut de leurs créneaux ,
Semblait chercher encor le chemin de Byzance....
Qu'il traverse l'Euxin ; qu'il vienne la servir
Cette Grèce aujourd'hui que l'Africain embrase ;
Qu'il entraîne après lui les vautours du Caucase ;
Tant de lambeaux épars pourront les assouvir !...

Qu'ai-je dit ?... mon cœur bat... un bruit lointain l'agite.
Sur les rives du Pruth , trop longtemps respecté ,
N'entends-je pas aux cris de l'aigle moscovite
Se marier enfin des cris de liberté ?
C'en est fait ; le fourreau n'indigne plus l'épée ;
Du nouveau Rubicon les flots sont donc franchis !

Les regards sur Pharsale , et de stupeur frappée ,
Vienne en ses vœux impurs frémit d'être trompée :
Amis du despotisme , à ses gages blanchis ,
Tremblez ; les dieux vengeurs sont enfin pour Pompée.
Entendez-vous l'airain tonner victorieux ?
Le croissant a pâli ; la Grèce terrassée
　　　　Relève un front audacieux :
C'est au Turc de trembler ; Stamboul est menacée
Du courroux de la terre et du courroux des cieux !

Courage ! l'Osmanlis va perdre son audace :
　　　　Son oreille entend la menace
　　　　De l'aigle rapide des Czars ;
Et si , pour éloigner sa prochaine défaite ,
Son regard suppliant cherche au ciel le Prophète ,
Il y trouve , éperdu , l'étoile des Césars !

De toute cette belle prosopopée il ne devait rester que des
têtes clouées aux portes de Stamboul ; Byzance espère encore
le Labarum que, depuis si longues années, lui promettent les
prophéties. En attendant, l'étoile des Césars a été remplacée
par le drapeau tricolore que planta sur Malakoff un caporal
de zouaves ; la Russie, qui cachait sous son protectorat religieux le testament de Pierre-le-Grand et son ambition politique, en est réduite aujourd'hui à charger l'écritoire de ses
diplomates de toutes les roueries en usage , au lieu des
canons de Sébastopol qu'avait fièrement démasqués l'impérieux Nicolas. Mais revenons à la malheureuse Grèce, après
la reculade de l'armée du Pruth.

Déjà la Morée et plusieurs îles de l'Archipel s'étaient entièrement affranchies, lorsqu'à son tour, l'île de Scio suivit l'exemple donné avec tant d'éclat par le Péloponèse, et arbora l'étendard de la croix. Mais à peine les malheureux Sciotes avaient-ils formé quelques bataillons, que le capitan Pacha y débarqua de Smyrne, à la tête de troupes nombreuses. Ce fut alors que cette île infortunée devint le théâtre d'épouvantables massacres, et qu'elle fut, pendant plusieurs mois, entièrement mise à feu et à sang par les Turcs. L'escadre française, en station dans les mers du Levant, eut la douleur de voir tant d'atrocités sans pouvoir les venger ; elle ne put exercer son courage et son humanité qu'en recueillant, jusques sous le poignard Ottoman, les débris des Grecs qui couraient implorer notre pavillon protecteur.

Ce fut, on se le rappelle, un long cri d'horreur en Europe; le sang de Psara et de Scio criait partout vengeance. Eugène Delacroix reproduisait sur sa toile étincelante cet épisode effroyable ; bien jeune encore, il débutait par une page historique sur laquelle la critique froide et compassée pouvait sans doute promener sa loupe, mais page d'un aspect saisissant et rayonnant déjà de toutes les espérances que devait bientôt réaliser ce Victor Hugo de la peinture, avec ses beautés et ses audacieuses laideurs.

Béranger faisait en même temps tonner comme la foudre son admirable chant de Psara, sanglante ironie où son rythme implacable ramenait au bout de chaque strophe, cri triomphal des Ottomans, ces vers qui, ainsi qu'un fer rouge, venaient marquer la victime au front :

> Dans son tombeau faisons rentrer la Grèce ,
> Les rois chrétiens ne la vengeront pas.

Après Béranger on ne pouvait guère prendre les allures ïambiques d'Archiloque ; la muse élégiaque tenta de verser un peu de baume sur tant de douleurs saignantes. Je me mis à la file, et commis l'*Orpheline de Scio,* élégie dont je vous ferai grâce en grande partie. C'était un des épisodes de ce drame à jamais lamentable, l'histoire de cette pauvre jeune Sciote, fille d'un des chefs de l'île, qui avait vu massacrer sa mère et ses frères, et qui, pour se soustraire aux derniers outrages des Turcs, errait seule au bord de la mer, prête à s'y précipiter aussitôt qu'elle les entendrait sur ses traces. Les voyant accourir de loin, elle aperçut en même temps une embarcation venant à la côte : l'infortunée lui fit des signaux de détresse qui, par bonheur, furent compris. Mais les Turcs s'avançaient toujours, la terreur la saisit ; elle entra dans les flots et y était plongée jusqu'à la ceinture, quand elle fut recueillie par le canot d'une frégate française qui louvoyait dans ces parages.

Ma plaintive *Orpheline* parcourait toute la gamme des douleurs ; s'adressant aux petits oiseaux qui ne retrouvaient plus leurs nids sur ces rives dévastées par le fer et la flamme ; gémissant sur la profanation des lieux saints et la mort de

ses frères ; puis se préparant à les suivre dans la tombe,
quand apparut la voile libératrice.

Que cherchez-vous dans ces déserts,
Oiseaux mélodieux, vous dont les voix plaintives
Font de leurs douloureux concerts
Redire les soupirs à l'écho de ces rives ?
Vers le bosquet accoutumé
Dirigeant votre course heureuse,
Vous veniez réchauffer, sur l'arbuste embaumé,
Votre nid palpitant sous votre aile amoureuse.
Plus de feuillage, plus de fleurs :
Le trépas, de sa main fatale,
A jeté sur Scio le voile des douleurs,
Et de ses rivages en pleurs
La flamme a dévoré la pompe végétale.

Du farouche Ottoman tout a senti les coups.
Pauvres oiseaux, malgré votre infortune amère,
Suis-je moins à plaindre que vous ?
Vous aviez des petits ; moi j'avais une mère !

Que ce soleil mourant était brillant et pur !
Que cette mer sauvage était calme et limpide !
De la belle Scio que sa brise rapide
Soulevait mollement la ceinture d'azur,
Le jour, ou de l'humide plaine
Apportant le murmure et le flot argenté,
Des vents Ioniens l'harmonieuse haleine
Nous apporta les chants du grec brisant sa chaîne
Et ce cri lointain, liberté !

Fallait-il que Scio , pour l'odieux Bosphore ,
D'un fraternel transport méconnaissant la loi ,
Seule fermât l'oreille à la vague sonore
Qui semblait lui crier : lève-toi , lève-toi !

. . . .

. . . .

Où fuir , où reposer mes yeux ?
Est-il , loin des tyrans , sur cette vaste plage ,
Un asile encor pur de leur pied furieux
Qui ne parle à mon cœur un douloureux langage ?
Le voilà ce temple pieux
Qui reçut de Scio la jeunesse héroïque ,
Quand secouant l'affront d'un sommeil léthargique ,
Elle vint prosterner son front religieux ,
Aux autels du dieu des armées.
C'est là que de nos voix charmées
Le concert virginal et l'hymne saint des chœurs
Saluèrent du Christ l'éclatante bannière
Que nos frères , certains de revenir vainqueurs ,
Agitaient d'une main guerrière.

Rapide enthousiasme , espoir audacieux ,
Que votre feu divin enflammant leur courage
D'un brillant avenir éblouissait leurs yeux !
Hélas ! c'était l'éclair précurseur de l'orage.
Quand sous les coups de leur glaive irrité
Ils croyaient conquérir , dans leur noble délire ,
La victoire et la liberté ;
Les cieux s'ouvraient , l'arrêt était porté ,
Sur l'aile de la gloire ils volaient au martyre.

O mes frères ! heureux , vous avez vu le port ;
Vous ne pleurerez point , condamnés à la vie ,
De ce double veuvage affranchis par le sort ,
  Et votre mère et la patrie.
  O fureurs , ô véngeance impie !
Sur les parvis du temple où fumait notre encens
C'est du prêtre égorgé le sang qui fume encore ;
  D'un vil coursier les pieds retentissants
  Font résonner cette voûte sonore
Par nous accoutumée aux chants harmonieux
Dont son écho fidèle entretenait-les cieux ;
Et détrônant le Christ , le Dieu de cette enceinte ,
  L'étendard des Mahométans
  Agite ses crins insultants
Sur ce sanglant portique où brillait la croix sainte !

 . . . .

Dieu ! qu'entends-je ? Les Turcs ! ô derniers coups du sort !
Pardonne-moi , Seigneur ; plutôt cent fois la mort !
Hélas ! épargne-moi le renaissant supplice
De survivre à ma honte , en proie à la douleur ,
Et le reste du fiel dont la main du malheur
A ma longue agonie offrirait le calice.

Soyez ma tombe ; adieu pour la dernière fois ,
  Flots paternels ; cachez-moi sous votre onde ;
Exauce ma prière , ô mer, entends ma voix.
Sur ces bords que le turc de notre sang inonde ,
Ah ! ne rends pas mon corps à sa hideuse ardeur ,
Car mes restes flottants , sous son regard immonde ,
Frissonneraient encor d'une posthume horreur !

Elle disait ; voilà que l'aviron sonore
De son bruit cadencé vient l'émouvoir. — Son cœur
Soudain bat avec lui. — Peut-elle vivre encore ;
Quel est ce pavillon ?... il approche... ô bonheur !
C'est la France !....

Jusqu'au jour de Navarin , c'était la seule part qu'il fût permis à la France de prendre aux grands évènements qui se passaient en Orient à cette époque. Les Grecs allaient bientôt tirer eux-mêmes une terrible et mémorable vengeance du massacre de Scio et d'Ipsara. Kanaris apprêtait déjà les brûlots dont l'explosion retentit encore au fond du cœur de tous ceux qui l'entendirent , répercutée alors par tous les échos de la gloire.

La poésie ne pouvait manquer de saisir avec enthousiasme une telle occasion de colorer ses strophes aux reflets de l'incendie allumé par l'intrépide Hydriote. Chose singulière ! c'était de Ténédos qu'étaient sortis les deux brûlots de Kanaris ; ils s'avançaient , marchant de front comme les deux serpents vomis par cette même Ténédos venant enlacer dans leurs écailles ce groupe de Laocoon et de ses fils , deux fois immortalisé , et par les vers de Virgile et par le ciseau de la statuaire antique.

Un philhellène de ma force ne pouvait pas plus que les autres garder le silence sur tant d'héroïsme de la part d'un peuple que de jalouses haines et d'insolents mépris représentaient comme indigne de l'intérêt manifesté partout pour sa cause. Je chantai donc aussi la délivrance de Samos dans un petit poème dythirambique dont voici quelques fragments :

. . . .

Du nom de Kanaris j'effrayais le Bosphore ;
J'avais promis sa flotte aux flambeaux dévorans :
Voyez sur l'horizon cette sanglante aurore ;
C'est lui , c'est Kanaris ! Son bras agite encore
Ce brandon qui cinq fois sur le front des tyrans
Fit jaillir le trépas de ces nefs vagabondes ,
      Qu'un geste change sur les ondes
En volcans furieux pour les Turcs expirans.

Depuis qu'en les trompant , Ipsara condamnée
Avait éternisé sa dernière journée ;
Depuis qu'un coup de foudre avait su la sauver ,
Et briser dans leurs mains la coupe parricide
Où du sang des chrétiens leur soif toujours avide
      Brûlait encor de s'abreuver ;
Du haut de leurs vaisseaux , errans sous Mitylène ,
Ils cherchaient d'un regard , sur la liquide plaine ,
Une place où le fer, plus certain de ses coups ,
Promît une hécatombe à leur juste courroux.

      Près des bords de l'Anatolie ,
Est un vaste jardin , dont les flots caressants
Embrassent, toujours purs, la rive enorgueillie
Des présens d'un doux ciel tour à tour renaissans.

C'est Samos. Plein d'espoir et d'une horrible joie ,
C'est là que le Pacha fixe enfin son regard.
Il dévore de loin une si belle proie ;
Et sa distraite main caresse son poignard ,
     Tandis que sa féroce ivresse ,
     Avec des yeux étincelants
Convoite , dans Samos , la coupe vengeresse
       Dont le sang de la Grèce
Va , doux parfum pour lui , teindre les bords sanglants.

Accourez , a-t-il dit , fiers enfants de l'Asie ,
     Pressez-vous dans Néapolis ;
Ma flotte vous attend , et Samos est choisie
Pour laver dans son sang l'affront des Osmanlis.

La mer s'enfle : Soldats , abordons ce rivage ,
La Victoire avec nous s'assied au gouvernail ;
Arrachons à la Grèce , en vengeant notre outrage ,
Son or pour nos plaisirs , ses fils pour l'esclavage ,
     Et ses vierges pour le sérail !

. . . .

— Rappelez-vous Psara , vous dont les mains sont prêtes
A châtier Samos , objet de tant de vœux.
Tous les Grecs sont égaux , insensés que vous êtes ;
Le même cimeterre arme leur bras nerveux ;
C'est le même soleil qui brille sur leurs têtes ,
Et dans le même sang il allume ses feux.

Mais les vents ont soufflé ; déjà l'immense flotte
     A fendu l'onde avec orgueil.

L'œil fixé sur le but , sans regards pour l'écueil ,
  Samos ! a crié le pilote ,
Les destins sont remplis. — La foudre est sous tes pas.
Sur la foi du Coran , dont tu sers l'imposture ,
  Tu dors , imprudent Palinure ;
Tu n'ouvriras les yeux que pour voir le trépas !

Ces superbes vaisseaux , sous leurs poupes altières ,
En vain font dans leur cours gémir les flots tremblans ;
C'est en vain que l'airain dont sont armés leurs flancs ,
Menace de tonner par cent bouches guerrières.

  Frémissez , colosses flottans ,
Un misérable esquif que la vague recèle ,
Frêle insecte apporté sur l'aile des autans ,
Va vous percer d'un trait dont l'atteinte est mortelle.
  Tremblez ; il va , dans peu d'instans ,
En déployant son vol sous des flots de fumée ,
Poursuivre dans les airs de son aile enflammée ,
Jusqu'au dernier débris de vos mâts insultans.

Les voilà ! les voilà ! le labarum rayonne ,
  Et déjà pâlit le Croissant.
Le magnanime esquif , sous le bronze qui tonne ,
  Effleure le flot bondissant :
Kanaris le conduit d'une main ferme et sûre ,
  Se glisse avec témérité ,
Frappe , laisse le trait au fond de la blessure ,
  Fuit , pousse un cri de liberté ;
Et contemple bientôt , d'un regard intrépide ,

L'étincelle rapide
Offrant partout la mort au Turc épouvanté.

Du brûlot dévorant le courroux se déploie ,
Cherchant de bord en bord un nouvel aliment ;
Vautour incendiaire acharné sur sa proie ,
Il lutte avec les flots sur l'abîme écumant ;
Tandis qu'à cet aspect , le Grec ivre de joie ,
Voit contre l'Osmanlis , sur le pont qui flamboie ,
Conspirer un double élément.

En vain les poupes souveraines
De ces formidables vaisseaux
Se débattent sur leurs carènes
Que le feu poursuit sous les eaux.

Ils ont pu braver la tempête ,
Leur foudre à gronder était prête ,
Sous ses coups tout devait fléchir ;
Et tant de pouvoir se consume
Contre un esquif que leur écume
Avait menacé d'engloutir !

Ainsi le bras vainqueur qui délivra Némée
De son effroyable lion ,
Le bras qui , sous les yeux d'Érithie alarmée ,
Frappa le triple Géryon ,
Le formidable bras du tout puissant Alcide
Consumait sa vigueur en efforts impuissans ,
Alors qu'il se tordait sous la robe homicide
Dont le subtil poison s'allumait dans ses sens.

3

Le fils de Jupiter, d'une main frénétique ,
Arrache vainement les lambeaux de son sein ;
Sur ses fumantes chairs la perfide tunique
Attache avec fureur un contact assassin.

Toujours , toujours en proie au trait qui le déchire ,
Il jette au noir bûcher sa vie et ses tourments ;
Et , géant indompté , sans force Alcide expire
Sous les fragiles nœuds et l'insolent empire
      De misérables filaments !

Le vaisseau amiral avait échappé au désastre de la flotte ottomane ; la victoire n'eût pas été complète pour Kanaris. Voici comment il raconte lui-même ce dernier exploit :

« J'arrivai en rade sous pavillon ottoman, obligé de passer
» entre la terre et les vaisseaux turcs ; je ne pus jeter mes
» grapins aux bossoirs de l'amiral ; alors je profitai du
» mouvement de la vague pour faire entrer mon beaupré
» dans un de ses sabords ; puis, dès qu'il fut ainsi engagé,
» j'y mis le feu, en criant aux Turcs : *Vous voilà tous brûlés,*
» *comme nous à Scio !* »

. . . .
Mais d'un nouvel Etna le terrible cratère
Vomit-il sur les mers ses brûlants intestins ?
Quel effroyable choc vient d'ébranler la terre ?
Réponds , fils de l'Islam : pour qui sont les destins ?

Ton salpêtre inactif attendait l'étincelle
Pour foudroyer les Grecs du haut d'un triple pont :
Le Grec t'a prévenu sur sa frêle nacelle ;
Son sang lui reste encor ; c'est le tien qui ruisselle ;
Ce sont tes cris de mort qui frappent l'Hellespont !

L'œil même de Samos, promise à l'esclavage,
Dans les airs étonnés a suivi tes vaisseaux ;
Et son pied dédaigneux rejette au sein des eaux
Tes turbans souverains lancés sur son rivage.

Ce fut bientôt pour la civilisation une nouvelle source
d'alarme et d'indignation générale ; on apprit que la flotte
égyptienne avait rallié les restes de celle de Constantinople,
et que de conserve elles se dirigeaient vers Athènes. La
France, surtout, vit là une sorte d'apostasie ; elle pensait
que l'Égypte, où pénétraient de préférence ses lumières et
ses douces mœurs, ne ferait pas un tel outrage à la chré-
tienté. Aussi, reçut-elle bientôt la double récompense qui lui
était due ; la verve juvénalesque de plus d'un poète la châtia
dans son honneur, et une sanglante défaite la punit dans sa
flotte démembrée et fugitive.

N'était-ce pas assez, disais-je, que, délaissée et trahie, la
Grèce infortunée

Eût rougi de son sang les avides poignards
Des bandes de l'Europe et des hordes d'Asie !

Argos, c'est l'Égypte aujourd'hui
Qui, servant le Croissant en sa haine profonde,
Vient aussi contre toi, d'une autre part du monde,
Lui prêter sur les flots le tributaire appui.

Cette Égypte où la Grèce au flambeau du génie
Puisa ses arts et sa grandeur ;
Pour répandre aujourd'hui sa propre ignominie,
Lui porte, d'un bras destructeur,
La torche qui jadis, aux remparts d'Alexandre,
Dans la nuit du trépas d'un seul coup fit descendre
Quarante siècles de splendeur.

Hélas ! c'est donc en vain que les fils de la France
Ont porté sur le Nil et leur gloire et leurs arts ?
Faut-il que de Memphis tant d'ossements épars
Sur leurs siècles éteints voient s'asseoir l'ignorance,
Sans la voir irriter ses stupides regards !

Barbares ! si déjà la triple pyramide
Ne redit plus pour vous ces cris de liberté,
Dont faisait retentir sa vide immensité
Le coq républicain qui nous servait de guide :
Eh bien ! prêtez l'oreille à ces roseaux mouvants
Que berce sur le Nil une brise sonore ;
Leurs tubes ont gémi sous le souffle des vents,
Et Moïse irrité par eux vous parle encore.

Oui, de sa prophétique voix
Ils ont retenu la menace,
Alors que d'Israël revendiquant les droits,

Il promit aux tyrans , pour prix de leur audace .
La colère du roi des rois !

Tremblez , Égyptiens , que cette main céleste
Qui versa sur le Nil les dix fléaux vengeurs .
N'en déchaîne un dernier , pour tarir ce qui reste
Du sang des prévaricateurs !

Comme aux jours d'Israël l'Égypte est infidèle ;
La terre de Pélops a brisé ses faux dieux.
Les arrêts du destin vont descendre des cieux ;
Invoquez le prophète , un dieu veille sur elle.
La justice et la foi , du haut du Parthénon .
Ont déjà vu Samos par les flammes vengée :
Venez , sous cette vague , où vous attend Egée ,
Chercher le sort de Pharaon !

Ils l'ont trouvé. Du Nil l'espérance est trompée.
Par la main des chrétiens l'ange exterminateur
Vient de frapper encore ; et sa sanglante épée
A couvert de turbans le flot libérateur.
Qu'as-tu fait de ma flotte ? a dit la tyrannie ;
Où sont-ils ces captifs promis par ton orgueil ?
— La liberté triomphe , Athènes , plus de deuil :
Gloire aux fils de Pélops ! a crié l'Hellénie !

Et là dessus, vous pensez bien que pour nous, alors encore
tout chauds de nos couronnes universitaires, nous voyions, à
la suite de tant de triomphes rappelant ceux de la Grèce
antique , défiler devant nos souvenirs toute la théogonie

païenne. Je me souviens , quant à moi , que je puisai l'idée d'un rapprochement de la fable avec ce qui s'accomplissait par l'insurrection grecque , dans la tentative héroïque du capitaine français Malbeste, qui, avec une poignée d'hommes, s'était jeté dans l'île de Candie. Candie , cette odieuse Crète des temps fabuleux , qui levait chaque année , sur Athènes en deuil , le tribut de ses nouveaux nés , qu'attendait , pour les dévorer au fond de son dédale, le monstre dont les délivra Thésée. C'était alors l'inverse ; le capitaine Malbeste voulait délivrer la Crète du Minotaure ottoman, qui la tenait pantelante sous son odieuse tyrannie. Le malheureux et vaillant soldat échoua dans sa tentative insurrectionnelle ; il fut pris par les Turcs qui, avant de l'égorger, lui coupèrent le nez , les oreilles , et le noble poing qui avait si souvent tiré l'épée du fourreau , à la tête des enfants de la France , dans tant d'immortelles campagnes.

Les hauts faits modernes rappelaient ceux de l'antiquité; je développai en conséquence cette idée poétique dans la péroraison de mon chant triomphal.

Rends-nous par tes exploits jusqu'aux riants mensonges
Qui berçaient ta crédule et haute antiquité ;
De tes jours fabuleux fais revivre les songes
Sous le brillant flambeau de la réalité.

Les satellites du Bosphore,
Sur tes captives mers par la Crète vomis ,

De rivage en rivage allaient naguère encore
Charger de tes tributs leurs convois ennemis.

Mais enfin refoulé dans sa sombre retraite ,
Le monstre à ta vengeance oppose ses remparts :
Poursuis ; que tes vaisseaux apportent à la Crète.
Le fer libérateur de tes saints étendards :
Candie , à cet aspect , vers le Turc qu'elle abhorre ,
Va du dédale impur te livrer les chemins ;
Et tu teindras du sang d'un nouveau Minotaure
Le glaive de Thésée illustré dans tes mains !

Si dans ta lutte avec Byzance
Tu vois renaître sous tes coups
L'hydre de sa vaste puissance ,
Pour la frapper au cœur , et braver son courroux ,
Puise , à sa vue épouvantée ,
Dans les flots paternels qui protègent tes bords ,
Cette vigueur nouvelle et ces nouveaux transports
Dont la terre enflammait l'infatigable Antée.

Porte la hache et les marteaux
Au pied de tes forêts profondes :
Que les pins assemblés s'élancent sur les ondes ,
Du sommet riant des coteaux.

Contre un pouvoir liberticide
Soulève l'Archipel et les fils de l'Aulide ;
Voilà tes vrais remparts , voilà tes arsenaux.
Fais croire à l'univers , héritière intrépide ,

Qu'autrefois Philoctète , aux antres de Lemnos
Oublia pour ta gloire une flèche d'Alcide !

Lorsque bientôt l'olive de Pallas
Embaumera ta rive consolée ;
Lorsque les aquillons à Stamboul désolée
Auront rapporté les éclats
De sa dernière flotte à tes droits immolée :
Fais vivre la divinité
Qu'adorait ta superbe Athènes ,
Sous l'airain transformé de ces foudres lointaines
Qui t'apportaient la mort ou la captivité.

Du vieux palladium réalise la fable.
Va , sur un roc inébranlable ,
Dresser l'image sainte au milieu de tes flots.
Ceins-la de ton amour , ceins-la de tes armées ,
Comme , aux jours d'Apollon , tes Cyclades charmées
Dans leur cercle amoureux l'enfermaient à Délos.

Quand jadis de Pallas l'image tutélaire
Devait sauver de ta colère
Tout un peuple au tombeau par toi précipité ,
Un voile ingénieux couvrait la vérité.
Qu'il t'aprenne , en tombant , ô glorieuse Grèce ,
Qu'un peuple est immortel , lorsque sa piété
Sous l'égide de la sagesse
A fait asseoir la liberté !

Mais cette liberté poursuivie avec tant de valeur par la
Grèce , épuisait à la fois ses veines et ses richesses ; comme

dans ses légendes mythologiques , il fallait que le géant insurrectionnel reçût de nouvelles forces au contact de ce que
l'expérience a consacré comme le plus énergique moteur de
toute chose , de l'argent en un mot. Aussi , de toute part
en France , ce fut un redoublement de zèle ; la souscription
hellénique fit un nouvel appel à la générosité publique ; avec
ma faible offrande , j'adressai à M. Ternaux , président du
comité , une épître que je viens de déterrer , et dont je ne
conserve que les fragments réflétant l'esprit de l'époque. Ce
sont de curieuses études historiques à faire, aujourd'hui que
les mœurs de la jeunesse forment une telle disparate avec
celle de notre temps , à nous , étudiants d'alors ; différence
cependant , s'effaçant de jour en jour au souffle des mêmes
inspirations patriotiques.

La lutte s'établissait , vive et ardente , entre le parti du
passé et celui de l'avenir. Les hommes d'autrefois , désolés
de l'abandon où les laissait se morfondre la génération tout
entière, redoublaient de violence dans la presse contre-révo-
lutionnaire , et ce fut un des coryphées du parti qui , un
jour, lança contre les Écoles de Paris cette qualification de
jeunes barbares , que nous acceptâmes gaiement, et dont la
jeunesse se glorifia par ironie.

Il fallait bien , sous peine de périr , se recruter dans la
tribu bien pensante ; les plus funestes doctrines s'infiltraient,
comme un poison subtil, dans les veines du corps littéraire ;
on songea à former autour de l'arche-sainte une phalange

de jeunes Éliacins, soigneusement choisis, chargée de conserver les traditions sacrées, et Paris vit fonder la société
des Bonnes Lettres.

Hélas ! c'était compter sans son hôte ; la caricature guettait
à leur sortie tous les néophytes de ce cénacle orthodoxe, et
les bonshommes de lettres firent bientôt concurrence aux
bonshommes de pain d'épices sur l'étalage des marchands
de gâteaux.

Ce fut également à cette époque que mourut le général
Foy, et que le France perdit en lui un de ses plus grands
citoyens. Grand et admirable spectacle que le convoi de cet
illustre orateur, alors en possession d'une immense popula-
rité ; la jeunesse y accourut de tous les points de Paris ;
elle ne se contenta point de se presser à ce funèbre cortège ;
elle voulut elle-même emporter sur ses bras le glorieux soldat,
le député, modèle d'éloquence, de loyauté et de modération,
en même temps que d'énergiques convictions politiques. La
marche était ralentie par les flots populaires encombrant le
boulevard dans toute sa longueur ; la nuit arriva, et ce fut
à la lueur des torches funéraires que la longue colonne
noire serpenta, silencieuse, et arriva au Père-Lachaise.

Le moment solennel était venu ; la foule, avide de saluer
pour la dernière fois les restes du général, se précipitait en
désordre et foulait aux pieds des tombes chères aux amis de
la liberté, celles de Savoye-Rollin et de Camille Jordan,
quand elle fut rappelée au respect par la voix d'un des

vétérans de la Révolution, du vénérable octogénaire Gohier. Le flot tumultueux s'arrêta. Puis, au milieu d'un silence profond, la foule vit se dresser sur le bord de la fosse la grande et majestueuse figure de Casimir Périer, qui, sous les rayons vacillants de pâles flambeaux, semblait, comme le génie de la patrie en pleurs, planer sur toute l'assistance.

Casimir Périer eût là un de ces moments dont se peut glorifier une vie entière. Le général Foy, aussi intègre que vaillant, était mort pauvre ; l'orateur, arrivant à cette honorable indigence, et connaissant la puissance de sa parole sur l'esprit généreux de Paris, s'écria : Que les enfants d'un tel père se rassurent sur leur avenir ; la France adoptera la famille de son défenseur !

A l'instant, autour de la tombe, et du haut des tertres couronnant le cimetière du Père-Lachaise, couverts d'une foule immense que les lueurs de quelques flambeaux détachaient sur un sombre horizon, s'éleva cette acclamation unanime : « Oui, oui, la France l'adopte ! Les enfants du » général Foy sont les enfants de la patrie ! »

Grande et simple manifestation, scène digne de l'antiquité, à laquelle il ne manquait, pour rappeler les beaux jours de la Grèce et de Rome, que le ciel pur et azuré illuminant leurs fêtes de rayons toujours fidèles, au lieu des brumes et des pluvieuses nuées qui, dans notre ciel occidental, viennent si souvent changer en parodie toutes nos imitations des fêtes antiques.

Les pompes religieuses du catholicisme ne sont pas, chez nous, plus que les solennités républicaines en plein vent, à l'abri des caprices d'un ciel inclément. Entonnez donc, entourés de blanches théories de jeunes filles, un hymne à la Vierge ou une cantate au printemps, pour qu'au milieu d'une strophe célébrant le retour des fleurs et du soleil, un parapluie s'entr'ouvrant tout-à-coup, vienne mettre en fuite et vos poétiques métaphores et l'assistance beaucoup plus prosaïque des fidèles.

Mais revenons à nos moutons, ou plutôt aux chèvres du Thibet, cortège obligé alors de M. Ternaux, président du comité grec ; c'était effectivement par là que commençait mon épître :

> Ce n'était pas assez que ta noble industrie
> Eût d'un nouveau laurier décoré la patrie ;
> Qu'à Manchester vaincu disputant son haut rang,
> Ton génie inventif, paisible conquérant,
> Eût cent fois enrichi le faisceau de nos gloires,
> Sans que l'humanité gémit de tes victoires.
> A ton civisme encor il restait le dessein
> De faire à l'Orient un glorieux larcin.
> Tu parles ; à ta voix descendent sur nos rives
> De soyeuses tribus, du Thibet fugitives :
> D'une Colchos nouvelle, ingénieux Jason,
> Tu livres à ton art l'opulente toison ;
> Une pourpre indigène à nos yeux la colore
> D'un éclat envié du Gange et du Bosphore ;

Sur tes métiers actifs leur secret est jeté ;
Et doublement française , aujourd'hui la beauté ,
Sous tes brillants tissus dessinant sa stature ,
Ne doit qu'à son pays sa grâce et sa parure.

Poursuis , heureux Ternaux ; utile citoyen ,
Sache aux grands noms du siècle associer le tien.
Déjà la liberté du haut de la tribune
A proclamé tes droits à leur palme commune ;
C'est Argos aujourd'hui qui , de ses verts rameaux ,
Doit couronner l'ami soulageant tant de maux.
Tandis que des chrétiens , apostats politiques ,
Vouaient à Mahomet leurs plumes fanatiques ,
Chantant avec la Grèce ou pleurant ses revers ,
Le luth est resté pur de tout souffle pervers.
Tel qu'au jour où , pour prix d'une coupable audace ,
Il frappa Niobé dans sa superbe race ,
Soudain le dieu des vers eût , paraissant aux cieux ,
De ses traits irrités percé l'audacieux
Qu'il eût vu profaner, en son ignominie ,
La lyre , seule appui fidèle à l'Hellénie .
C'est à vous qu'elle doit consacrer ses accents ,
A vous qui , les premiers , à nos cœurs bienfaisans
Avez tendu le casque où la France attendrie
En déposant ses dons sert une autre patrie.
La Grèce , des neuf sœurs fût l'antique berceau ;
Qu'elles viennent , dressant un glorieux faisceau ,
A vos fronts protecteurs du beau pays d'Homère
Payer avec des fleurs la dette de leur mère.

Après des fleurs pour le comité, ici je faisais un appel un

peu plus positif, et demandais l'argent du plus grand nombre possible de souscripteurs. J'interpellais surtout la jeunesse qui venait d'accompagner le général Foy à sa dernière demeure, cette ardente phalange

> Qui naguère escortait la dépouille du brave,
> Qui l'œil en pleurs, mais plein d'un douloureux orgueil,
> L'emportait lentement couché dans ce cercueil,
> De l'orateur éteint muet dépositaire,
> Lui que le ciel venait de reprendre à la terre.
> Ce signe de l'honneur, ce gage attendrissant,
> De l'âme du héros symbole éblouissant,
> Ce fer nu, ce concours, ces couronnes posthumes,
> Tout nous rendait l'Élide et ses saintes coutumes.
> L'Élide ! ah ! noble France, entends-tu ses clameurs ?
> Sur des bords où jadis régnaient tes douces mœurs,
> La tête des chrétiens qu'y dispute l'impie
> A remplacé la palme au cirque d'Olympie !

La cause de la Grèce ne pouvait point trouver muette la jeune Delphine Gay, cette charmante dixième Muse, disait-on alors, qui ambitionnait, disait-elle elle-même, le beau surnom de Muse de la patrie. Elle n'avait pas manqué non plus de stimuler le zèle des souscripteurs dans de nobles vers à la gloire du général Foy, dont je me rappelle encore les deux derniers :

> Hélas ! au cri plaintif jeté par la patrie
> C'est la première fois qu'il n'a pas répondu !

Il n'était pas facile de lutter sur le même terrain avec celle qui, plus tard, devait briller d'un tel éclat sous le nom de Mme Emile de Girardin. Aussi, devais-je me borner à déplorer mon insuffisance en poursuivant la même tâche que l'auteur de tant de vers touchants ; mais je me retranchais derrière mes bonnes intentions et le louable but poursuivi.

> Mais je dois l'avouer ; je suis de ces vauriens
> Insensibles au dard, impénitents chrétiens
> Qui par un saint journal tous traduits à la barre,
> Furent stigmatisés du surnom de barbare.
> Il est vrai que Voltaire et ce Rousseau maudit
> Dans nos barbares cœurs n'ont que trop de crédit.
> Ne nous disent-ils pas, dans leur vain radotage,
> Que l'âme, pour penser, nous échut en partage ?
> Qui nous rendra les jours où quelques mots latins
> Remplaçant l'alphabet des bons ignorantins,
> De tant de cerveau creux composaient la science ?
> Jeunesse, qu'as-tu fait de ton insouciance ?
>
> Hélas ! ne voit-on pas de jeunes factieux,
> Au jour de la raison voulant ouvrir les yeux,
> Trahissant des Français le léger caractère,
> Nourrir pour la sagesse une flamme adultère ;
> Tandis que dédaignant les graces et les ris,
> Ce cortège obligé des bouquets à Chloris,
> Leur muse toute grecque immole au Christ rebelle
> La légitimité, sous le turban si belle ?

A cette classique panade, il fallait une péroraison un peu

plus accentuée ; je terminais donc ainsi qu'il suit mon épître philhellène :

Allez , vaillants Français , d'une main vengeresse ,
Laver , au nom des arts , les affronts de la Grèce.
C'est en vain que le Turc de stupides boulets
Mutila sans pitié ses magiques palais :
C'est en vain qu'Albion , plus froidement barbare ,
Osa leur dérober pour son rivage avare
Ces marbres qui jadis de génie imprégnés ,
Sous des cieux sans rayons verdissent , indignés :
Pour rendre à l'Univers la splendeur de l'Attique
Paris , noble héritier de toute gloire antique ,
Nourrit des Phydias ainsi que des héros ,
Et l'albâtre toujours germe au sein de Paros !
D'un ciel inspirateur là le jeune poète
Va chercher pour son luth l'étincelle secrète ;
Y redit que la foi, d'un pied républicain ,
Cent fois foula l'orgueil du turban africain ;
Missolonghi !.... Mais non , sublime citadelle ,
Ton nom seul doit suffire à ta gloire immortelle ;
Tes enfants sont tombés plus grands que leurs aïeux ,
Et c'est au seul Homère à célébrer les dieux.

Mais hélas ! de l'airain j'entends la voix funeste :
L'illusion s'envole, et seul , le présent reste :
Espérons que bientôt la justice des Rois
L'aura laissé gronder pour la dernière fois.
Qu'ils comprennent enfin , fléchis par la prière ,
Que leur neutralité froidement meurtrière

Ne peut plus rattacher, par un nœud détesté,
Un peuple plein de vie et plein de liberté
Au cadavre hideux de l'infecte Byzance,
Sans rendre à notre effroi le crime de Mézence.

Lorsqu'ainsi de la Grèce un arrêt protecteur
Ravira la victime au sacrificateur,
C'est à vous qui déjà soutîntes son courage,
Philosophes chrétiens, d'achever votre ouvrage :
Puisse-t-elle, par vous, pour prix de ses exploits,
Oublier tous ses maux sous l'égide des lois.
Du rang des nations rayé par la victoire,
Que le grec, tout couvert d'un sang expiatoire,
Sache, en y remontant, confier aux vertus
La garde de ses droits, au Labarum rendus.
Qu'il fasse, il en est temps, taire la calomnie.
Les vices sont toujours fils de la tyrannie.

Mais ces sauvages cœurs, qui s'indignant des fers,
De six ans d'héroïsme étonnent l'Univers,
Sont un champ généreux où les vertus encore
N'attendent qu'un rayon qui les y fasse éclore.
Allez donc l'éclairer cette terre des preux.
Pour la civiliser, ô Français généreux,
A des héros cachés sous d'obscures chaumières
Portez, sur l'Archipel, nos mœurs et nos lumières.
A ces vivants débris échappés au tombeau
Renvoyez les rayons de ce même flambeau
Qui jadis allumé par les mains du génie,
Avec la Liberté brillait sur l'HELLÉNIE.

4

Que le foyer des arts , bientôt , en votre nom ,
Communique l'éclair du Louvre au Parthénon :
A la raison partout immolez l'ignorance ,
La cause de la gloire est celle de la France !...

Assez de lyrisme pour le moment; n'oublions point que le
mot de Macédoine, figurant sur mon enseigne, promet de la
variété dans l'assaisonnement. C'est surtout à la jeunesse des
écoles , qui nous a tous remplacés , que j'adresse ce livre ;
c'est avec un charme inexprimable que je me transporte par
la pensée sous les galeries de l'Odéon, où nous devisions avec
tant d'ardeur , en flanant, de tous les évènements littéraires
et politiques du jour.

Et quand au Luxembourg , Démosthènes en herbe ,
J'errais , mes codes à la main ,
Sous les tilleuls amis à la voûte superbe ,
Que , tout distrait, je heurtais en chemin ;
Que de fois , oubliant la thèse ou l'examen ,
A l'aspect des oiseaux voltigeant sur ma tête ,
Pour le droit naturel j'ajournais la requète
Que m'adressait alors le pauvre droit romain !
Pour les petits oiseaux je nourris dès l'enfance
Un amour que bien cher ils avaient acheté ,
A l'aile maternelle arrachés sans défense.
Je les aime toujours , mais à la différence
Que je les aime en liberté ;
Alors qu'en nos jardins volant de tige en tige .
Avec les papillons en luttant de couleurs ,

Ils nous laissent douter, quand ils sortent des fleurs ,
Si c'est l'oiseau rapide ou la fleur qui voltige.

Allons , voilà le naturel qui revient au galop ; demandez-
moi à propos de quoi cette tirade pastorale , et comment ,
au moment où je vous ai saturé de vers, je vais ainsi tomber
de Pindare en Théocrite. Eh ! mon Dieu , c'est que je me
plaisais à me retrouver au Luxembourg , aimant à me rappeler les ramiers qui roucoulaient sur nos têtes, les pinsons
qui sautillaient sur la branche, tandis que je promenais mes
rêveries de vingt ans dans ce délicieux jardin.

Puis , s'il faut tout dire , indépendamment de mes souvenirs parisiens figurant en tête de ce volume , vous
saurez que l'envie me vient de vous donner ici un chapitre
d'un autre volume surnuméraire, attendant , sous le titre de
Promenades et Souvenirs , le moment de faire son entrée
dans le monde. Il est de grand air, aujourd'hui, de se donner de l'importance in-octavo, en publiant , suivant les circonstances, des mémoires plus ou moins nourris ; il en pleut
tous les ans de toutes couleurs ; mais il est avéré que , sur
ce chapitre , la palme demeurera toujours aux apothicaires.

Tout s'enchaîne dans la mémoire ; le Luxembourg venant
se placer sous ma période rimée, m'a rappelé ma tendresse
enfantine pour les petits oiseaux ; à l'instant je me suis re-
porté au marché aux oiseaux du pont Saint-Michel. Ce fut
là qu'un jour un moineau marchandé par un gamin réveilla

chez moi un des plus douloureux souvenirs de mon enfance, de cet âge où le cœur se crée des chagrins comme des joies, ressentis avec une vivacité toute virginale. Le fait se passait auprès de la Morgue, lugubre monument où je vous ramènerai dans le courant de ce volume. Oh ! je connais mon époque ; je sais que, par le besoin d'émotions qui en fait le principal caractère, vous serez loin de me reprocher le chapitre où je vous conterai un des drames les plus émouvants dont cette horrible Morgue fut alors le prologue.

Paris n'est, vous le savez, qu'une série de contrastes saisissants. Ici la mort, dans toute sa hideuse nudité, vous effrayant de tous ses plus lugubres aspects ; à deux pas, la vie, la nature, dans tout ce qu'elles ont de plus brillant et de plus joyeux ; là se tient le marché aux oiseaux.

C'est surtout au sein d'une immense population qu'on se trouve souvent plus isolé ; le cœur ne dit rien en face de cet essaim inconnu qui tourbillonne devant vous ; aimer est une loi de nature ; le pauvre n'a point d'amis, et à Paris, pour en avoir un, quand il ne peut avoir un chien, le pauvre achète un oiseau. Je regardais sautiller, j'écoutais gazouiller, je voyais miroiter dans toutes ces cages amoncelées, la foule d'oiseaux de toute robe et de toute taille exposés aux regards des amateurs. C'était au milieu de juin, saison fatale aux pauvres petites créatures que la main du dénicheur va ravir jusqu'à la cîme des chênes et des ormeaux de la banlieue, pour les apporter, eux sauvages enfants des bois, au milieu d'une civilisation qu'ils étaient destinés à ne jamais entrevoir. Quelques pauvres mères figuraient aussi comme captives auprès de leurs petits, tristes et immobiles dans un coin, tandis qu'à l'aspect de leurs nouveaux maîtres, elles voltigeaient, effarées, et brisaient leur vierge plumage contre les barreaux de leur prison. Je voyais là l'image, sous d'autres formes, de ces bazars de l'Orient, où froidement fumant son narguilé, le marchand d'esclaves fait valoir les charmes et la jeunesse de ses Géorgiennes ou de ses filles de la Circassie, du même ton que, sur le marché Saint-Michel, j'entendais les oiseleurs rehausser le collier de leurs tourterelles, la mantille noire de leurs merles ou le petit turban rouge de leurs chardonnerets. Et tous désobéissaient au Dieu qui n'a donné des ailes à certains oiseaux que pour les soustraire à l'homme, et oubliaient que le Christ a donné son sang pour léguer la liberté à ce même homme qui, près de vingt siècles après sa venue, ose encore trafiquer du sang de ses frères !

Parmi les acheteurs, figurait un gamin de Paris, marchandant un moineau avec toute l'importance comportée par la valeur d'une telle acquisition. Je ne puis voir un de ces intéressants volatiles, en état d'adolescence, sans me rappeler un des notables épisodes de ma vie de collégien. Le héros en était un moineau, avec lequel j'ai joué mon rôle dans un drame plein de péripéties, pendant un dénouement de dix minutes de durée, après une action de près de deux ans.

Je sais bien que je m'expose à vous entendre me reprocher d'abuser du hors-d'œuvre dans ce salmis ; mais on se lasse difficilement du langage du cœur, et c'est lui qui va vous raconter ici cette lamentable aventure, à laquelle compâtiront tous les cœurs sensibles de l'un et de l'autre sexe, faisant partie d'un pensionnat ou d'un collége.

Je les apostrophe *ex abrupto* à la façon cicéronnienne en guise d'exorde.

Qui de vous ne se rappelle toutes les joies, toutes les peines paternelles de son enfance, en matière d'oiseaux ? Que de moineaux, de merles, de chardonnerets, n'avez-vous pas eu la douleur de voir passer du foyer domestique dans la gueule de quelque féroce matou du voisinage ! Combien de fois vous approchant, pleins de confiance, de la cage où reposaient vos jeunes élèves, ne les avez-vous pas aperçus les pattes raides, le cou rentré, l'œil éteint, et gisant tristement sur la froide planche de leur domicile ? Je ne vous parlerai pas de ceux qui avaient l'air parfois d'avoir mis la tête à la fenêtre pour vous saluer à votre arrivée, et que vous trouviez étranglés entre deux barreaux de cage. Ce sont certes là de cruels souvenirs ; ils n'approchent pas de la profonde douleur que je ressentis un jour, jour déjà bien loin de nous, mais toujours présent à ma mémoire. Qu'était le moineau de Lesbie auprès de mon moineau ? Et pourtant il a été immortalisé par la poésie, tandis que le mien n'a encore inspiré aucune élégie aux Catulles contemporains. Injustice du sort ! Byron ou Lamartine lui devaient au moins cinq ou six strophes. J'eusse dû en parler à M. Lamartine ; il ne m'eût point refusé , dans le temps , ce petit service entre deux émeutes.

Vous saurez donc qu'un jeudi , allant à la pension Martineau , à Saintes , pour jouer avec mes camarades , j'aperçus sur un tas de balayures un pauvre petit oiseau entièrement plumé et ne donnant plus signe de vie. C'était un moineau frais déniché qu'un écolier avait plumé et trempé dans du vinaigre , ce qui devait , disait-on , le faire devenir tout blanc. Vous pensez bien que ce procédé était tout aussi infaillible que la pommade du lion, l'eau de Lob et tous les cosmétiques faisant pousser de si beaux cheveux.... à la quatrième page des journaux. En attendant que les plumes lui revinssent , le moineau en question était en train de mourir, quand je le ramassai d'une main compatissante.

Le malheureux était glacé ; je le réchauffai de mon haleine, et au bout de quelques minutes j'eus le bonheur de lui voir faire un mouvement. Je pourrais vous dire , suivant la formule , qu'il tourna vers moi un œil languissant et plein de reconnaissance ; mon respect pour la vérité historique me force de convenir que le malade ne me regarda même pas du tout. N'importe , mon moineau vivait , je l'emporte à l'instant chez moi , je monte au petit cabinet où je faisais mes devoirs , je fais un cornet d'un morceau de peau de mouton que je rencontre , et j'installe chaudement au fond mon nouvel hôte.

Au bout d'une heure, l'intéressante créature, se croyant sans doute dans son ancien domicile, fit entendre le chant mélodieux que vous savez; j'accourus, et j'aperçus à la dilatation de son bec, que l'appétit revenait à ce jeune nourrisson, avec toute l'énergie de la convalescence.

Que vous dirai-je? Huit jours durant, ce furent de ma part, soins assidus, empressements inquiets; de la part de mon moineau, gloutonnerie toujours nouvelle, retour à la santé de plus en plus rassurant. J'épiais surtout le moment où le remède par lequel avait passé *Calvus* viendrait me gratifier d'un moineau blanc; je lui avais, après bien des méditations dignes d'un élève de cinquième, donné le nom latin de Calvus, par allusion à l'absence forcée de tout son plumage; c'était une réminiscence historique de Charles-le-Chauve. Hélas! Calvus se remplume peu à peu; mais malgré toute ma bonne volonté de lui trouver une robe blanche, il n'en devint pas moins un moineau sous robe brune ordinaire.

C'était mon ami, mon compagnon de travail; pendant que je bâclais un thème ou que j'écorchais une version, Calvus se promenait sur mon petit bureau de sapin passé en noir; il venait insolemment se poser sur mon cahier, luttait contre ma plume qui le voulait chasser, et ne fuyait parfois qu'en imitant le Parthe et en me décochant un trait dont j'effaçais en grondant la trace sur mon papier. Calvus était libre, il avait pour domaine un cabinet de deux mètres de long sur un mètre vingt de large ; jugez des évolutions aériennes auxquelles il exerçait ses ailes naissantes dans cet immense espace. Je l'entendais tourbillonner au-dessus de ma tête ; le pauvret, il n'avait jamais embrassé un plus vaste horizon, il était heureux. Que d'hommes qui, sur la terre, se contenteraient de voltiger, comme mon moineau, dans leur sphère native, si de perfides leçons n'ouvraient point à leurs désirs de nouvelles régions, où l'ambition les voit bientôt s'abattre, tout haletants et l'aile brisée !

Il s'était établi entre mon moineau et moi des rapports tout sympathiques ; à peine avait-il entendu mon pas, que de mon côté, j'entendais le bruit de ses ailes, il voltigeait au-devant de la porte, et je ne l'avais pas plutôt ouverte, qu'il venait s'appuyer sur ma tête ou sur mon épaule. Je le prenais alors sur mon doigt, je l'embrassais, et avais avec lui des entretiens pleins de charme, pour lui surtout, qui se bornait à adresser ses réponses aux friandises que lui apportait mon amitié.

Je m'étais attaché à Calvus de tout l'amour des mères pour les enfants languissants qu'à force de soins et de veilles elles sauvent au berceau ; de toute la force de ce sentiment inné chez les âmes douces et charitables, leur faisant adopter tout ce qui souffre. Nous étions camarades de collége. Nous faisions depuis plus d'un an nos devoirs côte à côte, moi en feuilletant mon dictionnaire, lui en grignottant son sucre ou son massepain ; j'avais compté sans un sentiment qui vit dans tous les cœurs, dans celui du moineau comme dans le cœur de l'homme, l'amour de la liberté.

J'avais coutume, en entrant dans mon cabinet, de fermer soigneusement la porte, quand un jour, jour néfaste, je la laissai par distraction entrouverte un instant. Je vis alors, avec saisissement, Calvus prendre en sautillant le chemin de cette issue. Je veux le rattraper, je le poursuis, le fugitif s'engage dans l'escalier du grenier où j'arrive en même temps que lui; j'étais prêt à le saisir, la fenêtre était ouverte, Calvus saute sur l'appui et de là va se percher sur le bord de la goutière.

Vous dire alors mon effroi serait chose impossible. Nous étions là tous deux, en face l'un de l'autre, moi prenant ma voix la plus douce, mes airs les plus caressants, lui tendant la main, et me penchant au risque de me fracasser sur le pavé de la cour; lui, l'ingrat, jetant un regard avide à ce ciel qu'il n'avait javais vu, se tournant parfois de mon côté, me regardant d'un petit air moqueur, et soulevant ses ailes comme pour prendre son vol. Je ne pouvais l'atteindre, il m'écoutait bien l'appeler, mais ne venait point; j'aperçus alors une perche à étendre le linge et la lui tendis; le cœur me battait avec une violence extrême. Calvus, en moineau savant, sautait ordinairement sur une règle que je lui présentais pour cela. O bonheur! il est sur la perche, je la retire doucement; un génie fatal intervient, un vieux moineau se pose sur la goutière voisine et commence un discours dont l'effet ne se fait pas attendre , Calvus sauta de nouveau sur le bord du toît.

Quel moment ! Je voyais toujours sur le bord de la goutière mon vieux moineau étranger, se rengorgeant dans son col noir et sa moustache grise , comme un sergent racoleur avisant une novice recrue. Le cruel , pour faire honte à un esclave qui avait pourtant des ailes , il faisait usage des siennes ; il voltigeait et montrait le ciel à mon pauvre ami. Nous nous le disputions , ainsi que le bien et le mal se disputent Robert indécis , dans l'admirable partition de Meyerbeer ; moi je l'appelais au nom de l'amitié , au nom de là reconnaissance pour qui lui avait sauvé la vie ; le vieux pierrot, comme Bertram, l'entraînait peu à peu vers lui , au nom de la liberté , égide si commode pour abriter même jusqu'au crime. Enfin , après de longues alternatives d'angoisses et d'espérances , Bertram l'emporta sur moi , il donna le signal du départ , mon moineau étendit ses ailes , et moi, je le regardai s'envoler , immobile à ma croisée où je restai abîmé de douleur devant tant d'ingratitude.

Calvus avait disparu que je l'appelais encore , le cœur gros de chagrin et les yeux en pleurs. Je descendis enfin dans mon pauvre petit cabinet de travail ; tout m'y rappelait l'ami que je venais de perdre , et je me mis à fondre en larmes à l'aspect du nid où je l'avais élevé !...

J'étais la jeune mère à qui la mort perfide
   La veille a ravi son trésor,
Qui s'approche en tremblant, voudrait douter encor....
Et sent tomber ses pleurs au fond d'un berceau vide.

  Toi qui me vaux ce poignant souvenir,
  O liberté, je devrais te haïr !
  Par tes conseils, perfide enchanteresse,
  Sous l'ongle aigu d'une amère douleur,
Sans pitié pour ce cœur inondé de tendresse,
C'est toi qui, la première, as fait saigner mon cœur ;
Je devrais te haïr !... mais pour toi, par bonheur,
Des amans surannés j'ai toute la faiblesse
Envers le jeune objet de leurs vieilles amours ;
  Quoi que tu sois, platonique maîtresse,
  O Liberté, je t'aimerai toujours !

LIVRE II.

—

Chûte de l'Empire.

(1814.)

—

D'habiles et célèbres plumes ont écrit bien des volumes sur l'Empire et les Cent jours ; plus d'un grand maître a tracé, d'un pinceau large et chaleureux, de saisissantes images de ces jours de gloire et de revers : n'importe, la mine est inépuisable. L'historien déroule devant vous son immense toile ; vous la parcourez d'un œil rapide ; mais votre regard s'abaisse bientôt sur de plus humbles chevalets ; là, vous individu, vous vous sentez passionner par des scènes individuelles ; vous prenez part à la vie épisodique qui anime la toile ; c'est là votre histoire, c'est l'histoire du cœur. Vous êtes resté froid au récit de la destruction d'une armée ; vos yeux vont se remplir de larmes à l'aspect du trompette de Vernet, de ce pauvre chien qui lèche la blessure de son maître étendu sous les pieds de son cheval.

C'est ce sentiment, si naturel, qui fait trouver plus de charme à la lecture de mémoires relatifs à une époque isolée, qu'à celle d'un travail historique plus large et plus complet. Me voici donc venir, à mon tour, porteur de mon album ; je l'ai composé sous l'impression toujours vive, toujours chaleureuse, de souvenirs qui ne s'effaceront jamais de la mémoire de quiconque a assisté au grand drame dont je ne puis offrir que des épisodes. Mais ils sont liés entre eux par un nœud qui, bien qu'imperceptible à l'œil, apparaît à l'imagination, suppléant aux lacunes. Mes tableaux détachés pourront donner une image fidèle de Paris et des mœurs du temps. On y pourra, en les coordonnant entre eux, voir se refléter l'époque tout entière ; de même que les traces des crampons qui, fichés sur le fronton de la maison carrée à Nîmes, y avaient attaché les lettres de l'inscription, servirent à recomposer cette même inscription dans l'ingénieux esprit d'un antiquaire.

J'ai jeté ces silhouettes plus de vingt ans après l'évènement ; sans consulter les journaux de l'époque, avec le seul secours de ma mémoire qui ne m'a pas failli un instant. Pour l'intelligence de quelques passages, on devra pourtant se rappeler cette observation et remonter à une époque depuis laquelle bien des choses ont, à Paris, changé d'aspect et de signification. Je pourrais aujourd'hui antidater mes souvenirs, y prédire beaucoup de faits accomplis depuis ; on se donne ainsi des airs de profond publiciste ; j'aime mieux livrer à l'impression mes chapitres tels qu'ils sont tombés de ma plume, les voilà ; j'ai trouvé bien du charme à les tracer ; ce n'est point une raison pour que vous en trouviez à les lire.

J'étais, en les écrivant, encore sous le charme de l'enthousiasme juvénil que le seul nom de Napoléon suffisait à faire naître au cœur d'une génération élevée dans le culte du sabre ; l'âge, tout en amortissant ce sentiment exagéré, nous a cependant, à nous, contemporains de si grands évènements, laissé en partage, à un haut degré, la fierté nationale. C'est là le plus puissant et le plus facile levier aux mains de tout gouvernement qui comprendra le caractère du peuple Français. De là découle la justification de la guerre de plume, souvent violente, il faut en convenir, qu'eurent à soutenir les divers pouvoirs successivement renversés, en France, depuis 45 ans de lutte sur ce terrain brûlant, où ils étaient assez mal inspirés pour ne pas se camper résolument en face de l'étranger. C'est surtout du vote Pritchard qu'est né le 24 février 48.

Je me reporte donc à mes dix-sept ou dix-huit ans, et vais vous mener à Paris, où j'allais étudier les mathématiques, destiné que j'étais à l'école polythechnique.

Or, savez-vous ce qui me flattait le plus dans ce premier voyage à la capitale ? Certes, avec un cœur plein d'amour pour la poésie et les arts, je me promettais de douces extases à l'aspect des monuments, au sein des théâtres et des musées ; mais tout désir s'émoussait devant mon envie de voir, devinez quoi? la garde impériale! Je ne me doutais guère, pourtant, que j'allais assister à des scènes militaires si neuves et si dramatiques qu'elles dûssent pour toujours me demeurer empreintes dans la mémoire, palpitantes comme aux premiers jours qui les avaient suivies. Pour le moment, l'unique préoccupation absorbant toute ma pensée, c'était de voir l'Empereur et la garde.

O mon cher grand-maître, vénérable Fontanes, chef de l'université impériale, ô vous qui, six mois plus tard, vous affublâtes du manteau légitimiste de marquis, est-ce bien là un trait caractéristique de l'éducation que vous nous faisiez donner dans vos lycées! Nous apprenions bien, par-ci par-là, dans Tite-Live, dans Quinte-Curce, qu'il y avait eu jadis quelques généraux et quelques bons soldats ; mais par une adroite transition, le professeur nous amenait sur le terrain de la comparaison ; là, selon la pittoresque et énergique expression du grand peintre David, nous étions forcés de convenir qu'auprès de Napoléon, César et Alexandre n'étaient que des *galopins*. Le vertige soldatesque ne m'avait donc pas plus épargné que les autres, et je ne rêvais que moustaches et fanfares.

Dès le lendemain de mon arrivée, me voilà sur le Carrousel, cherchant des yeux quelques-unes de ces figures homériques qui, dans les bulletins de la grande armée, m'avaient apparu hautes de dix coudées. Enfin, j'aperçus les deux grenadiers de planton au pied de l'arc-de-triomphe, droits, immobiles sur leurs chevaux, frappés eux-mêmes de l'immobilité de ces chevaux de corinthe qui couronnaient le monument, et je m'approchai, niaisement timide, de cet échantillon de la vieille garde; je m'efforçais de me sentir une respectueuse sympathie pour deux gaillards qui, sur un geste du maître, m'eussent sans doute coupé en deux sans sourciller. Peste! c'est que notre éducation constitutionnelle était si avancée sous l'Empire, que je leur en aurais cru le droit. Ne riez donc pas de me voir devant mes deux grenadiers à cheval, regardant d'un œil d'admiration deux des vainqueurs de l'Europe, et, d'un œil de crainte, deux privilégiés de la garde, moi, chétif pékin, un peu plus haut que leurs bottes. La belle chose que le régime du sabre !

Je traversai sous l'arc-de-triomphe; une centaine de personnes étaient groupées au pied du château, à gauche, et paraissaient attendre quelque chose. Pourquoi n'attendrais-je pas aussi, me dis-je? A l'instant, je ressentis la première étincelle de cette électricité parisienne qui, partant du premier badaud arrêté, lance autour de lui une foule de chaînons concentriques, et fixe quiconque gravite dans sa

5

sphère d'activité. J'étais déjà parisien, le nez au vent, l'œil attentif, sans savoir l'objet de ma curiosité. Bientôt un panneau de vitre s'ouvrit aux Tuileries, et dans cet étroit espace, je vis s'encadrer une tête dont l'aspect seul me fit tressaillir. C'était lui! lui, que sans l'avoir vu, on reconnaissait à cet uniforme vert, à ces cheveux noirs et plats, et surtout à ces yeux admirables, armés de toutes les fascinations, et dont les éclairs semblaient vous écraser de tout le poids de sa gloire. Il était là, les bras croisés sur sa large poitrine, le front chargé de tous les nuages de Leipsig, perçant d'un regard acéré ce groupe stupide. Quelques cris de *Vive l'Empereur !* partirent de rares poitrines où rien ne vibrait d'entraînant, et un faible sourire, accordé par l'étiquette, vint errer sur des lèvres crispées par la méditation. C'était un pâle rayon de soleil égaré sur un ciel de décembre. Le panneau se referma sur l'Empereur, la foule s'écoula, et moi, je demeurai quelques instants immobile à la même place, comme plongé dans cette obscurité subite et pénible où vous laissent les dernières lueurs d'une pièce d'artifice.

J'avais visité tout Paris, mais je n'avais point encore satisfait cet ardent désir de voir sous les armes la garde impériale et la garnison. Enfin j'appris qu'il devait y avoir prochainement une translation de drapeaux aux Invalides. Je ne vous dirai point qu'au jour indiqué, j'étais aussi fidèlement rendu à leur poste que les vieilles phalanges qu'y clouait la discipline. Hélas! c'était le dernier reflet de gloire qui devait illuminer Paris. C'était la dernière fois que les étendards ennemis prenaient, captifs, le chemin des Invalides. Ils allaient, avant trois mois, se mirer dans la Seine, tout étonnés, à Paris, de n'être plus portés par une main française. Une foule nombreuse garnissait l'esplanade ; quelques gendarmes voltigeaient à cheval dans la grande allée, repoussant les ambitieux se précipitant hors des rangs pour empiéter sur l'espace réservé au passage du cortège. Enfin, j'entends de loin le tambour, et voilà mon cœur qui bat avec lui. Ce n'était plus un jeu de mon imagination qui faisait mouvoir les glorieux débris de cent batailles, qui semait l'air de panaches, de banderoles et de crinières, livrant aux vents les notes bruyantes de ces fanfares qui avaient tonné dans l'oreille de tous les rois ; ce n'était pas un prestige, c'était une réalité encore plus belle : la vieille garde défilait. Elle s'avançait, marchant comme un seul homme, la poitrine semée d'étoiles, le front orné de cicatrices, et la manche chargée de chevrons.

A mesure que les troupes arrivaient, elles se mettaient sur deux lignes parallèles, formant ainsi une double haie au milieu de laquelle allaient passer les drapeaux. Bientôt, entre deux pelotons de cavalerie, je les aperçus, dominant les plumets des cavaliers, de leurs lances dorées et de leurs lambeaux de diverses couleurs. Il y en avait onze, portés par ceux-là mêmes qui les avaient enlevés à l'ennemi. Ils étaient tous à cheval, le bonheur écrit sur le visage, et jetant un regard orgueilleux tantôt sur le peuple, tantôt sur le drapeau conquis. Deux jeunes sergents d'infanterie, dont l'un avait à peine vingt ans, contrastaient de la manière la plus pittoresque, avec leurs deux plus proches voisins et camarades de gloire. Ici, le modeste habit de fantassin, deux figures imberbes, rayonnantes d'enthousiasme ; l'inexpérience à cheval ; là, deux vieux officiers des chasseurs de la garde, aux larges moustaches, à la pelisse d'or et de pourpre, à l'air calme et imposant, fermes sur leurs étriers, et adressant un sourire d'encouragement à la gaucherie des jeunes cavaliers improvisés. C'était l'aigle dirigeant le premier vol de l'aiglon timide. Le cortège entra aux Invalides, déposa les drapeaux, et les troupes défilèrent ensuite devant l'Empereur. Hélas ! elles ne rappelaient que trop les gladiateurs romains saluant aussi leur empereur à l'entrée du cirque, de ces mots : *Vale, Cæsar, te morituri salutant.* Napoléon allait partir, et la garde allait soutenir, presque seule, l'immortelle campagne de France !

Après la cérémonie, l'église des Invalides resta ouverte au public, je pénétrai dans l'hôtel. En traversant la terrasse et les cours, je contemplais d'un œil étonné et plein de pitié ces innombrables jambes de bois, ces manches flottant vides sur tant de poitrines, tous ces glorieux tronçons humains, page éloquente où la guerre avait écrit toutes ses fureurs. Cependant, comme en France il faut toujours que la futilité vienne s'allier aux plus grandes choses, je me souviens que

j'étais fortement choqué de la coupe des habits des Invalides,
et que c'était tout au plus si je pouvais sourire à la gloire
en ailes de pigeon sous le vieux chapeau de 92. Oh ! que
Napoléon connaissait bien cette native coquetterie française,
en amorçant les fils de famille avec le dolman vert, le schako
et le pantalon rouges des gardes d'honneur ! comment résister à l'agrément de ressembler à un perroquet sous les
armes ! Quant à moi, je déclare que j'en grillais d'envie.

Que je vous plains, ô vous qui venez aujourd'hui nous
vanter le dôme des Invalides, dans la nudité où l'ont laissé
les rois coalisés ! Il fallait le voir, il y a vingt ans, tel que
l'avaient fait nos grenadiers ! Eh ! que nous dit maintenant
votre admiration pour cette belle coupole ciselée par le bras
tout puissant de Louis XIV ! pour cette croix d'or élancée
dans la nue qui, frappée par le soleil, flamboie sur Paris
comme un autre labarum ! Plus tard, était-il un cœur patriote qui ne se serrât douloureusement à son aspect, quand
le dôme de 1814 y était resté gravé avec ses quatre étages
de gloire. Pauvre France ! que t'en restait-il alors de ces
innombrables drapeaux ? Ce qu'il te resta de ta puissance et
de ta splendeur militaire : un peu de cendre et de fumée.
La même torche avait tout dévoré.

Je ne saurais trop comment me rendre compte de l'impression que me fit éprouver le premier aspect du dôme,
vu de l'intérieur. Mon regard, frappé d'abord par le premier
rang de drapeaux, ne s'y arrêta qu'un instant, et se hâta

de gravir jusqu'à la coupole , où les fresques éclatantes de Lafosse le tinrent longtemps cloué par l'étonnement. Puis l'orgueil national , succédant enfin à l'enthousiasme pour les arts, je me mis avec bonheur à contempler ces trophées qui, jadis dispersés sur les quatre parts du monde , avaient été liés en faisceau par la large main de la France. Il y avait là les gages de cent cinquante ans de batailles , une couronne posée au front de la patrie , où l'on voyait briller les fleurons apportés par Villars et Duquesne, près de ceux de Masséna et de Duperré. J'étais au beau milieu de la coupole, cherchant avec effort à compter tant de bannières , diverses de couleurs et de nations ; j'admirais ces longues flammes marines, nous racontant de loin en loin nos rares triomphes sur mer ; peu à peu ma vue s'obscurcit, ma tête céda au vertige, mes yeux s'arrêtèrent sur le croissant d'un étendard turc aux crins flottants ; et soudain je fus saisi du mirage que produisit l'idée du désert sur mon cerveau fortement ébranlé. Le dôme tourna sur son axe, je vis tourbillonner les drapeaux, puis, suivant leur couleur, une suite rapide d'images se déroulait sous mes yeux.

C'était l'Italie , qu'une double mer étreignait d'une ceinture azurée ; c'était l'Espagne , avec ses rochers sauvages , son ciel ardent, son horizon dentelé de ciselures moresques ; l'Égypte , couverte des muets ossements de vingt siècles de splendeur, le front brûlé par un soleil implacable , et semée de quelques vertes oasis , se détachant comme des îles sur une mer de feu. Puis le ciel perdait ses rayons, la terre sa parure ; mon regard n'embrassait plus qu'une nature morte, ensevelie sous un immense linceul de neige, au bout duquel fumaient encore les rougeâtres débris de Moskou ; puis tout se heurta, se confondit ; je ne vis plus qu'un cahos, au sein duquel se débattait une aigle aux trois couleurs contre les aigles noires, fondant sur elle des drapeaux de la voûte.

Il me prend ici un remord de conscience ; je dois donc déclarer au lecteur que je ne suis pas bien sûr d'avoir vu de si jolies choses sous le dôme des Invalides ; je crois même qu'en ce moment je trempe ma plume dans l'écritoire de l'École moderne, entraîné par l'exemple de MM. Balzac et autres. Ce qu'il y a de certain, c'est que j'en sortis avec une forte dose d'admiration et un violent torticolis, fruit d'une trop longue contemplation verticale. Pourquoi diable aussi sommes-nous sur ce chapitre plus susceptibles que du temps d'Ovide, lequel nous apprend que l'intention du Créateur fut de nous faire marcher la face tournée vers le ciel ? *Erectos ad sidera tollere vultus ;* j'ignore si le poète suivait lui-même le précepte à la lettre. Mais moi je déclare que je m'en suis fort mal trouvé pour m'y être conformé pendant une heure.

Cependant les frontières étaient débordées de toute part ;

quatre armées ennemies convergeaient sur Paris, et l'Empereur était encore aux Tuileries ! On ne savait qu'augurer d'un si long repos ; mais lui , dans le silence du cabinet , suivait les progrès des alliés ; il combinait ces marches admirables , qui devaient rappeler l'activité du conquérant de l'Italie. Et puis il ne voulait frapper que de grands coups en rentrant en campagne ; il attendait le momentt où il aurait sous la main la massue qui devait terrasser la coalition ; il recevait chaque jour des renforts fournis par l'armée d'Espagne, qui venait de céder à Ferdinand le trône à lui enlevé par trahison, et qu'elle avait conservé à Joseph, en l'inondant de son sang. Je ne manquais pas une revue. C'était alors que l'armée redevenait ce qu'elle avait été aux grands jours de la République ; elle seule , en 1814 , était nationale, elle seule savait mourir pour la patrie ; mais hors ses rangs, il n'y avait plus de nation ; le peuple venait voir défiler ses défenseurs, sans se douter qu'il y allât du sort de la France. Habitués que nous étions à la supériorité de nos soldats , nous admirions ces vieux débris, bronzés par le soleil de la Castille , ces régiments de dragons en tête desquels flamboyaient les durs regards des compagnies d'élites , coiffées alors de leurs vieux bonnets d'oursin, et portant de longues barbes qui parfois descendaient jusque sur une croix scintillant à travers leurs poils grisonnants. De tels hommes nous paraissaient invincibles, et personne ne songeait à aller grossir leurs rangs.

Oh ! comme le romantisme se fût emparé d'une rencontre que je fis à une de ces revues, si déjà le germanisme se fût glissé à Paris à la queue des alliés ! Il y avait de quoi broder le plus beau conte fantastique. Vous vous rappelez la pénible impression que vous laisse un cabinet de figures de cire ? Vous voyez encore ces yeux sans regards, cette vie factice qui lutte avec la mort sur ces faces immobiles de rois et de généraux. Que diriez-vous, si, tout-à-coup, un de ces héros empaillés s'animait et venait à marcher vers vous ? Eh bien, mon cher lecteur, voilà ce que je vis un jour sur le Carrousel.

J'étais depuis une minute cloué à ma place par un sentiment que je ne puis définir. Devant moi se tenait immobile un officier que j'examinais avec stupeur. Je ne sais quoi de surnaturel régnait sur sa physionomie ; son regard était fixe ; rien ne trahissait la vie sur son visage, il me paraissait plutôt échappé des mains de Curtius que de celles de la nature.

Seulement, une ligne légère partait du coin du sourcil gauche, serpentait jusqu'au coin du menton à droite et se perdait dans son col noir. Je m'avançais pour m'assurer si je n'étais point dupe d'une apparition, quand mon officier s'avança lui-même de quelques pas. Je vis alors que cette ligne lui sillonnant le visage était le contour d'une plaque, ou plutôt d'un masque métallique qui lui tenait lieu de figure. L'infortuné ! je ne sais quelle effroyable blessure avait pu, sans le tuer, lui enlever les trois quarts du visage; il ne lui restait de vivant que l'œil gauche, la lèvre inférieure, et une partie du menton ; tout le reste était factice. Et ce brave servait encore ! Il lui restait le cœur et la voix pour commander, le bras pour tirer l'épée.

Au milieu de ces scènes belliqueuses, nous entrions en plein carnaval ; quels contrastes, mon Dieu !

Qu'étaient devenues cette gaîté française et cette folie populaire, qui faisaient jadis du carnaval de Paris une si grotesque saturnale ? Plus de ces files de fiacres chargés de masques, se faisant une guerre de quolibets et d'injures, dont les oreilles pudiques des passants payaient les frais : à peine quelques misérables Turcs promenaient-ils leur sale turban classique, honteux de leur isolement ; encore le dédain des masses accusait-il ces Mahomets de contrebande d'avoir emprunté leurs guenilles dorées au bazar de la préfecture de police. D'autres déguisements erraient alors sur les boulevards, et ceux-là vous mettaient les larmes aux yeux et la mort au cœur.

Un dimanche de carnaval, je gagnais le boulevard par la rue Saint-Denis, quand je vis la foule s'arrêter devant la porte, et attendre le passage d'une troupe qui, de loin, par la bizarrerie de ses costumes, avait l'air d'une bande de masques. C'était un convoi de malades et de blessés qu'on évacuait sur Paris. Je ne crois pas avoir jamais vu quelque chose d'un aspect plus désolant. Ici les Parisiens, en habit de fête, se pressant sur le boulevard, le teint joyeux et fleuri, et, au milieu de la haie, une longue file de spectres, couverts de haillons sanglans, se traînant à peine, et jetant sur la foule un œil terne et hébété. Au milieu des blessés de toute espèce étalant à nos yeux leur glorieuse misère, un homme surtout se faisait remarquer par un aspect qui me frappa d'effroi et d'une respectueuse pitié. C'était un grenadier à cheval de la garde : il portait encore l'équipement sous lequel il avait été frappé, car son manteau blanc, son uniforme et sa chabraque étaient inondés de sang, et portaient en larges taches noirâtres les traces de ses blessures. Ce malheureux avait la tête entièrement couverte de bandages ; trois ouvertures pratiquées devant les yeux et la bouche, témoignaient seules que quelque chose d'humain respirait sous cette masse informe de linges croisés. Son manteau agrafé s'ouvrait sur la poitrine et laissait apercevoir ses revers d'uniforme, où un bout de ruban rouge avait peine à briller à travers les taches sanglantes. Son malheureux cheval lui-même se traînait péniblement, blessé comme son maître, et ce n'était qu'un cri de pitié à l'aspect du masque effrayant qui contenait la tête hachée de coups de sabre de ce vieux brave.

Tel était le spectacle qui, chaque jour, désolait la capitale :

aujourd'hui des bataillons de conscrits qu'on alignait sur le Carrousel, pleins d'ardeur et de santé ; demain, leurs débris mutilés, en lambeaux, et dévorés par la fièvre. — La consternation était générale.

L'Empereur venait de partir ; mais, pour la première fois depuis des siècles, on voyait l'étranger aux portes de Paris, et l'on était réduit à le mettre à l'abri d'un coup de main. Pour cela, on avait abattu une immense quantité d'arbres dans les forêts de Saint-Germain et de Fontainebleau, et on en palissadait chaque barrière. Les troncs se touchaient tous, fortement serrés, et solidement fichés en terre ; puis on pratiquait, à la hache, des embrasures et des meurtrières dans ces redoutes de bois. Le tableau de Vernet, représentant la défense de la barrière de Clichy, peut donner une idée de ce qu'étaient ces fortifications improvisées.

Certes, de telles nécessités témoignaient assez de l'agonie de l'empire, et devaient faire saigner les cœurs patriotes ; savez-vous ce que ces travaux inspiraient à la France impériale ? des quolibets et d'ignobles calembourgs. Voilà les armes que savaient aiguiser ceux qu'on avait baptisés du nom de Pékin ; abominables représailles qui nous livraient à l'ennemi, en fermant à l'armée la source où elle eût pu puiser assez de sang pour le triomphe.

Quelle leçon pour Napoléon ! s'il n'eût été si tard pour en profiter. Qui pourrait se proclamer tout puissant, parce qu'il a pour lui les baïonnettes ! Pour régner, non ce n'est pas assez que des armées ; le sabre du despotisme s'use même à force de victoires, et malheur au souverain qui a besoin de la contrainte pour remplacer la lame brisée par la défaite ; il n'agitera qu'un tronçon impuissant. La liberté, la démocratie, voilà les armes qui ne s'émoussent jamais aux mains du génie ; voilà celles qui ont manqué à Napoléon ; voilà hélas ! le secret de sa chute.

D'honneur, je rougis pour la mémoire du grand homme, quand je me rappelle les misérables ressorts qu'on faisait jouer à Paris, pour remonter la machine détraquée de l'esprit public. Qu'il faisait beau voir ces castrats politiques grossir leurs voix serviles dans des journaux censurés ! Tristes fanfarons, tremblottant sous leurs casques de papier, et ne trouvant de patriotisme à nous inspirer que celui dont la consigne leur donnait la mesure ! Les départements étaient envahis ; qu'importe ? Le journal du chef-lieu ripostait à l'artillerie russe par le feu roulant des madrigaux et des charades indigènes, seules armes permises à la presse muselée.

Cependant il fallait bien, au moment de périr, s'adresser au peuple, à ce peuple, en un mot, qui seul alimente les armées. Mais qui savait s'il ne se rappellerait pas les vieux refrains de Valmy, en entendant parler de sa gloire révolutionnaire ? si les strophes de Chénier ne le feraient pas rougir de sa décadence, lui, peuple jadis souverain ?

> *— Travaillons ,*
> *Tous en vrais lurons ,*
> *Les casaques*
> *Des Cosaques ;*
> *Fussent-ils gros comm' des éléphants ,*
> *Ils n'font peur qu'aux petits enfants.*

Voilà le chant de guerre que faisaient résonner dans tous les carrefours les bardes de la police ; à ce chaleureux appel de l'Ossian officiel, joignez l'air de la *Mère Camus*, avec orgue de Barbarie , et vous aurez facilement une idée de l'enthousiasme qu'il savait inspirer. O honte ! ce que j'écris là est pourtant de l'histoire de France.

Qu'on se figure maintenant , au lieu de ces ignobles *ponts-neufs ,* la *Marseillaise* entonnée d'une voix retentissante au sein de nos villes ; les journaux affranchis , faisant de nouveau vibrer dans les cœurs français les mots de peuple et de liberté, et qu'on nous dise si l'ennemi fût sorti de France. Oui , sans doute , la liberté de la presse mêle bien des épines aux couronnes royales , mais on l'a dit cent fois , c'est la lance d'Achille, elle guérit toutes les blessures qu'elle a faites , et ne trouve point de bouclier ennemi qu'elle ne puisse percer.

Je viens de dire comment le gouvernement s'adressait au peuple des carrefours ; l'appel fait au peuple éclairé était plus national , mais d'un effet aussi nul. C'était sur le théâtre que le pouvoir avait placé sa machine électrique :

mais là, des physiciens à gages avaient ordre de ne nous communiquer que des étincelles monarchiques. Pas un seul souvenir de la République, même du Consulat ; plutôt périr que de soulever la coalition avec le levier démocratique : Napoléon voulut pousser jusqu'au fanatisme son horreur pour ce qu'il appelait les idéologues, c'est-à-dire les patriotes de 89. Sainte-Hélène a prononcé sur l'excellence de son système.

A l'Opéra, c'était l'oriflamme qu'on détachait des voûtes royales de St-Denis, pour enflammer une jeunesse fort mauvaise chrétienne, et ne sachant pas alors un mot d'histoire. A Feydeau, c'était Bayard sauvant Mézières, au milieu d'une intrigue mesquine calquée sur toutes les fadaises d'amourettes et de travestissement faisant alors le fond du théâtre.

Une chose pourtant m'impressionna fort vivement dans cet opéra-comique, intitulé *Bayard à Mézières*. Divers amoureux s'y disputent la main de Georgette, fille d'un vieux soldat ne voulant l'accorder qu'au plus digne d'elle, c'est-à-dire au plus brave. Charles-Quint a mis le siège devant la place ; mais Bayard est là. Il s'agit donc de se montrer à la hauteur d'un tel chef, et de repousser l'Espagnol. Parmi les personnages, figure un certain Reculin, dont la bravoure correspond à ce nom. A l'aspect du courage de ses concitoyens, le voilà qui s'échauffe et chante un morceau se terminant par ce refrain :

Et Reculin, tout comme un autre,
Finira par aller au feu.

Ce n'était point cette patriotique résolution de Reculin que j'admirais, c'était une voix douée d'un timbre exquis, ayant des notes d'un velouté et d'un charme dont jusqu'alors je n'avais nulle idée. J'ai depuis, à Paris, entendu toutes les célébrités vocales ; rien n'a effacé l'impression de cette voix sans pareille. Je venais là d'entendre pour la première fois Martin, alors dans tout l'éclat de son talent.

Aux Variétés, Jeanne Hachette s'élançait, la hache au poing, sur le rempart de Beauvais, devant un parterre qui se demandait, d'un petit air malin, depuis quand Beauvais était une place de guerre. Ainsi défilait devant Paris, muet et sans entrailles, une série de tableaux oubliés, empruntés à à la vieille monarchie, quand dix mesures de la *Marseillaise* eussent fait bondir toute la salle sur ses bancs. Mais cette sublime inspiration était proscrite, et les jeunes gens de mon âge ne devaient l'entendre hautement, pour la première fois, que dans les Cent-Jours

La régence, si peu faite pour remplacer dans Paris le génie de Napoléon, trouva enfin le moyen de réveiller quelques sentiments d'enthousiasme au cœur des Parisiens. Ce n'était plus un passé froid et sans couleur qu'elle exhumait à leurs yeux dans de futiles cadres dramatiques : c'était le présent tout palpitant de l'intérêt actuel ; c'était la voix de la victoire qu'elle chargeait d'émouvoir les masses, à défaut de liberté. Cette voix, vibrant comme la trompette, sera toujours la plus puissante sur le peuple français.

Un soir, on donnait *Armide* à l'Opéra ; la salle était pleine. Les regards s'arrêtaient avec émotion sur des spectateurs inaccoutumés. Paris était sans cesse traversé par des régiments allant rejoindre l'Empereur ; ce jour-là, il était arrivé une brigade de l'armée du Midi, et une foule d'officiers garnissaient l'amphithéâtre et le parterre. C'étaient là les vrais défenseurs sur lesquels pût compter la patrie ; les débris de nos vieux bataillons accouraient au secours de nos départements envahis, que ne pouvaient, malgré tout leur courage, sauver des recrues inexpérimentées. Avant de mourir, tous ces braves officiers voulaient encore une fois revoir ce grand Opéra, dont la guerre les avait si longtemps éloignés. Ils étaient heureux de se retrouver à Paris et de l'intérêt dont ils se voyaient l'objet de la part de l'assemblée entière. Je n'étais pas de ceux qui les regardaient le moins tendrement.

Cependant, le premier coup d'archet était donné, la toile était levée. J'examinais de tous mes yeux les jardins enchantés, sans cependant envier beaucoup le sort de Renaud, couché aux pieds de Mme Branchu, qui ne me semblait pas une Armide bien fidèlement traduite du Tasse, lorsqu'à la fin de l'acte on vit s'avancer Dérivis, tenant un papier à la main. On se tait, on écoute : c'était le bulletin de la bataille de Champ-Aubert.

Or, vous qui avez connu Dérivis, voyez-le dans son costume du chevalier Danois, superbe, dressé de toute sa

6

taille presque gigantesque, nous lisant, de sa voix de Stentor, le plus beau fait d'armes de toute la campagne de France, puis, couronnant sa lecture d'un cri tonnant de *Vive l'Empereur*, tandis que l'orchestre, d'un mouvement unanime, jouait *La victoire est à nous !* Je n'ai plus besoin alors de vous dépeindre l'aspect de la salle ; vous avez déjà fait lever le public en masse, en répétant le cri de Dérivis ; au parterre, ce sont les officiers qui agitent en l'air leurs schakos ; aux loges, les dames font voltiger leurs mouchoirs ; un éclair rapide de patriotisme venait de serpenter dans toute la magnifique enceinte de l'Opéra. C'était ainsi que chaque bulletin reçu par l'Impératrice était lu sur les grands théâtres, avant de figurer le lendemain au *Moniteur*.

Quelque temps après, on voulut frapper sur l'esprit public un de ces coups décisifs qui devaient retremper le moral parisien et faire renaître la confiance dans les armes impériales : On résolut de trancher du triomphateur, et de faire défiler les captifs devant le peuple victorieux. Hélas ! il y a loin du peuple romain, sans pitié pour les nations vaincues, jetant un œil superbe sur des rois attachés à son char de triomphe, à ce bon peuple de Paris, se prenant d'une belle compassion pour tout ce qui souffre, ayant des larmes pour toutes les infortunes, des charités pour tous les besoins ; pour ma part, j'avouerai que souvent je préfère les mœurs de la Place-Royale à celles du Forum. Le coup de théâtre fut donc entièrement manqué, le pouvoir n'en obtint qu'un effet inverse de celui qu'il attendait. Je l'expliquerai tout-à-l'heure.

Depuis plusieurs jours on annonçait l'arrivée de cette fameuse colonne de prisonniers, de ces hommes que les journaux nous dépeignaient comme des barbares couverts de tous les crimes, depuis qu'ils souillaient le territoire ; le fait est qu'ils prenaient une cruelle revanche de nos dix ans de tyrannie chez eux. On ne s'entrenait donc que de l'arrivée des prisonniers russes. Il va sans dire que de tout Paris j'étais sûrement celui qui attendait le grand jour avec le plus d'impatience. J'ai l'honneur de vous faire observer que, sans doute, il y aurait parmi les prisonniers des cosaques ; et dites moi si, pour voir un cosaque, quand on n'en a jamais vu, et qu'on en a si longtemps entendu parler, on n'est pas excusable d'être curieux. Et puis j'allais voir des Russes, que je connaissais seulement d'après Gérard, dans sa bataille d'Austerlitz : il y aurait là des uniformes nouveaux pour mes yeux qui, je vous l'ai dit, étaient trés-friands d'uniformes.

Je demeurais rue Serpente, dans un hôtel garni tenu par un ancien officier de hussards, nommé Devilliers, champenois ; lequel pauvre diable était cloué sur son fauteuil par une goutte opiniâtre ne lui permettant que de jurer et de s'informer de l'empereur et de l'armée. Il avait tant gémi de nos revers depuis Moscou, qu'il voulut au moins se donner la satisfaction de voir des Russes prisonniers, comme il en avait tant vu jadis; c'était une petite vengeance qu'il pensait bien que ne lui refuserait pas sa goutte.

Un jour donc, M. Devilliers, sachant que mon jeune cœur battait pour la gloire de mon pays aussi fort que son cœur d'invalide, m'annonça que les prisonniers arrivaient le jour même, et me demanda si je voulais aller au-devant d'eux avec lui. Je devinai le cabriolet, et j'acceptai sur-le-champ, par intérêt, non pas pour mes jambes, mais pour mes bottes, qui coutaient alors 36 fr., attendu que la France portait encore des bottes à la russe, depuis que ce bon M. Suwarow avait bien voulu, à Novi, nous montrer les siennes: *Pulvere non indecoro sordidas*, comme dirait Horace. Quoiqu'il en fût, je hisse en cabriolet mon pauvre goutteux, je saute à son côté, et nous voilà, trottant à l'heure, du côté de la Villette. Parvenus au-delà de la barrière, nous ne vimes rien qui pût nous faire supposer qu'on attendit les prisonniers ; pas un seul garde national, pas un piquet de gendarmerie. Nous prîmes donc le parti d'attendre, et, sans nous avancer plus loin sur la route, nous entrâmes dans une guinguette, où nous apercevions beaucoup de mouvement. Nous montâmes au premier, et nous trouvâmes une vingtaine de militaires divisés en plusieurs tablées, en attendant leur dîner avec une gaîté et un appétit qui rappelaient à mon compagnon ses premières campagnes. Il me demanda si je voulais l'aider à venir à bout d'un poulet et d'une salade; je ne demandais pas mieux, car je prévoyais que la conversation allait s'entamer sur la campagne, entre **M.** Devilliers et les troupiers, qui se serraient déjà pour nous faire place.

Nous nous assîmes à une table occupée par un sergent de grenadiers de la ligne, et quatre chasseurs à pied de la garde, dont deux portaient des bonnets percés de balles, tous, du reste, porteurs de ces figures que Charlet croque si bien. L'un d'eux, criblé de variole, avait la moustache clair-semée, de sorte que ses camarades, qui l'avaient longue et fournie, s'amusaient à l'en plaisanter. Quand le diner parut, *Joseph*, dit l'un d'eux, *f... donc un coup de baguette pour rassembler les poils de tes moustaches que tu as détachés en tirailleurs*, et le mot voltigea de table en table, aux éclats de rire de celui-là même qui en était l'objet; le vieux soldat avait sur la manche deux chevrons qui le mettaient au-dessus des quolibets sur les blancs-becs.

Nous engageâmes bientôt l'entretien sur les évènements de la campagne, et nous apprîmes que les prisonniers n'arriveraient que le lendemain. J'écoutais de toute mon attention ces tacticiens de guérite raisonner sur les manœuvres de l'empereur, en hommes décidés à passer dans le feu, s'il l'ordonnait. Le sergent, blessé au bras, s'était trouvé à Champ-Aubert, et venait avec quelques hommes chercher un convoi d'effets d'habillements pour son régiment. Il nous peignit, de la manière la plus comique et la plus énergique à la fois, cette longue marche à travers des chemins impraticables que leur avait fait faire l'empereur pour surprendre le corps d'Alzuzief, et couper les armées russe et prussienne ; il rendit justice à la valeur des deux mille grenadiers russes qui, entourés de toutes parts, formèrent le carré, et voulurent se faire jour à la baïonnette ; mais je t'en f...., dit en terminant le sergent, pas moyen ; il fallut saluer le coucou, et nous empoignâmes les trois généraux et tout le corps d'armée. Ah ! s'écria-t-il, dans un moment d'enthousiasme : qu'il vienne seulement un dégel, et ils sont tous f....!

En effet, la gelée fut si forte et si longue, que l'ennemi faisait manœuvrer son artillerie à travers les champs, où il eût eu peut-être la peine de l'abandonner en cas de pluie.

Nous arrosâmes d'un petit verre les vœux communs que nous échangeâmes avec ces braves gens pour le triomphe de nos armes, et nous remontâmes en cabriolet, en reprenant le chemin de notre hôtel.

Les soldats ne nous avaient pas trompés la veille, c'était bien le lendemain qu'arrivaient les prisonniers. La course précédente avait trop fatigué mon hôte, et, à son grand regret, il ne put m'accompagner. Quant à moi, je n'étais pas homme à me décourager ; je serais retourné vingt fois de suite, plutôt que de manquer ma part du triomphe ; car je crois, Dieu me pardonne, que je m'imaginais faire partie des vainqueurs, en qualité de membre de la même nation. Je me disposais donc à promener un regard superbe sur de pauvres diables que je me figurais sans air martial et sans attitude fière ; attendu que nous autres français d'alors, nous nous donnions modestement en partage toutes les supériorités militaires, valeur et tournure. Je ne tardai pas à rabattre de mes prétentions, à l'aspect de l'ennemi, même désarmé.

A partir de la barrière, une longue file de garde nationale s'étendait de chaque côté de la route, attendant la colonne pour lui servir d'escorte à son entrée à Paris. Cette milice citoyenne venait à peine d'être formée par l'Empereur qui, en partant pour l'armée, lui avait présenté le Roi de Rome. Elle était loin de cet ensemble et de cette uniformité qui devaient depuis la rendre si remarquable. Ici, des compagnies coiffées du chapeau républicain, surmonté du plumet rouge des vainqueurs de l'Italie ; là, des bonnets à poil comme en portait alors seule l'infanterie de la garde ; mais un air moitié citadin, moitié militaire ne permettait, que de très-loin, de la confondre avec les vieux grognards. Puis, par ci par là, quelques gibernes se croisaient avec le briquet sur une pacifique redingotte, et constituaient ce que nous devions, quinze ans plus tard, gratifier du nom de Bédouin ; attendu qu'en France la chose essentielle est d'arroser de ridicule toute plante qui pourrait jeter d'utiles racines sous le sol national.

Une foule immense attendait les prisonniers sur toute la route qu'ils devaient parcourir, depuis la barrière jusqu'à la place Vendôme, en suivant les boulevards. Enfin on aperçut de loin arriver au galop un gendarme, et les cris : *les voilà ! les voilà !* retentirent sur toute la ligne.

En effet ils arrivaient. La tête de la colonne fit halte à la barrière, et la foule put tout à l'aise examiner les captifs. J'avoue que leur aspect produisit sur moi une étrange impression : l'étonnement, l'orgueil, la vengeance, la pitié se heurtaient dans mon cœur ; mais enfin un seul sentiment en demeura maître, ce fut la vertu française, la générosité. Singulière chose que la guerre ! Ces hommes, depuis six mois, soupiraient après Paris, c'était leur cri de combat ; ils y arrivent, et à peine jettent-ils un regard sur ses monuments : les parisiens, depuis l'invasion, n'avaient pas assez de malédictions contre l'ennemi qui ravageait le territoire ; ils le voient enfin, ils s'apprêtent à le punir en l'attelant à leur char de triomphe, et peu s'en faut que ce ne soient les russes qui entrent en triomphateurs.

La division Alzuzief était composée de régiments d'élite ; aussi fûmes-nous frappés de la taille et de la vigueur de cet échantillon de la coalition européenne.

Le regard embrassait là, d'un seul coup d'œil, cette variété d'hommes que des espaces immenses séparaient en vain sur la carte, mais que l'aigle des Czars enchaînait de sa serre féodale, sous une seule bannière. Près du teint pur, des cheveux blonds et de la haute stature de l'enfant de la Baltique, le fils trapu de la Crimée ou du Caucase montrait sa barbe noire et son type tartare. Du reste, ils étaient tous vieux soldats, et porteurs d'épaisses et longues moustaches qui commencèrent à me prouver que cet apanage militaire n'était pas seulement porté avec fierté par la garde française, car rien ne trahissait chez eux la moindre humiliation. Une seule chose paraissait les intriguer, c'était la garde nationale.

Ils examinaient, d'un air étonné, ces uniformes neufs, vierges de poudre et de bivouac, et semblaient chercher le mot de l'énigme qui coiffait le noviciat du bonnet fourré de la vétérance. Je crois même que ces coquins-là se permettaient de baragouiner quelques quolibets moscovites, toutes les fois que la protubérance abdominale de quelque lourd grenadier bourgeois rompait l'alignement d'une façon trop ambitieuse, ou lorsque une paire de bésicles était restée par mégarde sur le nez de quelque Latour-d'Auvergne de comptoir. Enfin ils se serrèrent en masse, et la colonne commença à déboucher dans la rue du faubourg St-Martin. Là, la brutalité d'un sous-officier français provoqua un mouvement de compassion qui n'entrait pas du tout dans le programme de la fête triomphale.

Beaucoup de malheureux russes blessés n'avaient pu suivre; de sorte qu'on avait été obligé de requérir des chariots sur la route pour les transporter; on jugea qu'ils pouvaient, sans grand effort, traverser Paris, et on les fit mettre pied à terre. Un jeune maréchal-des-logis voltigeait à cheval, et le sabre en main, autour des chariots, jurant, tempêtant, et menaçant les pauvres blessés juchés sur les charrettes et trop lents à en descendre. Un vieux soldat, enveloppé dans une capote, était accroupi sur la dernière charrette, et paraissait abattu par la souffrance. *Allons donc!* s'écriait le sous-officier, *vieux gredin, descendras-tu, nom de D....!* et le pauvre russe ne bronchait pas.

Enfin, voyant le français se disposer à le saisir au collet, l'infortuné fait un effort, se dresse sur les genoux, rejette en arrière sa capote, et montre à la foule un spectacle déchirant. Ses blessures s'étaient rouvertes en route, le sang l'avait inondé ; mais le froid l'avait à mesure coagulé, et son pantalon et sa chemise ne faisaient plus qu'une écorce noirâtre collée à ses chairs. Puis, d'un geste et d'un regard pleins de mépris, il se contenta de nous désigner celui qui n'avait pas respecté le malheur.

A l'instant, deux gardes nationaux s'élancent vers le chariot, descendent et dressent sur ses pieds le vieux brave, dont les yeux se remplissent de larmes, et lui glissent dans la main quelques pièces de monnaie. Vous eussiez vu alors toutes les bourses se délier, et une pluie de monnaie tomber sur les prisonniers. Sur le boulevard, une marchande de gâteaux a pitié de pauvres soldats harassés de fatigue ; elle offre ce qu'elle peut donner, elle, quelques friandises ; et sur le champ, son panier est vidé par la foule au profit des Russes. Je les vois encore acceptant de toute main, gâteaux de Nanterre, brioches et pain d'épices ; dévorant le tout d'un air sauvage, tout le long des boulevards, et ne semblant s'occuper que de faire honneur à la pâtisserie française. Il est vrai que Paris, pour se venger de leurs dévastations, mettait lui-même à exécution pour ses captifs, la menace qu'on adresse aux petits enfants, de les mettre en prison dans la boutique d'un pâtissier. Tous les étalages furent vidés sur leur passage.

Voilà tout l'effet que produisit cette fameuse colonne russe, qu'on nous annonçait depuis si longtemps ; au lieu d'irriter contre l'ennemi, elle ne fit naître que la pitié pour le vaincu, et loin de rendre la confiance en nos armes, elle ne fit que l'ébranler, en forçant Paris de comparer les bataillons d'enfants qui sortaient de ses murs, aux hommes vigoureux et aguerris qu'il venait de voir pour la première fois.

Cependant le danger devenait de plus en plus imminent ; la nullité des bulletins de l'armée ne démontrait que trop qu'elle allait bientôt expirer de faiblesse, si de prompts renforts n'arrivaient point combler les vides laissés par des fatigues inouies et des combats journaliers. Oh ! comment se fit-il donc alors que la jeunesse elle-même fût sourde aux cris de la patrie ! Par quel étrange phénomène n'était-on parvenu

qu'à faire germer l'égoïsme dans des cœurs de vingt ans !
Hélas ! ils avaient semé du vent, et, selon l'expression de
l'Écriture, ils ne devaient recueillir que des tempêtes. La
séparation de l'armée d'avec la nation était devenue une des
conditions de vie essentielles du système impérial, et avait
jeté de si profondes racines dans les mœurs, que quiconque
n'était pas soldat, ne regardait plus comme un devoir de
secourir son pays. Le gouvernement fit un appel à la jeunesse de Paris ; elle s'insurgea contre la voix obstinée persis-
tant à ne jamais invoquer le nom de la nation en péril. Le
sénateur Lespinasse, ayant voulu haranguer l'École de médecine, fût accueilli par des huées, poursuivi jusqu'à sa
voiture, et forcé d'en descendre, exposé aux risées des
étudiants ; ils avaient porté la haine jusqu'à couper avec
leurs instruments les traits et les soupentes. Quelques-uns
d'entre-eux avaient préludé à cet acte ignoble par l'emploi
de l'arme favorite, le quolibet parisien. On avait, dans l'amphithéâtre, procédé à l'appel nominal des élèves ; moment
solennel certainement dans un tel danger ! Un des étudiants
se nommait Lechat ; comme il était absent et ne répondait
point par conséquent, une voix s'écria : Il est occupé, dans
le grenier de Cadet-Roussel, à la chasse aux rats ; il n'a pas
pu venir. (Éclats de rire.)

L'École polytechnique seule avait offert de marcher à
l'ennemi ; mais l'Empereur refusa, et paya ce dévouement
d'un mot charmant, bien flatteur pour cette École célèbre :

Je me garderai bien, dit-il, *de tuer la poule aux œufs d'or.*
On n'accepta donc le service de ces généreux élèves que
comme canonniers de la garde nationale. Ils fournissaient
un détachement aux barrières, emportaient leurs livres et
leurs instruments, et là, nouveaux Archimèdes, ils pâlis-
saient sur un problême, tandis que l'Europe armée s'apprêtait, dans les plaines de la Champagne, à venir heurter du
bélier les portes de notre Syracuse.

De sourdes rumeurs commencèrent enfin à circuler : le
gouvernement venait de commettre l'imprudence d'écrire
dans les journaux que deux anciens gentilshommes, ayant
arboré la croix de Saint-Louis, à Troyes, pendant l'occupa-
tion de l'armée russe, avaient été fusillés pour prix de leur
trahison, lors de la reprise de la ville par le corps d'armée
de l'Empereur.

Il était fait allusion, dans cet article, au jugement militaire
qu'une fatale précipitation rendit irréparable. L'armée russe,
marchant sur Paris, ayant pris la ville de Troyes, le parti
de l'émigration crut que c'en était fait de Napoléon ; l'esprit
royaliste couvant depuis longtemps dans le mystère de petits
conciliabules, se réveilla soudain sur les pas de l'étranger.

Deux anciens serviteurs des Bourbons, MM. de Vidrange
et de Gault, se laissèrent aller à un mouvement d'enthousiasme sans en calculer les suites infaillibles ; ils arborèrent
la cocarde blanche et la croix de Saint-Louis, et se présentèrent ainsi, avec de grandes démonstrations de joie,

l'empereur de Russie Alexandre , qui ne leur donna pas le moindre témoignage d'adhésion.

Bientôt après , Napoléon, loin d'être battu , culbuta les Russes et reprit Reims et Troyes. Le marquis de Vidrange , mieux avisé que son ami , prit la fuite ; le marquis de Gault fut arrêté , livré à une commission militaire , et condamné comme coupable de trahison en face de l'ennemi. La famille de ce malheureux vieillard courut se jeter aux pieds de l'Empereur qui , touché de ses prières, lui accorda la grâce du condamné. Il était , hélas ! trop tard ; le porteur du contre ordre arriva après la détonation fatale ; l'arrêt était exécuté ! Voilà l'évènement dont Paris s'entretint peu de jours après.

Dès lors les esprits travaillèrent ; on se demanda pourquoi la croix de Saint-Louis avait brillé sur la poitrine du marquis de Vidrange et de Gault , et comment le port de cette décoration constituait un crime. Un trait de lumière jaillit bientôt de cet imprudent article de journal , et le nom de Louis XVIII fut vaguement prononcé.

Louis dix-huit ! Oh ! comme ce nombre 18, accolé à un nom propre , nous parut gauche et maussade , quand nous l'entendîmes pour la première fois ! Non ! il n'était pas possible que ce poétique nom de Napoléon Ier , diparût du langage , pour céder les honneurs à Louis dix-huit. Ainsi raisonnions-nous , grands politiques du jour , qui ne savions pas seulement qu'il existât encore un Bourbon. Certes , c'était bien avec raison que nous pouvions réfuter le parrain qui s'avisa plus tard de surnommer Louis, *le désiré,* en lui opposant le proverbe latin : *Ignoti nulla cupido.* Car, il faut en convenir, la jeunesse de l'empire était d'une fière force sur l'histoire de son pays.

Je ne tardai pas à connaître le mot de l'énigme. J'allais le matin lire le journal au café des Pyrénées, situé au coin de la rue Serpente, où je demeurais. Là, venait aussi un de ces hommes qu'on ne trouve qu'à Paris, qui connaissent tout le monde, sans être connus de personne, ayant leur franc-parler sur tout ; véritable problème dont la cour d'assises donne souvent la solution aux âmes trop candides qui se laissent aller, devant de tels témoins, à quelques épanchements de regrets ou d'espérances. Mon homme avait une soixantaine d'années, une belle figure, une mise fort modeste, mais très propre, et se faisait appeler M. de Belle-hache, démarquisé qu'il se trouvait par la Révolution. C'était une de ces mémoires étonnantes qui se sont casé pour toujours dans la tête toutes les dates et tous les faits : compendium vivant qu'on peut feuilleter d'une main sûre, si l'on est embarrassé sur un nom ou sur une époque. C'était donc avec un grand intérêt que nous écoutions cet aimable vieillard ; lui, de son côté, aimait beaucoup à s'entretenir avec les étudiants, l'écoutant avec intérêt en prenant leur café à ses côtés. Il était surtout profondément imprégné d'un parfum d'ancien régime nous paraissant tout étrange, à nous autres, bercés aux refrains de la *Marseillaise* et élevés sous l'aile impériale. Nous l'écoutions donc, avec tout le charme de la nouveauté, nous raconter tous ces petits riens devenant des affaires d'État à la cour des deux derniers Louis ; tout y défilait avec le nom et la couleur du jour : pas un Vidame, pas un Sénéchal, un Mestre-de-camp, ou autre gothique mobilier d'antichambre royale, qui ne fût accompagné de son anecdote scandaleuse. Notre conteur était l'Œil-de-Bœuf incarné, avec sa poudre et ses mouches.

Vous pensez bien qu'il ne tarda pas à nous apprendre que Louis XVIII n'était autre que Monsieur, frère du roi, comte de Provence, qui vivait en Angleterre avec son frère et ses neveux. Et nous autres, de nous regarder tout étonnés de ce que le duc d'Enghien ne fût pas le prétendant, quand on l'avait fusillé, et de demander alors à notre ex-marquis une foule de choses sur lesquelles il s'expliquait avec une liberté qui nous semblait tenir du sacrilège. Le barbare démolissait pièce à pièce le temple de notre idole ; il nous montrait à nu toutes les plaies faites à la liberté par Napoléon, qu'il appelait *le petit bonhomme ;* vains efforts, il prêchait la vérité à des incrédules, et pas un de nos jeunes cœurs qui ne criât tout bas : *Vive l'empereur, quand même !* — pourtant aucun de nous ne prenait les armes pour lui ? — C'est que nous étions des pékins ; cela n'était pas notre affaire.

Pauvres imprudents ! s'écrie plus d'un lecteur, ils se jetaient d'eux-mêmes dans les filets d'un mouchard. — Eh !

bien, je n'en crois rien: je revis, après la Restauration, mon homme du café des Pyrénées, toujours mis avec la même simplicité, ayant seulement de plus la croix de Saint-Louis, qu'il nous avait dit avoir portée jadis : mais la modération avec laquelle il parlait de l'Empereur vaincu, après l'avoir hautement attaqué tout puissant, me convainquit que cet aimable vieillard était un homme d'honneur.

*
* *

Bordeaux avait ouvert ses portes à l'ennemi ; le duc d'Angoulême y avait été accueilli en triomphateur, et Paris ne savait rien encore. La main de fer qui gouvernait était encore assez puissante pour étouffer la vérité, et cependant la bonne foi eût pu ramener vers le pouvoir un peuple qui le laissait seul se débattre contre l'adversité. Mais une cruelle fatalité faisait déserter la cause impériale, au moment où elle était celle de la patrie. Chaque jour, on répandait des nouvelles alarmantes sur l'armée ; des vers circulaient manuscrits contre le malheureux Napoléon, cherchant, alors, à force de génie et de fatigues, à conserver ce Paris, où il ne comptait plus que des ineptes ou des ingrats pour gouverner en son nom. Voici, entre autres, un quatrain qu'on trouva un matin affiché à la grille de la Colonne :

7

Bourreau de tes sujets, ô Corse au cœur farouche,
Si tous les flots de sang que ta main fit verser
Coulaient sur cette place, ils atteindraient ta bouche,
Et tu pourrais, de là, boire sans te baisser !

Je voulus monter à cette colonne, pendant qu'on le pouvait encore, averti je crois par un funeste pressentiment que, dans quelques jours, il ne serait peut-être plus temps. Un gardien se tenait alors, comme aujourd'hui, dans l'intérieur de la grille du monument, et, avec une voix de Stentor, invitait les passans à gravir sur le sommet. Il vous remettait une petite lanterne, vous introduisait dans le socle de la colonne, et vous prévenait de faire en sorte de ne pas descendre pendant que d'autres curieux monteraient. Je me rappelle qu'une fois entré dans la spirale, je sentis faiblir ma résolution ; je craignais que, dans ce long et sombre trajet, la respiration ne me manquât, sachant bien que je ne devais voir le jour que sur la galerie. Cependant je ne voulus pas passer pour un enfant aux yeux d'un gros allemand, mon compagnon dans ce voyage aérien. Je m'armai donc de ma lanterne et de ma résolution, et je montrai la route à mon voisin, qui me suivait à pas pesants.

Nous commencions à trouver un peu long ce voyage, enfermés sans air dans un si petit espace, et forcés sans cesse de tourner sur nous-mêmes : enfin, nous aperçûmes le jour, et nous franchîmes le seuil de la porte de la galerie. Là, pour la seconde fois, la figure de Napoléon produisit sur moi le plus puissant effet ; un mouvement de respect spontané nous fit découvrir, l'étranger et moi, à l'aspect de la statue gigantesque du héros. Le front ceint du laurier triomphal, portant le globe dans sa main droite, la main gauche sur la poignée du glaive qui l'avait conquis, il dominait de là ce Paris qu'il voulait peupler des monuments de sa gloire. Encore saisi de ce vertige qui vous serre le cœur, quand on se trouve sur un point isolé dans l'espace, je regardais le colosse d'airain d'un œil tremblant ; un sentiment de crainte, absurde, mais très-réel, me permettait à peine de me pencher sur la rampe de la galerie ; il me semblait que j'allais ainsi faire perdre l'équilibre à la colonne, et l'entraîner par mon poids ; je ne sais trop ce qui me mettait mal à l'aise ; mais je me hâtai de descendre d'une région où il ne devait être permis qu'à un Napoléon de se dresser sans effroi.

Les avis furent bien partagés, lorsqu'il s'agit de rendre à la colonne Vendôme l'image qu'avait renversée la Restauration. Le Gouvernement de Juillet apporta là cet esprit incertain, moitié dynastique, moitié révolutionnaire, qu'il montrait jusqu'au sein des arts. Il craignait de faire crier à l'anachronisme en rétablissant un César romain sous le règne de la bourgeoisie ; à mes yeux, comme à ceux d'un grand nombre d'amis du beau antique, il en a commis un bien autrement coupable, en coiffant Trajan du tricorne d'Austerlitz.

Quelques jours après, le 28 mars 1814, le hasard me rendit témoin d'une scène qui ne devait plus se renouveler pour Paris, et dont on ne peut perdre la mémoire. Sans m'y attendre, je vis le pauvre enfant, alors l'espérance de la patrie, l'Astianax d'une autre Pergame ; j'eus le bonheur de me trouver aux Tuileries la dernière fois qu'on présenta au peuple le roi de Rome !

Le roi de Rome ! quel nom ! quel souvenir ! il retentit encore dans mon cœur, ce vingt-deuxième coup de canon nous annonçant que l'Empereur avait un héritier : vous en souvenez-vous, mes chers camarades de collège? C'était le 21 mars 1811 ; nous étions en classe, les croisées ouvertes aux rayons d'un doux soleil de printemps. Voyez-vous encore le bonhomme Desforges, le maître de violon du collège, allongeant la tête dans notre classe, à travers la fenêtre, nous annoncer d'un air joyeux que l'impératrice était accouchée, et que les canonniers étaient déjà sur la place. — Est-ce un garçon ? s'écria notre professeur Barret. — On dit que oui ! — Et le premier coup de canon se fait entendre ; nous voilà tous muets, le cœur agité, comptant les coups attendus par le Tibre avec la même anxiété que par la Seine. — Vingt-un,...... vingt-deux ! *Vive l'Empereur :* toutes les classes sont en rumeur ; les professeurs s'abordent en se félicitant ; les écoliers saluent le nouveau roi de cette Rome qu'ils étudient, et voient un jour de congé rayonner dans l'auréole du nouveau né.

Et trois ans après, presque à pareil jour, j'étais immobile devant une croisée basse des Tuileries : une femme tenait dans ses bras un jeune enfant, debout sur le bord de la fenêtre : il souriait à la foule, lui envoyait des baisers qu'elle recevait sans les payer de ses acclamations ; et moi, seul peut-être, moi qui, dès l'enfance, m'étais fait un culte de la gloire de mon pays, je croyais, aux battements de mon jeune cœur, comme on nous l'avait si souvent enseigné, voir dans cet enfant le dépositaire de nos destinées. Pauvre petit ! j'aperçois encore ton charmant visage, où ma candeur napoléonienne s'efforçait de rencontrer le sceau du génie, à travers ces cheveux d'or qui voilaient de temps en temps ton regard enfantin. Tu étais Napoléon, *tu Marcellus eras ;* et je cherchais le signe surnaturel qui avait dû marquer ton front. Tu portais, il est vrai, l'étoile de César, mais c'était une étoile périssable. La plaque de la légion d'honneur brillant sur sa poitrine, annonçait seule que tu n'étais pas issu d'un sang vulgaire et que tu avais été reçu dans un berceau où la gloire devait te marquer de son empreinte. Tu jouais, pauvre enfant, avec ce cordon qui bardait ta poitrine royale ; tu voulais nous jeter, en lutinant, ce chapeau à claque que ta gouvernante te faisait gravement tenir sous le bras, à toi, général de naissance, uniformé en colonel de garde nationale.

Néant des grandeurs ! cette étoile que tu portais sur le cœur, c'était le cancer paternel ; elle devait, en tombant, y laisser le souvenir , ce ver mortel que les années nourriront dans ton sein ! Vainement il te fut longtemps dérobé , ce secret ; l'ambition devait infailliblement te le révéler ; tu devais, te disaient-ils, sacrifier tes droits au droit divin ; la foudre de Juillet allait leur donner un démenti , elle vint frapper au cœur l'idole qu'on te forçait de respecter...... Infortuné jeune homme ! ce fut toi qui mourus de la blessure !

* *

Pendant tout le mois de mars, le froid s'était maintenu avec une grande rigueur, les malades et les blessés étaient en si grand nombre que les hôpitaux en étaient encombrés et desservis par un personnel fort insuffisant à une si rude tâche.

Bicêtre était transformé en immense ambulance pour les victimes de la guerre, se rapprochant de plus en plus de Paris. Le gouvernement y appela, en qualité d'aides, un certain nombre d'étudiants en médecine. Dans le même hôtel que moi, et porte à porte, logeait un de mes amis de collége, Flavien Delavergne, qui était alors apprenti médecin. Un soir que je rentrais chez moi, je vis sa chambre ouverte; l'obscurité régnait dans l'appartement; deux tisons , en tête à tête dans la cheminée , jetaient quelques lueurs tremblottantes sur les objets environnants.

J'entre, personne; une petite table était dressée devant le feu, et une serviette y recouvrait quelque chose d'assez volumineux. Je prends une chaise, me chauffe et attends ainsi mon homme; il ne venait point. Enfin, intrigué par ce paquet déposé sur la table, je me décide à le découvrir... je recule d'horreur; c'était un bras humain grossièrement séparé du tronc. J'eus bientôt le mot de cet incident romanesque; mon ami rentrait avec un autre étudiant en médecine, nommé Lapeyre, du département des Landes. Ces Messieurs avaient, dans l'amphithéâtre d'un hôpital, soustrait le bras d'un pauvre cuirassier qui venait d'y mourir; et Lapeyre, plus expérimenté que son collègue, devait lui donner des leçons d'anatomie sur ce malheureux bras de contrebande.

Pendant deux ou trois soirées j'assistai en amateur à ce cours clandestin; mais c'était avec une répulsion invincible et le cœur serré, que je voyais le démonstrateur tourner et retourner ce bras énorme, ayant dû appartenir à un homme colossal; je détournais les yeux en entendant crier le scalpel, déchirant avec peine la paume de cette main durcie par le travail, de quelque pauvre enfant des champs qu'attendait peut-être sa mère.

Voilà qu'un beau matin, Delavergne me dit : je pars pour Bicêtre avec quatre étudiants en médecine; tu m'y adresseras les lettres qui m'arriveront de La Rochelle; tu auras soin de ma chambre jusqu'à mon retour; allons, au revoir; en

me donnant une poignée de main, permets que je te donne
aussi *le bras.*

Cette cruelle plaisanterie n'en était pas moins réelle; en
entrant dans la chambre, j'aperçus encore le bras du malheureux cuirassier, enveloppé dans un mauvais mouchoir
de couleur. J'envoyais à tous les diables le cadeau et le
donateur; quoi faire maintenant de ce dangereux témoin
d'une infraction grave aux réglements et au respect des morts?
Je ne pouvais pas en rester plus longtemps dépositaire; je
reployai sur lui-même ce triste débris que j'enveloppai du
mouchoir lui servant de linceul; je montai à certain lieu,
puis furtivement, mais non sans une sorte de remords religieux, je lançai aux gémonies le bras déchiqueté du soldat.

***

J'allais bientôt la voir dans toute son horreur, cette guerre
qui ne nous apparaissait jusqu'alors que cachée sous les
palmes de la victoire; elle allait, par bonheur, développer
enfin par son approche le sentiment patriotique au sein d'une
population où il semblait éteint pour toujours.

J'arrive au dénouement du grand drame dont j'ai seulement retracé quelques incidents; je touche à cette journée
du 30 mars, qui devait changer la face de l'Europe, et dont

le succès devait être si vivement disputé par une poignée de braves, aux forces réunies de la coalition. C'est aujourd'hui, surtout, qu'en me reportant par le souvenir à tout ce dont je fus témoin dans cette grande journée, qu'en en jugeant mûrement les conséquences, je suis bien intimement convaincu que Paris pouvait être sauvé, si le pouvoir eût voulu profiter des dispositions inespérées que montra tout-à-coup la capitale. La proximité de l'étranger et la honte de le voir dans ses murs, ranimèrent enfin la fierté française, trop longtemps engourdie.

Le 29 mars, je me rendis, comme à l'ordinaire, au café des Pyrénées pour lire les journaux; il y régnait une extrême agitation, et pour la première fois, chacun y disait hardiment sa façon de penser. Point de nouvelles de l'armée sur les feuilles publiques; par conséquent, un déluge d'annonces verbales de toutes les couleurs. C'était l'arrivée de l'Empereur à Paris, vaincu, sans armée; c'était au contraire une grande victoire qu'il venait de remporter sur l'armée russe; et puis des commentaires et des plans de campagne à n'en plus finir. Enfin, une partie de la vérité se fit jour, et, vers le soir, on apprit que l'ennemi n'était plus qu'à quelques lieues de Paris. A cette nouvelle, je me rendis sur les boulevards extérieurs; déjà ils présentaient ce spectacle déchirant, précurseur des batailles. Une foule de pauvres villageois y accouraient au désespoir; les hommes, le regard farouche, conduisaient la charrette où était entassé ce qu'ils avaient de plus précieux; les femmes, les yeux en pleurs, portaient leurs enfants sur les bras et jetaient des regards désolés vers ces villages qu'elles venaient d'abandonner à l'étranger.

J'avoue qu'à ce tableau, la gloire impériale commença à perdre pour moi bien de ses rayons ; mes yeux s'obscurcirent de larmes en face de tant de douleurs.

Cependant, au milieu d'un tel danger, que faisait le conseil de Régence ? Croira-t-on que le seul avis énergique qui fut ouvert dans la dernière délibération, fut celui d'une femme, de cette Marie-Louise, jusque-là si indolente ? Elle voulait faire une proclamation aux Parisiens, les appeler à un combat décisif. Ce bruit se répandit à l'instant, et la population entière applaudit à la confiance de son impératrice. Les patrouilles de la garde nationale se multiplièrent ; un grand nombre d'ouvriers couraient se faire inscrire aux mairies, et demandaient des armes. C'était, pour les jeunes gens, un singulier spectacle que ces hommes armés de piques surmontées de banderolles, parcourant les rues comme aux jours orageux de la révolutiou, mais calmes, bien vêtus, et, surtout, délivrés du hideux cortège de mégères qui les accompagnait alors. On s'attendait donc à une de ces résolutions énergiques qui sauvent les empires ; et certes, les bras n'eussent pas manqué aux armes ; la nation devait être jouée jusqu'au dernier soupir de ce système de méfiance et de dictature qui perdit ce jour-là Napoléon. Il avait si bien habitué ses lieutenants à n'agir que d'après ses inspirations, que le 29 mars, quelques heures avant d'en venir aux mains avec un ennemi pour lequel une minute de gagnée devenait une conquête, les ineptes ou les traîtres qui gouvernaient Paris, n'osèrent pas prendre un parti, impérieusement commandé par la nécessité, sans dépêcher courrier sur courrier à l'Empereur qui accourait à leur secours.

Pendant ces incroyables lenteurs, l'armée russe s'avançait hardiment : le faible corps chargé de couvrir Paris se repliait sur les hauteurs qui l'entourent sur la rive droite de la Seine, et l'on aperçut bientôt le feu des bivouacs russes qui bordaient la Villette et le bois de Vincennes. Enfin la Régence choisit cet instant pour afficher sa proclamation aux habitants de Paris. Les imposteurs ! ils nous annonçaient qu'une colonne détachée des armées alliées, avait la témérité de marcher sur Paris ; mais que le *partisan audacieux* qui avait ainsi échappé à la surveillance de l'Empereur, allait porter la peine de sa trop grande imprudence. Prenez confiance, nous disait-on, et l'ennemi trouvera son tombeau sous les murs de la capitale !

Que résulta-t-il de cet incroyable mensonge ? C'est que l'élan national fut paralysé. Dès qu'on put croire Paris seulement faiblement menacé, dès-lors ses habitants se partagèrent en deux camps : d'un côté, les cœurs ardents, les braves, toujours prêts au jour du danger ; de l'autre, ces hommes, la perte de toutes les causes, délibérant quand

il faut agir, et qui, après la catastrophe, décorent du nom
de modération ce que d'autres qualifient plus sévèrement.

Je parcourais, dans une agitation extraordinaire, tous les
quartiers de Paris, cherchant à juger de l'importance de la
résistance préparée par le mouvement militaire qu'on eût
dû remarquer : mais de silencieuses patrouilles étaient le
seul indice dénotant qu'il se passait ce soir là quelque chose
d'inaccoutumé. Partout, des groupes se dissipaient à leur
approche pour se reformer ensuite ; la théorie de l'émeute
était alors dans son enfance. Dans ces divers groupes se dis-
cutait la question de la défense, avec le plus ou le moins de
passion qui animait les orateurs populaires ; mais la question
qui le matin n'eût pas été douteuse, trouvait le soir de
nombreux opposants. Une effrayante série de revers n'avait
pas encore éteint la confiance dans le génie de la France, et
il paraissait impossible que l'armée ne triomphât point au
jour où le salut de Paris reposait sur ses baïonnettes. Que
les suites de cette confiance retombent sur ceux qui avaient
déguisé le péril au lieu de le présenter dans toute sa vérité ;
sur ceux surtout qui, le lendemain, refusèrent des armes
aux braves se hâtant de voler au secours de l'armée.

Je traversais la place Vendôme pour gagner les quais et
me retirer dans mon paisible quartier latin, quand j'aperçus
une foule nombreuse rassemblée devant la porte de l'état-
major ; je crus que là il ne s'agissait, comme partout, que
des dangers du lendemain ; mais la foule était muette ; tous

les regards convergeaient vers un pivôt qui semblait absorber l'attention générale, et certes jamais la badauderie parisienne n'avait eu un plus digne aliment. Savez-vous quel était l'axe de ce cercle de regards immobiles, auxquels je ne manquai pas de joindre le mien? Un Cosaque au grand complet. Oui vraiment, un bel et bon Cosaque du Don, juché sur la haute selle de son petit cheval, armé de sa longue lance, orné de sa barbe rousse, de ses yeux et de son nez de tartare; le tout conforme aux lithographies de Vernet, que vous connaissez-tous. Or, je vous le demande, n'y avait-il pas à rester là deux heures en méditation, devant ce brave enfant du Tanaïs! non pas sur les vicissitudes du sort des combats, qui après vingt-un ans de triomphes, nous jetait là, au pied de la colonne, cet échantillon de l'Asie, dont les hordes maraudaient alors à quelques centaines de toises du spectateur; mais bien sur la couleur des moustaches et la tournure grotesque du sauvage. Je demandai ce que faisait là ce Cosaque, et aussitôt un de ces officieux qui savent tout, commençait à estropier un nom de général russe, et à me raconter comme quoi le susdit général était à l'état-major comme parlementaire, pendant que son Cosaque l'attendait à la porte, lorsqu'un des vétérans de garde nous dit que cet homme avait suivi un officier russe qui venait de déserter et de passer aux Français. Je pris, là-dessus, le chemin de la rue de la Harpe, après un dernier coup-d'œil au déserteur.

Parvenu à l'entrée du Pont-Neuf, je trouvai également une foule considérable rassemblée autour d'un seul homme.

C'était un sergent des Invalides qui haranguait le groupe avec toute la chaleur d'un vieux soldat, gesticulant du seul bras qui lui restait. « Quand je vous dis, s'écriait-il, qu'ils » sont plus de cent mille ! Que diable ! je m'y connais, moi, » je sais bien ce que j'ai vu. Allez comme moi à Belleville, » et vous verrez si ce n'est qu'une colonne détachée ; si, » demain, les Parisiens ne portent pas secours au corps » d'armée, il est impossible qu'il tienne plus de cinq ou six » heures. »

Comme il achevait, une patrouille passait, armée de piques. Que diable voulez-vous faire avec ces manches à balai ? dit un jeune homme à l'invalide. — « Il y a quarante mille » fusils à Vincennes, répondit-il ; ce ne sont pas les baïon- » nettes qui manqueront ; allez-en demander demain, et je » vous réponds qu'avec un peu de cœur nous viendrons à » bout de l'ennemi, d'ailleurs l'Empereur marche à notre » secours ; mais du moins tenons vingt-quatre heures ! » L'invalide prit alors le chemin de l'hôtel, et moi je pour- suivis le mien.

Tous les évènements de la journée venaient en foule assaillir mon cœur et ma mémoire ; un sommeil inquiet avait peine à fermer mes paupières ; enfin, je m'endormis profondé- ment. C'était certainement le cas d'avoir un beau songe allégorique, dans le genre des tartines classiques tenues en réserve pour l'usage des héros épiques endormis. Je suis forcé de convenir que je ne vis point l'avenir de la France se dérouler devant mes yeux dans une suite de tableaux prophétiques. C'est que vous n'étiez point un héros, pourrait-on me dire ; et j'en conviens encore de la meilleure foi du monde, espérant bien qu'on me tiendra compte de cette modestie par le temps qui court.

Vers quatre heures du matin, il me sembla entendre un bruit lointain de tambours : j'écoute ; le bruit s'approche et je reconnais la générale.

C'était elle ! que de choses me disait la voix de ces tambours ! C'était celle de la patrie mourante ; chaque coup de baguette était un de ses cris, retentissant presque comme un remords dans le fond de mon cœur, à moi plein de force et de jeunesse, paisiblement couché loin du péril, tandis que ma place était aux barrières. *Rappelle, rappelle,* me disais-je tristement, *ils ne l'entendront pas, pauvre tambour national !* Je les calomniais, ils l'entendirent. Je crus bientôt distinguer qu'il se passait quelque chose d'extraordinaire dans le quartier ; des portes se fermaient, des voix d'hommes s'appelaient dans toutes les rues voisines. C'était celle des gardes nationaux qui se rendaient à leur poste. Ah ! Paris, cette nuit-là, racheta en courage et en dévoûment tous les doutes qu'il avait laissés planer sur son patriotisme ! Ce que le pouvoir n'osa pas faire, l'honneur national l'accomplit. Une froide proclamation ne parlait qu'un langage de police ;

l'orgueil français se fit mieux entendre ; il mit la vengeance
au cœur et le mousquet au poing aux braves gardes nationaux que nul de nos gouvernants n'avait cherché à électriser.
Ils pouvaient, sans craindre même la honte, fermer l'oreille
à l'appel de leur tambour , et six mille lui répondirent , et
six mille , sans y être obligés , allèrent offrir leur poitrine
aux balles prussiennes et moscovites !

Je ne pus rester un instant de plus au lit ; je me levai
avec le jour , qui déjà pénétrait dans ma chambre. Je descendis rapidement la rue de la Harpe , et pris le quai de
la Grève , que je voyais de loin couvert d'une multitude
d'hommes en marche vers la place. A peine y étais-je rendu,
que des cris éclatants de *Vive l'Empereur !* retentirent sur
les marches de l'Hôtel-de-Ville, assiégé par une foule innombrable ; un gendarme venait de traverser au galop l'arcade
Saint-Jean ; il avait crié à la foule : *Bonne nouvelle !* et soudain les commentaires de pleuvoir. L'empereur de Russie ,
disait-on , était prisonnier, et Napoléon n'était plus qu'à
quelques lieues de Paris ! Puis , vous eussiez vu onduler
cette mer populaire , ces dix mille têtes qui se pressaient
dans un étroit espace ; vous eussiez admiré cette mâle population d'ouvriers représentant là , sous la veste et sous
la casquette , les débris de ces bataillons de volontaires qui
avaient illustré tous nos départements. Je remarquai que la
majorité de ces hommes se composait de maçons et de tail-
leurs de pierres ; presque tous portaient des vêtements blan-

chis par leurs travaux ; mais je dois le dire, à la honte de la jeunesse d'alors, à peine voyais-je de loin en loin quelques costumes qui n'appartinssent pas à la classe ouvrière. C'est que, pour tout dire aussi, il y avait à peine à Paris un étudiant qui n'eût pas fourni son homme à l'armée ; c'était ainsi que la loi les tenant, pour de l'argent, quittes envers la patrie, ils ne se croyaient plus tenus à lui prêter un supplément de sang.

La fausse nouvelle qui venait de circuler remplissait d'enthousiasme cette foule tumultueuse ; elle demandait des armes à grands cris. A l'aspect de tous ces braves ouvriers se pressant sur les marches de l'Hôtel-de-Ville, comme s'ils eussent réellement attendu la distribution, je m'arrêtai sur la Grève, pour voir enfin ce que ferait l'autorité. Convaincu qu'on allait délivrer des fusils, je débattais en moi-même la question de savoir si j'en prendrais un ; je me trouvais serré dans un groupe où figuraient des hommes de quarante à cinquante ans ; la peur de passer pour déserteur, en les abandonnant, me fit attendre comme eux ; je crois donc ne pas faire preuve ici d'un très-grand courage, en avançant que j'aurais pris un fusil, si on en eût distribué.

Mais qu'attendre d'un pouvoir déjà détraqué par la crainte, d'une Régence qui venait d'arracher des Tuileries l'Impératrice et son fils, pour fuir sur la Loire ? Les moyens de défense furent dignes du chef qui tenait le lieu de Napoléon,

8

de ce pauvre Joseph, ce roi qui chassé la fourche aux reins du trône de Castille, devait encore compromettre celui de son frère, par sa faiblesse et son impéritie.

La porte de l'Hôtel-de-Ville s'ouvrit enfin ; on s'apprêtait à se distribuer les fusils ; ce qu'on distribua, ce fut le reste des piques de la garde nationale ; la foule indignée n'en prit quelques-unes que pour les briser et crier à la trahison.

Il ne restait plus qu'à assister aux funérailles de l'armée, qu'on laissait ainsi mourir sans secours ; la Grève fut évacuée, et je traversai l'arcade Saint-Jean pour gagner le boulevard par la rue Saint-Antoine, d'où on entendait déjà le canon se rapprocher de Paris. C'était avec un serrement de cœur douloureux que, parvenu dans cette rue immense, je l'entendais gronder sourdement ce canon ennemi ; c'était la première fois que son bruit frappait mon oreille, et je ne pouvais m'empêcher de tressaillir à chaque coup, en pensant qu'il venait peut-être d'abattre un français. Le quartier Saint-Antoine était calme et presque solitaire ; tous les magasins étaient fermés ; on voyait seulement çà et là quelques groupes, avides de nouvelles, arrêtant tous ceux qui arrivaient de la barrière du Trône ou du boulevard.

Comme je traversais la place Royale, nommée alors place des Vosges, je vis la première scène du drame militaire qui allait se dérouler sous mes yeux. L'armée russe avait détaché une nuée de tirailleurs jusque dans les jardins qui bordent les hauteurs de Belleville et de Saint-Chaumont ; or, il arriva qu'un soldat s'étant trop aventuré dans un de ces jardins, se vit tout-à-coup entouré par cinq ou six enfants de quinze à seize ans, qui l'assaillirent à la fois, et lui firent déposer les armes. Il fallait voir l'air triomphant de ces jeunes drôles, armés d'échalas, et conduisant leur prisonnier à la mairie. Le pauvre diable de russe n'était pas, à dire la vérité, une glorieuse conquête ; à peine semblait-il avoir dix-huit ans, et était très petit et très grêle, ce qui n'empêchait pas ses vainqueurs de l'écraser de tout le poids de leur gloire. Je me rendis de là sur le boulevard Saint-Antoine, où un spectacle plus belliqueux et plus triste me glaça de cette horreur qu'inspire la première vue de blessures encore fumantes.

Avant de se retirer sur les hauteurs, la cavalerie française avait exécuté dans la plaine une charge vigoureuse dans laquelle elle avait ramené des prisonniers, presque tous blessés à la tête. Quatre gendarmes à cheval en conduisaient une vingtaine, tous d'une haute stature, la tête nue, et le regard furieux. L'un d'eux s'était couvert la tête d'un sac, à travers lequel son sang se coagulait en lui formant une espèce de couronne de caillots ; plusieurs autres avaient la face bandée de leurs mouchoirs ; mais un autre, le visage ouvert de deux larges coups de sabre, était horrible à voir, tout sanglant. Une foule barbarement curieuse se ruait autour de ces malheureux pour repaître ses regards de leurs blessures saignantes, quand tout-à-coup le balafré se retourna

vers elle , d'un air furieux, en jurant dans sa langue maternelle ; à l'instant tous ces curieux reculèrent épouvantés.
Les gendarmes éloignèrent la foule , et conduisirent les
blessés jusqu'à la rue du Temple , où je les perdis de vue.

Que d'épisodes de cette fatale journée du 30 mars , se
présentent à la fois à ma mémoire ! Que de scènes tou-
chantes, que de tableaux désolants pour des cœurs neufs et
généreux qui voyaient là , pour la première fois , la gloire
militaire suivie de son cortège de sang et de pleurs. Je
compris alors pourquoi la censure impériale avait porté ses
ciseaux jusque dans les colléges, en frappant de réprobation
les strophes de l'Ode à la Fortune , que Rousseau applique
comme un fer chaud sur le front des conquérants.

Il était huit heures du matin ; j'avais déjà parcouru les
boulevards, depuis la Bastille jusqu'à la rue de Bondy, épiant
avec anxiété la physionomie du peuple nombreux qui les
couvrait dans toute cette étendue. C'était le moment où la
lutte était devenue le plus acharnée entre nos rares et intrépides défenseurs et les bataillons inépuisables que lançaient
contre eux les deux armées russe et prussienne. On entendait non-seulement le canon , mais la fusillade elle-même
venait frapper notre oreille de son bruit rauque et précipité.
On voyait, de temps en temps, la crête des hauteurs voisines

se couronner de soldats dont les baïonnettes lançaient aux rayons du soleil quelques rapides éclairs ; puis ce ruban, dessiné sur l'horizon, se déroulait lentement vers un autre point ; il disparaissait bientôt, puis le bruit de la mousqueterie redoublait.

C'était un nouvel assaut de la garde russe qu'on repoussait. Huit heures durant, il fallut ainsi faire un rempart vivant au pied du faible rempart naturel qui protégeait Paris.

Pendant que le sort de l'Empire se jouait ainsi à quelques toises du boulevard, un homme s'y promenait, calme, insouciant de l'avenir, tout entier à l'heure qui fuyait, type vivant de l'industriel parisien ; c'était un marchand de coco. Je me souviens de la presque indignation qui m'animait en voyant ce malheureux nous étourdir de son cri glapissant, et offrir son misérable breuvage avec un sang-froid imperturbable, pendant tout le temps que dura la bataille. Nos soldats mutilés passaient à ses côtés ; ils venaient de faire leur métier en versant leur sang ; le sien était de verser du coco, et il en versait. Le canon grondait non loin de là, et il lui ripostait par l'éternel carillon de son gobelet retentissant : *A la fraîche ! qui veut boire ?* Mais le temps était froid, qui pouvait avoir soif ? Eh ! qu'importe la saison ? La vue du sang, les émotions du patriotisme, ne pouvaient-elles pas enfiévrer la foule ? C'en était assez, et le marchand était accouru, attiré par une odeur d'abattoir, prêt à vendre au blessé le droit d'humecter ses lèvres ardentes : c'était l'industrie, défiant la mort elle-même.

Plus loin, c'était la générosité française, la fraternité militaire, qui vous mettait des larmes dans les yeux et du baume dans le cœur. A l'angle d'une petite rue perpendiculaire au boulevard Saint-Antoine, était une petite façade bariolée de couronnes de chêne et de thyrses aux pampres verts ; une balustrade usurpait sur la contre-allée l'espace qui manquait au rez-de-chaussée, et formait en plein vent un salon supplémentaire. Vous avez déjà reconnu une des guinguettes qui animent les boulevards populaires de Paris. Mais vous n'y voyez pas encore un hôte inaccoutumé ; ce capitaine d'infanterie assis à une petite table, vis-à-vis de quelques verres et d'une bouteille d'eau-de-vie ; puis, à la barrière du petit enclos, c'est un trompette de chasseurs qui, joyeux recruteur, arrête les passants, et les fait entrer en leur présentant un verre. Dans le cas où vous me demanderiez ce qu'ils font là, tandis qu'on meurt plus loin pour la France, je vous ferai jeter les yeux sur la jambe du capitaine et sur le bras du trompette ; la balle les a frappés tous les deux, il y a quelques heures ; et la bouche noircie du chasseur témoigne assez que sa carabine n'était pas restée oisive jusqu'au moment où elle lui était tombée des mains. Ces deux braves venaient d'être pansés, et voulaient du moins suivre les chances de la bataille, en les apprenant de la bouche des blessés, puisqu'ils ne pouvaient plus combattre eux-mêmes. Je restai près de deux heures avec eux, et ce fut là que vint défiler devant nous la guerre avec toutes ses douleurs.

Les blessés cheminaient lentement sur chaque contre-allée du boulevard ; le capitaine arrêtait ceux qui passaient de son côté, et leur faisait verser un verre d'eau-de-vie par le trompette. A mesure qu'ils se succédaient sous nos yeux, j'eus lieu de remarquer le fanatique dévoûment du soldat pour l'Empereur, l'orgueil indomptable de la garde, et dans tous, cette aveugle confiance dans leurs armes, qui fut si longtemps le secret de notre supériorité militaire. Je ne peindrai pas toutes les scènes dont je fus témoin, pendant le temps que je demeurai auprès du généreux capitaine, qui secourait ainsi ses frères ; elles furent assez uniformes ; toujours du sang et de la pâleur. Mais trois d'entre elles me causèrent une si vive impression, que je veux vous y faire assister.

Un soldat du train d'artillerie, à peine âgé de dix-huit ans, passait au milieu du boulevard, monté encore sur son cheval, et paraissant s'y tenir avec effort. Il aperçoit la table et les verres, et s'approche de la balustrade. *Mon officier, dit-il, je crève de soif ; auriez-vous la bonté de me faire donner un verre d'eau ?* — Qu'as-tu attrapé, répond le capitaine ? — Je suis f..... ; il y a plus de deux heures que je suis à cheval, avec la cuisse traversée par un boulet ; les carabins n'ont pas le temps de panser tout le monde, tant ça chauffe.

L'officier doutait encore, mais un groupe de femmes entouraient le soldat, et l'une d'elles écartant la capote de ce malheureux jeune homme, ce ne fut à l'instant qu'un long cri de pitié et d'effroi. Il avait dit vrai ; un énorme biscaïen avait laissé un trou large et hideux des deux côtés de la cuisse gauche, et sa jambe pendait, inerte, auprès d'un étrier devenu inutile. — *Bois cela, mon camarade*, dit le trompette, en lui offrant un petit verre. — *C'est ma troisième campagne !* s'écriait à chaque instant le blessé ; *je m'en f..., vive l'Empereur ! En mourrai-je, mon capitaine ?* — *Non, non, mon ami, va te faire amputer, et du courage !* Puis, quand le blessé fut à trente pas : Voilà, nous dit l'officier, un pauvre enfant que la fièvre emportera cette nuit.

A ce jeune conscrit succédèrent deux vieux soldats de la garde, grenadiers à pied. L'un d'eux, dépouillé de son uniforme, donnait le bras à son camarade, blessé à la tête, et tous deux marchaient avec une fierté théâtrale qui, selon moi, était loin d'ajouter à leur gloire. Le plus jeune avait sans doute mis bas son uniforme pour étaler sa blessure dans toute son horreur : un boulet venait de lui emporter le bras gauche, et les lambeaux de sa manche de chemise se confondaient, sanglants, avec les lambeaux de ses chairs meurtries. L'officier les fit entrer et leur demanda des nouvelles de la bataille. *Ah bah !* répondit l'un d'eux, *ils sont bien près de la marmite, mais ils n'y tâteront pas d'aujour-*

d'hui. Et trois heures après, Paris devait être livré ! On présenta leurs verres aux deux grenadiers ; mais celui qui paraissait traiter en riant la perte d'un bras, ne put lutter plus longtemps contre la nature ; sa pâleur contrastait avec sa gaîté factice ; puis, quand il voulut porter le verre à ses lèvres, sa main tremblante lui refusa son secours ; il fallut que son camarade l'aidât à boire, en lui tenant le verre à la bouche. Ce malheureux s'éloigna ensuite, en affectant la même assurance ; mais comme chez Diogène, on voyait son orgueil à travers sa manche déchirée.

Ah ! que j'aimai bien mieux la simplicité de ce lancier, qui suivit de près les deux blessés de la garde ! Lui aussi il venait d'être privé d'un membre, il avait une jambe emportée ; mais du moins il dérobait sa blessure aux regards. Deux Parisiens portaient sur une chaise ce pauvre jeune homme, escorté par une foule de femmes se lamentant sur son sort. Il était de Paris, et il se faisait porter chez lui. *Ma pauvre mère,* disait-il en pleurant, *quel coup-d'œil pour toi !* Et le triste cortège s'avançait vers la demeure de cette mère à laquelle on s'intéressait vivement sans la connaître, en voyant les larmes qu'un bon fils répandait pour elle.

Je remarquai que dans cette douloureuse journée les femmes étaient en grand nombre tout le long du boulevard; leur cœur avide d'émotions trouvait là à exercer largement la vertu féminine par excellence, la pitié pour le malheur.

L'une d'elles, arrivant du côté de la Bastille, et voyant

s'éloigner les blessés, s'approcha du groupe. — Pauvres jeunes gens ! s'écria-t-elle, je viens d'en rencontrer deux qui m'ont fait grand peine à voir ; ce sont des élèves de l'école polytechnique, dont l'un est tout défiguré. J'avais là, dans les rangs, quelques amis, je m'inquiétais de leur sort ; le blessé dont parlait cette femme était l'élève Bonneton, du Lycée Impérial, dont il sera question plus tard dans le courant de ce volume ; une gargousse venait de lui éclater dans les mains.

C'était dans la plaine située entre la route de Vincennes et la butte Saint-Chaumont, que se trouvait en position l'artillerie de la garde nationale, servie par l'École polytechnique. Elle fut chargée par les hulans, ayant ordre, dit-on, de ménager ces braves jeunes gens restés fermes à leur poste. Les Russes pouvaient les sabrer sur leurs pièces, ils se bornèrent à désorganiser la batterie ; les deux tambours furent seuls tués. Les hulans s'emparèrent de sept ou huit canons, et firent quelques prisonniers, parmi lesquels se trouvait mon ami Timoléon Duclos, alors fourrier, et devenu depuis colonel directeur du génie à la Rochelle, position qu'occupait son père pendant que le fils combattait sous Paris.

Pendant cette lutte acharnée, d'une poignée d'hommes contre les armées réunies de l'Europe, les bruits les plus contradictoires se répandaient au sein de Paris. L'armée française, disait-on, était anéantie, les portes étaient au pouvoir de l'ennemi ; d'autres au contraire allaient colportant le bruit que l'Empereur arrivait : on n'avait plus foi que dans le génie du grand homme ; on avait soif de sa présence , bien convaincu que l'arrivée de ce foudre de guerre allait faire jaillir du sol toutes les ressources que des mains inhabiles ou pusillanimes y avaient laissées stériles. La foule grossissait à chaque instant sur les boulevards ; une multitude d'ouvriers y accourait, prêts à se porter partout où on eût voulu les appeler.

Il était près de midi ; l'ennemi s'avançait ; les hauteurs de Belleville étaient devenues le théâtre d'un combat effroyable ; la canonnade qui s'entendait de ce côté avec un redoublement extraordinaire , y attira la foule. Je suivais machinalement le torrent , marchant le long du parapet qui borde les rues basses longeant alors cette partie du boulèvard : je voyais lentement cheminer un fiacre ; il passa sous mes yeux , et , comme je le dominais , je vis , à travers les glaces , un garde national étendu sans mouvement sur la banquette , les bras pendants et dans une attitude qui n'eût pas permis de douter qu'il ne fût mort , si la pâleur de son visage ne me l'eût appris d'une manière plus sûre. Cette vue me glaça le cœur; c'était le premier mort que je voyais de cette sanglante journée , et sans doute ses amis adressaient ses restes à sa famille pour qu'elle lui rendît les derniers devoirs.

Ce n'était pas de ce côté de l'attaque de Paris , que la garde nationale combattait en plus grand nombre, c'était du côté de Montmartre. Là , tomba glorieusement , les armes à la main , un homme que tout Paris connaissait , que deux jours auparavant j'avais vu faire ses exercices mimiques. Dans la galerie vitrée, n'existant plus aujourd'hui au Palais-Royal, se trouvait alors un petit café au premier étage, où, pour intermède , un pauvre diable jouait , sur un méchant piano, les airs de Grétry , alternant avec le maître du lieu. Celui-ci était le Napoléon de la grimace , se décomposant le visage d'une façon prodigieuse et reproduisant les ressemblances les plus frappantes. Je le vois encore, s'encadrant la tête dans un panneau représentant la grille d'un parloir de couvent, tantôt d'hommes, tantôt de femmes, avec des contractions musculaires à vous faire mourir de rire , nous faisant passer en revue tous les chers frères et chères sœurs. Il m'est surtout demeuré en mémoire les physionomies hétéroclytes de frère *Rabâcheur* et de sœur *Pituite.* Ce grime était également chantre du couvent et chacun peut se rappeler la complaisance avec laquelle sa bouche se prêtait à toutes les contorsions , dans sa parodie des vêpres , devenue classique , et se chantant ainsi sur l'air : *Dixit Dominus Domino meo : Un marron et un marron font deux marrons, deux marrons et un marron font trois marrons ,* et ainsi de suite jusqu'à l'épuisement de la provision de marrons. Cet homme était Fitz James.

Le 30 mars , l'histrion , à l'appel du tambour national , devenait citoyen ; il échangeait sa marote contre un fusil , et allait noblement se donner en spectacle une dernière fois aux Parisiens ; Fitz James tombait un des premiers sous le feu de l'ennemi.

* *

Les souverains alliés ne s'étaient avancés sur Paris qu'avec l'assurance reçue depuis peu de leurs affidés , qu'il ne pourrait résister plus de deux ou trois heures ; ils commençaient donc à s'alarmer vivement d'une résistance opiniâtre pouvant donner le temps à Napoléon de les attaquer sur leurs derrières. Ils résolurent alors de tenter un dernier effort , et de s'emparer , à tout prix , d'une hauteur. Le général Barclay de Tolly se mit donc à la tête de 4,000 grenadiers russes , soutenus par cinq bataillons de garde royale prussienne et un régiment de la garde badoise. Cette formidable division d'élite se précipita , tête baissée , sur Romainville ; elle y fut écrasée par une infanterie inébranlable , qui défendit pied à pied chacune de ses positions.

Enfin , la garde impériale russe s'élança tout entière , et nos soldats , accablés par des masses toujours fraîches , abandonnèrent le bois de Romainville , fumant encore de leur sang héroïque , puis se retirèrent à Belleville et à Ménil-Montant.

La même valeur était déployée sous la Villette , où le général Christiani commandait quelques bataillons des dépôts de la vieille garde ; mais vainement ces vétérans firent-ils à la baïonnette ces charges impétueuses , terreur de la coalition , ils ne perçaient une ligne que pour en trouver dix autres en batailles ; il fallut battre en retraite.

Depuis quelques minutes , le feu paraissait avoir cessé du côté du cimetière du Père-Lachaise ; j'étais alors au milieu d'un groupe nombreux qui, placé en face, fixait des regards attentifs sur la hauteur de ce cimetière. Nous voyions peu à peu s'y répandre des soldats , sans savoir s'ils étaient des nôtres , quand un obus en partit et vint éclater au-dessus des chantiers de bois dressés en face de nous. A l'instant les femmes jetèrent des cris d'épouvante, et chacun se sauva dans les rues adjacentes au boulevard. Je n'avais certes pas envie de m'exposer en pure perte , mais je ne voulus pas fuir comme toute cette cohue dont la dispersion ressemblait trop à de la lâcheté. Je m'éloignais donc à pas comptés pour n'avoir pas l'air de craindre le canon , mais le cœur vivement agité cependant , et l'œil furtivement tourné vers le Père-Lachaise , pour voir si Messieurs les Russes ne nous envoyaient point une autre carte de visite. Ils ne tirèrent que ce seul coup. Du reste , je fus étonné du peu d'effet de ce projectile lancé de loin ; je l'aperçus parfaitement venir, et il éclata avec un bruit à peine plus fort que celui d'un pétard. J'avais cru les obus plus effrayants.

Comme j'arrivais au boulevard du Temple , une foule nombreuse débouchait du faubourg , précédant avec un grand empressement deux cavaliers ennemis. L'un , vêtu d'un uniforme blanc, d'un drap grossier, coiffé d'un casque de cuir bouilli d'une forme très haute , était un trompette de cuirassiers russes ; l'autre , couvert d'une capote verte , ceint d'une écharpe à glands tombans , coiffé d'un chapeau à cornes orné de plumes de coq , était un parlementaire de la même nation. C'en était fait ! le mot de capitulation avait été prononcé ; cet officier, disait-on , se rendait à l'état-major de la place. Pendant que le maréchal Mortier ne répondait aux sommations d'Orlow qu'à coups de canon, un autre maréchal de France, Marmont, acceptait une trève de quatre heures , au mépris de laquelle les armées alliées s'emparèrent de Montmartre et des hauteurs de Charonne. Dès lors , tout fut perdu ; il ne resta plus qu'à stipuler les conditions les plus honorables pour la reddition de Paris.

Nous ignorions entièrement , sur le boulevard , ce qui se passait au quartier-général, établi à la Villette ; à une heure, venait de s'y consommer un acte qui devait changer la face du monde ; la capitulation de Paris , signée par le duc de Raguse, avait porté le premier coup au colosse impérial. En avait-il calculé les suites immenses de cette capitulation ? Savait-il qu'en ouvrant les portes de la capitale aux rois alliés, il allait les ouvrir en même temps à d'autres maîtres, aux restes de la famille infortunée des Bourbons , à ces princes qu'une longue absence avait cuirassés contre les progrès et l'esprit du siècle ? L'histoire prononcera ; mais je me rappelle qu'à peine le bruit se répandit de la remise de Paris, qu'un cri universel d'indignation s'éleva, non contre les maréchaux venant de défendre si vaillamment cette grande cité, mais contre le roi Joseph et toute cette tremblante Régence qui avait fui aux premiers coups de canon ; ce ne fût qu'après l'abdication qu'on accusa le duc de Raguse, dont je me rappelle même avoir entendu faire l'éloge par les blessés pendant la bataille.

Vers deux heures, un mouvement extraordinaire se remarqua sur le boulevard ; des détachements d'infanterie y débouchaient en silence des rues des faubourgs ; quelques pièces d'artillerie les descendaient, entourés de leurs servants, portant encore la pelle en bricole ; un grand nombre de blessés suivaient tristement ; la douleur et le dépit semblaient animer toutes ces troupes. Ce fut par leurs jurements que nous apprîmes la capitulation. L'armée française devait évacuer Paris avec armes et bagages ; la garde nationale était chargée de veiller à la tranquillité de la ville et de garder les barrières jusqu'à l'entrée des alliés, qui devait avoir lieu le lendemain, 31 mars 1814, à sept heures du matin. Une très faible partie du corps d'armée traversa Paris ; la masse se dirigea directement sur Fontainebleau, où elle devait, quelques jours plus tard, recevoir avant de se dissoudre les adieux sublimes de Napoléon, ce dernier sacrement de la gloire !

Qu'il était désolant pour des cœurs patriotes ce spectacle

d'une retraite devant l'ennemi , et au sein de la capitale !
Que d'amères réflexions devaient entrer comme autant de
lames de poignard au cœur de ces braves que nous voyions
défiler devant nous , encore noirs de poudre et de sang ! Ils
ne rentraient à Paris que pour y étaler aux yeux de toute sa
population leur défaite et leur humiliation. Je me souvien-
drai toujours du noble courroux d'un vieil officier de cavalerie, à l'aspect de ce peuple parisien regardant stupidement
passer ses défenseurs. C'était devant la rue qui mène à
Belleville , je ne me rappelle plus son nom ; un régiment de
lanciers la descendait lentement , précédé par un chef d'escadron. Parvenu sur le boulevard , l'officier arrête son
cheval , jette un regard surpris à droite et à gauche sur la
foule immense qui le couvrait. Il rougit soudain ; puis,
s'adressant à nous : *Sacrée canaille* , s'écrie-t-il , *on nous
avait dit qu'il n'y avait plus d'hommes à Paris ; eh ? que
faites-vous ici , tandis que nous nous faisons écharper pour
vous ? Regardez comme nous sommes arrangés , misérables
badauds de Paris !* Et l'officier étendait le bras vers les
débris de son régiment, vers une centaine de lanciers à l'air
sombre , à la lance teinte de sang , aux vêtements déchirés.
— Nous avons demandé des armes , lui répondaient les
ouvriers, on ne nous en a pas donné ; ce n'est pas de notre
faute si nous n'avons pu vous porter secours ! Et l'officier
les regardait, semblant les dénombrer, avec un sourire amer
sur les lèvres ; et moi je me sentais la rougeur au front , je

9

cachais, comme un remords, ma jeunesse devant une vieille moustache qui venait de combattre pour moi.

La nuit était venue ; j'avais passé la journée entière sur les boulevards ; je les descendis, et j'entrai sur la place Vendôme. C'était là qu'on pouvait voir toute la confusion qu'entraîne ordinairement le mouvement d'une armée. La porte de l'état-major de la place était assiégée par des soldats de toutes armes ; c'était une entrée et une sortie continuelles, des plaintes de tout genre, des jurements de toutes couleurs, des malédictions pour tout le monde. Tandis que les chefs allaient recevoir et donner des ordre à l'état-major, les soldats étaient étendus, pêle-mêle, sur la place, la tête sur leur sac, écrasés de fatigue, les lèvres noircies par la cartouche et attendant avec résignation le signal de nouveaux travaux. Un grand nombre était appuyé sur la grille de la colonne, cherchant dans l'ombre à distinguer les reliefs de sa base ; première page d'airain d'une épopée dont ils venaient de signer le dernier feuillet avec le sang de trois mille d'entre eux. Beaucoup d'autres étaient couchés au pied de l'immortel monument, les yeux tournés vers le ciel, y rencontrant la grande image de Napoléon, debout sur leur tête, et dominant en silence cette scène solennelle. C'était la dernière fois que ce glorieux fantôme devait planer sur des soldats français !

A l'aspect de tous ces pauvres soldats harassés et auxquels nulle distribution de vivres ne se faisait, des âmes charitables du voisinage leur apportaient du vin ou du pain, avec quelques provisions. Une dame suivie de sa bonne, portant un panier, s'approcha d'un groupe et s'aperçut qu'on y dormait ; nous considérions d'un regard de compassion ces hommes étendus sur le pavé, n'osant les réveiller. Cependant un jeune sergent se souleva ; la dame lui fit offrir quelque chose. Le soldat la regarda d'un air de reconnaissance et refusa en remerciant cette charitable parisienne ; puis il acheva avec un profond soupir : Ah ! madame, dans un jour comme celui-là, on n'a ni faim ni soif, quand on est Français ! Ce mot me serra le cœur.

La capitulation exigeait que l'armée entière évacuât Paris ; or, plusieurs blessés, incapables de suivre, ayant fait de vaines réclamations pour entrer à l'hôpital, et condamnés à marcher, prirent le parti de se confier à l'humanité des Parisiens, et se répandirent dans les rues voisines.

O Vernet, toi dont la palette féconde a livré à notre admiration tant d'épisodes de nos gloires et de nos revers ; toi qui as, comme Béranger, semé tant de poétiques fleurs sur les pas de ce peuple qu'elles sûrent charmer pendant quinze ans ; de ce peuple ardent surexité par les lithographies militaires dont Charlet, ton digne émule, fit passer l'étincelle électrique dans tant de cœurs, à l'approche des trois jours de juillet 1830 ; ô Vernet, que ne vis-tu, comme moi, un délicieux sujet de tableau ! Je puis bien, moi, raconter que, dans la rue Neuve-des-Petits-Champs, je rencontrai un cuirassier de haute taille, le casque en tête, la cuirasse aux reins, se traînant à peine, et suivant une petite fille de neuf ou dix ans, qui lui servait de guide et d'appui. Rien de charmant comme cette enfant, s'imaginant aider de ses petites mains à la marche pesante du colosse ; elle lui soulevait le bras, s'arrêtait à chaque pause du pauvre blessé, levait vers lui sa tête blonde ; et le brave cuirassier, forcé d'appuyer sur l'épaule de la petite fille sa large main gantée, ne semblait occupé que de la crainte d'écraser cette faible plante. Voilà ce que je puis raconter ; mais toi, peintre, poète, tu nous aurais rendu le délicieux contraste de ces deux têtes, de ce visage enfantin, vermeil et encadré dans de longs cheveux d'or, souriant à la figure sombre et pâle où se dessinait une large moustache noire ; ton habile pinceau nous eût, d'un trait, rendu la petite fille montrant déjà pour l'infortune un cœur de femme, et le vieux soldat, la docilité d'un enfant à la voix de son guide. J'allais offrir au blessé un bras un peu plus robuste que celui de la pauvre petite ; mais elle arrivait sans doute devant sa demeure, car elle prit le cuirassier par la main, et le fit entrer dans une allée avec elle. Aimable enfant, peut-être a-t-elle ainsi conservé un brave à son pays !

Je me disposais enfin à rentrer chez moi, harassé et mourant de faim ; je n'avais pris aucune nourriture depuis trente heures, tant les évènements du jour m'avaient absorbé. Paris, alarmé en apprenant que malgré la trêve, les Russes avaient continué le combat, reprit son aspect ordinaire quand il connut la capitulation. Je traversai toute la rue Saint-Honoré ; on y voyait, par ci par là, quelques groupes d'hommes, mais une partie des magasins était ouverte, et rien n'indiquait qu'on fût à la veille de tomber au pouvoir de l'ennemi.

Un point qu'il est important encore de remarquer, c'est qu'il ne fut pas, le soir de la bataille, répandu la moindre nouvelle relative à la Restauration ; Paris était encore convaincu que Napoléon serait respecté, et se consolait de sa défaite, en espérant qu'enfin son indomptable orgueil serait forcé de signer la paix.

. .

Nous arrivons à cette journée du 31 mars, jour déjà bien lointain, mais qui imprima à l'Europe une commotion dont elle oscille encore. La coalition allait mettre le pied dans Paris, la France allait être conquise et devenir, avec sa capitale, la proie de l'étranger.

C'est une époque peu connue de la génération actuelle, incertaine en son jugement et forcée d'hésiter entre tant de versions si diverses par l'esprit et les détails, suivant le parti auquel appartenait l'historien. Ce doit donc être chose précieuse et de plus en plus rare, que le récit d'un homme digne de foi, pouvant aujourd'hui dire à ses auditeurs :

voilà ce que j'ai vu moi-même, bien jeune il est vrai, mais assez âgé pourtant, pour garder une éternelle mémoire d'évènements immenses dont les détails se gravent, pour ne s'en jamais effacer, dans les cœurs adolescents, ardents et dévoués à leur pays.

Certes, l'orgueil national allait saigner par plus d'une douloureuse blessure ; mais la grandeur du spectacle était saisissante ; puis on était, la veille, si noblement tombé, qu'il était bien permis à tous d'y assister sans honte si non sans douleur.

Aussi, quel beau jour pour les flaneurs, que cette journée du 31 mars ! Que de choses à voir ? Paris allait se placer aux premières loges, sur ses boulevards, et de là voir défiler ces armées de la Germanie, qu'il ne connaissait encore que par les tableaux de bataille ayant pendant quinze ans tapissé le musée, et par les pantomimes de Franconi. Il allait examiner tous les uniformes du Nord, avoir le bonheur de rire au nez d'un cosaque ; quel beau jour !

Et l'empereur Alexandre qu'il allait admirer en personne ! cet Alexandre qu'on annonçait être le plus bel homme de la Russie ! Car vous savez que, pour peu qu'un prince ne soit ni bossu ni boiteux, il est convenu qu'il doit être le plus bel homme de sa cour.

Je crois, à cet égard, me rappeler avoir entendu louer la tournure martiale du duc d'Angoulême. Tout concourait donc à rendre la galerie complète sur les boulevards, et je n'ai pas besoin de dire que , dès sept heures du matin, j'étais à mon poste , attendant avec grande curiosité l'entrée triomphale de gens ne se doutant pas plus que nous qu'on allait le lendemain les surnommer libérateurs. J'avais été seul , la veille , pendant tout le temps de la bataille de Paris , forcé de concentrer en moi les sensations qu'on est si heureux d'épancher et de se communiquer en pareille occasion ; j'eus plus de bonheur ce jour-là ; je rencontrai, sur le boulevard du Temple , un de mes camarades , nommé Masquellier , pensionnaire au Lycée impérial , où j'étais externe ; c'était un jeudi , il pouvait disposer de toute sa journée , nous la passâmes ensemble.

Nous attendions depuis une demi-heure , lorsque enfin le bruit du tambour se fit de loin entendre ; c'était le tambour ennemi ! Je me sentis pâlir ; ce malheureux tambour me bourdonna dans les oreilles comme un bruit de chaînes. Mon cœur se glaça ; Masquellier et moi nous nous regardâmes d'un œil douloureux , et je vis que la fierté nationale avait éveillé chez lui les mêmes sensations ; nous étions de même âge. Bientôt nous distinguâmes des troupes marchant par pelotons sur la chaussée du boulevard ; c'était l'avant-garde russe , composée d'un régiment d'infanterie.

Si , quelques jours auparavant , j'avais été frappé de la beauté du corps d'armée entré captif à Paris , il s'en fallut de beaucoup que les vainqueurs répondissent aux vaincus ; il faut même convenir que les Russes ne montrèrent guère de coquetterie en se faisant annoncer par un si triste échantillon. Rien de plus sombre que cette infanterie, vêtue d'un gros drap brun, garni de petits boutons sans empreinte, coiffée de schakos à forme basse et cintrée, sans épaulettes, affublée d'une buffleterie noire, et composée, en grande partie, de jeunes gens petits et fort laids. Mais ce qui était beau, c'étaient des compagnies réduites à vingt-cinq ou trente hommes, commandées par un officier, ici le bras en écharpe, là la tête entourée de bandages; mais ce qui était admirable, et ce qui nous fit baisser les yeux avec respect, c'était leur drapeau, déchiré, criblé des balles de la veille, et colorant tout le régiment d'un reflet échappé de ses glorieux lambeaux. Venaient ensuite deux pièces d'artillerie dont les affûts nous frappèrent par leur propreté et leur vert éclatant; le tout défila lentement jusque sur la place Vendôme.

Nulle autre manifestation que celle de la curiosité n'accueillit l'avant-garde russe; elle fit son entrée au milieu d'un profond silence. Une demi-heure après, le mouvement commença; un régiment de cavalerie ouvrit la marche; c'était le régiment des hussards rouges, que j'examinais de tous mes yeux, avec cet amour pour l'uniforme que j'avais toujours nourri. Je me souviens que je démêlai sur le champ un ornement que je n'avais point remarqué sur les pelisses des hussards français. C'est que les officiers russes portaient des franges et des paillettes d'or, après le dernier rang de boutons de leurs pelisses. Sublime observation , et bien digne d'un écolier de l'Empire ! Je fus , un instant après , à même d'en faire une autre qui me frappa vivement , et prouva combien, même au milieu de ces armées russes , se signalant trop souvent par leur barbarie , la naissance et l'éducation peuvent apporter de grâce et d'urbanité.

Les hussards tenaient tout le pavé de la chaussée du boulevard. Un officier , marchant sur le flanc de sa compagnie, fit entrer son cheval dans une contre-allée , et avait ainsi fait une centaine de pas au milieu de la foule qui s'ouvrait sur son passage , lorsque , à quelque distance de moi , un ouvrier se détacha du groupe , marcha droit au hussard russe , et, saisissant le cheval par la bride , fit observer à l'officier , que les chevaux ne passaient pas sur les contre-allées. J'avoue que je craignais fort qu'un coup de fouet de bride ne répondit à cette témérité envers un vainqueur et dans un moment si mal choisi par le vaincu. Il n'en fut rien ; l'officier s'arrêta , écouta l'ouvrier, et voici , mot pour mot, je m'en souviens comme si c'était d'hier , ce que répondit le Russe , dans un langage pur et sans le moindre accent : *Je vous remercie de votre avis , monsieur le Français ; on nous reçoit ici comme amis , nous devons , somme tels , nous conformer aux usages de votre pays.* Et sur le champ , nous faisant un salut gracieux de la main , il rentra sur la chaussée. J'avoue que cette courtoisie me fit regarder d'un œil bien moins défavorable l'armée russe ; ce

fut, du reste, un sentiment que partagea bientôt Paris;
car, de toute la coalition, ce fut elle qu'adopta de préférence l'hospitalité de ses habitants. Les officiers russes
étaient en effet, ceux qui, par leurs manières, se rapprochaient le plus des Français.

Cette sympathie pour la nation russe a dû, depuis, s'affai-
blir en face des tortures infligées à la malheureuse Pologne
par l'implacable czar Nicolas. Bien que sous les murs de
Sébastopol, ils nous aient fait retrouver nos élégants et
rudes adversaires d'Eylau et de la Moscowa, les Russes,
par malheur, voient se dresser entre eux et nous, la grande
martyre de l'iniquité des rois, l'héroïque Pologne; à elle
seule les sympathies de la France.

Vinrent ensuite, alternativement, de l'infanterie et des
cuirassiers. Il y avait loin de l'éclat de cette arme dans
l'armée française, à ces cuirasses noires, sans lustre et sans
vernis, se sanglant par derrière; sur un uniforme de bure
blanche; de ces casques de cuir, à peine ornés de pièces
de cuivre, aux casques étincelants de nos cuirassiers. La
comparaison était malheureusement facile à faire; de distance en distance un point brillant se détachait sur la ligne
noire; c'était une cuirasse française sur une poitrine russe;
hélas! c'était un souvenir de Moscou. Ce n'était pas avec
moins de douleur que, parmi les sales voitures ennemies,
nous apercevions d'élégants fourgons portant cette inscription française : *Garde impériale.* Mais elle n'était plus pour

nous qu'une humiliation, tandis que c'était aux Russes de l'étaler avec l'orgueil attaché à ce nom toujours glorieux.

Cependant, à mesure que l'armée défilait, les dispositions de la foule devenaient de plus en plus favorables ; le regard s'accoutumait aux uniformes étrangers ; les Russes faisaient tant d'efforts et de prévenances pour se gagner l'estime des Parisiens, qu'au bout d'une heure les regards bienveillants commençaient à s'échanger avec leurs grenadiers, qui ne manquaient pas de nous régaler de toute leur science en langue française, en nous répétant *bonnes Franctzous !* Enfin apparut, dans toute la largeur du boulevard, un groupe compacte de cavaliers qui fit rompre les rangs aux spectateurs français se précipitant au-devant de lui.

Oh ! c'est qu'il y avait là à puiser pour l'avenir un de ces récits qui font époque dans la vie de l'homme ; il y avait là à dévorer des yeux un de ces spectacles qui doivent être l'éternel objet d'envie des deux ou trois générations qui vous entendrons dire : je l'ai vu ! C'était enfin la cour militaire de deux empereurs et de trois ou quatre rois ; c'était un escadron sur lequel la fortune, la gloire et la faveur, avaient secoué tous leurs rubans, toute leur verroterie, tous leurs oripeaux. A celui-ci l'image de sainte Anne s'était accrochée au cou, au milieu d'un ruban rouge et d'un cadre de brillants; c'était saint Vladimir qui servait de licol à celui-là ; ici l'aigle rouge ; là l'aigle noire s'était cramponné sur la poitrine des cavaliers au sein des plaques étincelantes ; partout

des galons, de l'argent, de l'or, des paillettes ; le tout surmonté d'une masse de plumes, flottante au gré du vent, et
rayonnant de mille reflets. Pauvre badaud que j'étais ! Je
m'imaginais voir la gloire en personne, m'éblouir dans tous
ces colifichets, oubliant que tout cet étincelant état-major
avait jadis baissé les yeux devant les grenadiers d'Arcole et
de Marengo, pieds nus, en guenilles, et décorés de poussière !

Au premier rang de l'escadron royal je reconnus sur le
champ l'empereur Alexandre, vêtu d'un simple frac vert,
et coiffé d'un chapeau, sans autre ornement que des plumes
de coq. Les portraits que j'avais vus de lui étaient assez
ressemblants pour que je ne me trompasse point. La foule,
en le reconnaissant, se précipita sous les pieds des chevaux,
quelques-uns saluaient en lui l'ancien ami de Napoléon, des
cris de *vive Alexandre !* et s'efforçaient de toucher ses vêtements, en lui tendant la main. Le Roi de Prusse était à ses
côtés, mais il avait peu de part aux démonstrations publiques. Une sorte de joie étrange, animait tous ces visages de
princes et de généraux étrangers ; à peine avaient-ils l'air de
croire à leur bonheur. Ne faisaient-ils point, en effet, un
songe dont Napoléon allait les tirer par un coup de foudre ?

Plus de la moitié de l'armée coalisée avait fait son entrée
à Paris, et nulle manifestation politique n'avait encore eu
lieu. Une circonstance avait cependant excité la remarque
générale, c'est que toute la cavalerie russe (je ne me rappelle

pas si l'infanterie en avait aussi), portait une écharpe blanche nouée au bras gauche, officiers et soldats. On sut, plus tard, que c'était un signe de reconnaissance adopté dans les derniers jours de la campagne de France par l'armée russe. On voulait éviter les méprises que pouvait occasionner la réunion de tant de régiments, exposés à être pris pour d'autres, sans un signe distinctif. Les ennemis de l'Empereur y virent-ils au contraire un emblême, et furent-ils encouragés par-là à l'arborer, c'est ce que je ne pourrais affirmer; mais il faut convenir que la Restauration tenait à bien peu de chose, si c'était ce brassard blanc qui avait provoqué la scène dont nous fûmes témoins vers neuf heures du matin.

Nous descendions vers la place Vendôme, mon ami et moi, lorsque sur le boulevard Bonne-Nouvelle, nous entendîmes pousser de loin des cris que nous ne distinguions pas bien. Ils étaient proférés par un groupe de sept ou huit jeunes gens proprement vêtus, mais n'appartenant cependant pas à la classe élégante de la jeunesse. L'un d'eux portait une cravate blanche attachée à sa canne en guise de drapeau, et tous, avec un visage d'énergumène, s'écriaient d'une voix enrouée : *Vive le roi, à bas le tyran !* Ce dernier cri seul allait à son adresse ; mais le cri de *Vive le roi !* était une énigme dont la foule ébahie se demandait le mot. Point de retentissement, point d'imitateurs : nos restaurateurs improvisés parcouraient piteusement le boulevard sans faire une recrue, regardés comme des bêtes curieuses par les uns, et d'un œil d'indignation par le plus grand nombre. Comment ! nous disions-nous, Masquellier et moi, on n'arrêtera pas ces gredins-là ! On sait qu'il est de rigueur de gratifier des titres de gredins et de brigands ses antagonistes politiques ; nous devinions déjà sans doute que nous serions un jour classés dans cette aimable catégorie. Comme ce système d'indulgence réciproque est aujourd'hui parvenu à sa perfection, il en résulte que la France ne serait plus qu'un peuple de scélérats ; il est vrai que c'est surtout depuis qu'on a si heureusement trouvé des furieux de modération. Mais revenons à notre sujet.

Nos jeunes gens ne produisirent aucun effet ; personne ne les suivit, et je ne sais ce qu'ils devinrent en remontant le boulevard. Voilà absolument à quoi se réduisit le mouvement royaliste dans la journée du 31 ; je ne vis pas un seul autre groupe, ni un autre signe qui pût faire soupçonner les étranges proclamations qui devaient être publiées le lendemain par le corps municipal de Paris. Je vais en parler tout à l'heure, ainsi que de celle de l'empereur de Russie.

J'étais curieux de voir l'effet que produirait sur les Russes l'aspect de la colonne ; en arrivant sur la place Vendôme, nous aperçumes, comme nous nous y attendions en effet, un grand nombre d'officiers formant cercle autour du monument et l'examinant d'un œil avide. C'était prendre sa revanche des humiliations de la journée, que de regarder l'étranger en face, à l'ombre de l'impérissable gage de ses défaites ; aussi beaucoup de Français étaient mêlés aux Russes et causaient avec eux. Un tout jeune officier qui, du reste, convenait de la meilleure foi du monde que les Français les avaient souvent battus, nous apprit, mais sans y mettre ni arrogance ni fierté, que la colonne devait être démontée et transportée à Pétersbourg. C'était peut-être le projet d'Alexandre, mais il lui parut plus grand de respecter l'histoire ; et certes, il y eût laissé l'image de Napoléon, celui qui, jetant les yeux sur ce glorieux colosse d'airain dressé dans la nue, se contenta de dire : *Je ne voudrais pas être si haut monté, car alors il n'est pas étonnant que la tête vous tourne.* Pauvre Alexandre ! que n'as-tu assez vécu pour épargner à la Pologne la clémence de tes successeurs !

Et le Palais-Royal donc ! ce fameux Palais-Royal, dont le nom était européen, qui, prononcé par un provincial revenu de Paris, clouait la langue de celui qui n'y avait pas encore été ; vous présumez bien que les officiers étrangers étaient pressés de lui rendre visite à ce Palais-Royal, depuis si long-temps l'objet de leur envie !

Et pourtant, quelle baraque auprès de ce qu'il est aujour-d'hui ! Bien entendu que tout y était fermé, ainsi que dans tout Paris. L'industriel, ce jour-là, n'avait pas jugé à propos de tenter les yeux et les mains des cosaques, que les récits de la campagne de France ne dépeignaient pas comme des modèles parfaits de probité. Les officiers y arrivaient à cheval, entraient au trot sous les galeries de bois, y mettaient pied à terre, en remettant la bride à leur soldat, et pénétraient dans le jardin et les galeries de pierre, d'un air un peu plus respectueux. Or, vous devinez ce que faisaient les chevaux tout le long de ces malheureuses galeries de bois, en attendant leurs maîtres. Déesse de la mode, ô toi qui avais alors ton temple et tes prêtresses sous leurs lambris ; dieux de la politique et de la littérature classique, dont les autels étaient alors voilés par la devanture des boutiques de libraire, oh ! pardonnez ! les malheureux quadrupèdes n'étaient que trop excusables de se croire chez eux, et de prendre votre sanctuaire pour une écurie !

Mais c'était peu de cet outrage au plus renommé des monuments de Paris ; je vis, un instant après, la plus sanglante de toutes les épigrammes ; je vis, dans la cour du Palais-Royal, le XIIIᵉ siècle souffleter la civilisation par la main barbare d'un soldat de Gengis-Kan. Ne croyez pas que je plaisante : oui, il y avait là, à cheval, un tartare avec sa barbe noire et flottante, la tête couverte d'une calotte de fer grossier, surmontée d'une pointe acérée, d'où s'échappait une cotte de mailles en fer enveloppant le sauvage comme d'une tunique ; puis, sur le dos, un carquois, un arc et des flèches ! Certes, c'était là un anachronisme de six siècles, que ce tartare, la main posée sur une longue lance, prêt à se ruer sur les traces d'un nouveau Gengis, si une paire de pistolets passés dans la ceinture du Baskir ne fût point venue nous apprendre que la civilisation avait donné la main à la barbarie , pour triompher de nos armes. Cet homme montait un de ces petits chevaux à longue laine , comme depuis cette époque il en existe un au cabinet du jardin des plantes, en regard du cheval arabe.

O vous , qui n'avez visité Paris , pour la première fois , qu'en 1816 ou 1817, vous souvenez-vous de l'aspect des carrés des Champs-Élysées ? Vous rappelez-vous tous ces pauvres malades couverts de bandages, d'emplâtres, en robe de chambre, en chemise, qui partout affligeaient vos regards ? Quel sombre tableau nous faites-vous là , me dites-vous ? on dirait d'un dortoir d'hôpital ; transportez-vous l'Hôtel-Dieu aux Champs-Élysées ? Eh ! mon Dieu oui , Messieurs , car je parle des arbres de cette promenade qui , alors enveloppés dans des nattes de paille , empaquetés dans des chemises de toile entourant leurs blessures , racontaient tristement un épisode de cette journée du 31 mars , que je vous esquisse depuis une demi-heure. Hélas ! c'était l'ouvrage des cosaques.

Je fus , le lendemain , témoin d'un fait justifiant complè-tement ce joli mot , comme il s'en fait dans les salons de Paris : Grattez un peu fortement la peau du Russe , vous allez , sous cette enveloppe, voir bientôt paraître le **Tartare**. A droite et à gauche de l'avenue des Champs-Élysées , il y avait à cette époque un vieux fossé dont le glacis interne les séparait de la place de la Concorde.

10

On avait adjoint, comme mesure d'ordre, un escadron de cavalerie régulière à messieurs les cosaques ; c'était précisément parmi les fameux hussards rouges qu'on l'avait pris. Le 1er avril, par un beau soleil printanier, il y avait foule de curieux aux Champs-Élysées. La trompette sonnait dans un des carrés ; un pauvre diable de hussard dormait, couché sur l'herbe du fossé, et ne l'entendait point. A l'instant un jeune sous-officier marche vers lui, le réveille à coups de pied et lui applique en plein visage des coups de poing que le malheureux vieux soldat recevait patiemment de ce blanc-bec, sous les yeux indignés des promeneurs.

Les Cosaques aux Champs-Élysées ! quel dénouement du drame commencé à Valmy, et continué pendant autant d'actes que de capitales en Europe ! Le gros de l'armée régulière russe avait, comme je l'ai dit, défilé sur les boulevards supérieurs ; mais, pendant ce temps-là, les cosaques entraient par une barrière, et s'établissaient sans façon aux Champs-Élysées. A cette nouvelle, la foule y courut ; je n'y fus pas le dernier. Nous les vîmes enfin ces enfants du Tanaïs, dans toute la pompe de leur saleté, dans tout le pittoresque de leur désordre. Ils arrivaient pêle-mêle, portant en croupe des ustensiles de ménage qu'ils avaient pillés autour de Paris ; bientôt quelques planches étaient adossées à un arbre, de la paille jetée dessus, du feu était allumé à l'entrée de ce logement impromptu, et les bons Parisiens s'extasiaient d'y voir bouillir la marmite et tourner la broche. Ils admiraient l'industrie de bivouacs dont l'aspect et la disposition faisaient hausser les épaules à quiconque avait vu un camp français. Pendant ce temps-là, les chevaux étaient attachés aux arbres ; leur dent vorace, accoutumée à brouter le bouleau, se promenait sur l'écorce de nos ormes, et semblait vouloir, sous ses profondes morsures, graver la date de leur victoire.

Ainsi, les rois leurs maîtres devaient, un an plus tard, graver la leur sur le marbre de nos monuments, en les mordant au front sous le marteau du vandale !

*
* *

La journée se passa avec calme ; l'étranger observa une stricte discipline, et la confiance commençant à naître, on vit çà et là s'ouvrir quelques magasins dans la rue Saint-Honoré, dans la soirée du 31. Pendant ce temps là, la Restauration se complotait dans de hauts salons aristocratiques ; mais l'apparition du drapeau blanc sur les boulevards ayant entièrement manqué l'effet attendu, on voulut du moins un témoignage public de haine contre l'Empereur, puisque Paris avait été sourd à l'appel fait à sa sympathie pour un ordre de choses qu'il concevait à peine. Il est impossible qu'une main secrète et ignorée n'ait pas soldé les ignobles acteurs de la scène hideuse qui, le 31 mars, jeta la honte et l'indignation dans tout cœur français et jusque dans ceux des armées étrangères, je veux parler des outrages auxquels fut en butte la statue de l'Empereur, surmontant alors la colonne de la Grande-Armée. Bien de fausses versions ont eu cours sur cet évènement, les témoins oculaires en sont devenus fort rares. M. Thiers lui-même n'en parle qu'incidemment et en peu de mots dans son histoire de l'Empire. Voici ce que j'ai vu.

J'ignore le commencement de cette saturnale ; je ne sais qui ouvrit la colonne, ni qui apporta les cordes sur la place Vendôme ; quand j'y arrivai, vers sept heures du soir, Napoléon avait déjà la corde au cou. Il s'était rencontré un français qui, en jetant le lacet au cou de cette sublime image, avait accepté une mission dont eût rougi le bourreau ; jamais encore, on n'en avait vu se présenter pour étrangler la gloire ! Une corde immense passée au cou de la statue, descendait jusque dans la rue Saint-Honoré, et se divisait là en plusieurs cordelles, à chacune desquelles se suspendaient une foule de misérables des plus basses classes ; mais, il faut le dire, quelques jeunes gens bien mis vinrent atteler leur haine à cet ignoble harnais. Du reste il est faux que des soldats étrangers se soient joints aux attelages français ; du côté de la rue de Castiglione, je vis un grand nombre de Russes ; mais ils paraissaient contempler avec dégoût un si triste spectacle.

Stupides bêtes de somme ! ils tiraient en confondant leurs efforts avec ceux de quatre chevaux qu'on leur adjoignit ; ils

voulaient renverser la statue dominatrice, ne songeant pas ,
téméraires ennemis , qu'un Napoléon , soit de chair , soit
d'airain , ne pouvait tomber sans ébranler la terre , et que
l'image du vainqueur de Saint-Roch les mitraillerait encore,
en faisant jaillir les pavés en éclats.

La foule consternée jetait un œil d'effroi sur la colonne ;
il nous semblait la voir fléchir , menaçant de sa chute les
barbares qui l'ébranlaient ; mais vains efforts ! la statue demeurait immobile ; la main impériale avait passé par là ,
armée de ce sceau impérissable dont elle frappait le bronze
et le marbre. Pauvres pygmées ! il vous fallut y renoncer ;
pour oser toucher au levier qui pouvait soulever le monde ,
il fallait le bras d'Archimède.

Le lendemain, 1er avril, parut la fameuse proclamation du
corps municipal de la ville de Paris. Jamais la haine n'em-
prunta un si violent et si injuste langage ; toute la fougue
royaliste de M. Bellart, l'un des signataires, et le rédacteur,
dit-on , de cet acte , s'épancha en invectives contre l'homme
que ce même conseil municipal avait sans doute vingt fois
encensé. Les griefs ne manquaient pas contre Napoléon : il
y avait assez de blessures encore saignantes au sein de la
liberté , qu'il suffisait de dévoiler à la France d'une main
calme et généreuse ; on avait une base assez large pour
asseoir la déchéance de l'Empereur. Mais les implacables dé-
clamateurs de l'Hôtel-de-Ville dépassèrent le but. La garde
nationale, livrée à elle-même, s'était spontanément unie à la

ligne dans la défense de la capitale ; le sang de cinq cents généreux citoyens avait rougi les plaines de Saint-Denis et de la Villette ; eh bien, ce qui était un sujet d'orgueil et de louanges pour ces braves gardes nationaux, n'était plus, dans la proclamation, qu'un nouveau crime de Napoléon : ils croyaient obéir à la voix du patriotisme en combattant l'étranger sans compter ses bataillons ; la proclamation leur apprit qu'ils n'avaient été que les instruments d'un tyran en secondant *son projet parricide de faire défendre Paris, qu'il savait bien ne pouvoir pas lutter !*

Ainsi, le sang qui fumait encore n'avait été versé que sur l'autel de la tyrannie ; la patrie n'avait pas de couronnes pour la mémoire des morts ! Cette diatribe officielle, prononçant la déchéance de Napoléon, ne fit que rattacher à sa cause, et les regards restèrent tournés vers Fontainebleau. Une seconde proclamation parut qui, heureusement pour la cause royale, fit par son langage amical et généreux, oublier la première. Celle-ci était au nom de l'empereur de Russie. Il accueillait, nous disait-il, les veux du peuple français (que personne n'avait consulté); il était heureux de contracter paix et amitié avec une si grande nation ; et, pour premier gage, il lui rendait, dès ce jour, tous ses prisonniers de guerre.

Dès-lors, la joie revint aux cœurs ; la fierté nationale avait été satisfaite de l'estime du plus puissant de nos ennemis ; la Restauration, qui nous rendait la paix et nous ouvrait un vaste horizon de prospérité, sourit à un grand nombre de citoyens. Dans la journée, l'industrie parisienne acheva ce pénible enfantement. Une foule de marchands se répandirent sur les promenades, vendant des cocardes blanches et des rubans de même couleur ; bientôt on en vit briller à une multitude de chapeaux et de boutonnières ; c'en était fait des trois couleurs ! Enorme faute du pouvoir qui s'annonçait uniquemment de par la Grâce de Dieu ; imprudent entêtement devant, deux fois encore, dans quinze ans, prouver que la cocarde la mieux consolidée sera toujours celle qui vous est clouée au front par la grâce du peuple.

Dans le courant de la journée, on acheva l'œuvre si indignement commencée sur la place Vendôme. La statue de l'Empereur fut sciée à sa base ; puis, au moyen de cordes attachées à la lanterne de la colonne et autour de la place, cette masse d'airain glissa suspendue à un râteau dont les dents rapprochaient les cordes, et n'en formaient qu'un faisceau capable de supporter un aussi effroyable poids.

Oh ! comme elle devint petite cette colonne, une fois décapitée ! il y avait tant d'harmonie dans ses proportions ! Elle ne perdait que onze pieds de sa hauteur, mais elle nous sembla s'affaisser de plus de cent ; triste emblême de la France qui, avec la grande image de Napoléon, avait vu transitoirement s'évanouir son rang et sa grandeur.

Je traversais, le soir, le Palais-Royal ; les cafés, les restaurants étaient encombrés d'officiers russes : une foule

nombreuse d'hommes et d'enfants se tenaient sous les croisées du premier étage qui domine maintenant le restaurateur
Véfour ; les yeux braqués sur les croisées, on semblait attendre impatiemment qu'elles s'ouvrissent ; je restai là moi-
même quelques minutes, et bientôt je vis combien il est
difficile qu'un peuple ait le sentiment de sa dignité. La fenêtre s'ouvrit aux acclamations des spectateurs entassés devant elle ; puis des officiers russes se mirent à leur jeter des
poignées de monnaie et des pièces d'argent. Ils se les arra-
chaient en roulant et se précipitant à terre avec une avidité
qui faisait éclater de rire les officiers étrangers. Ils faisaient,
en général, crier à la foule : *Vivent les Bourbons !* Mais un
vieux capitaine russe se mit seul à une croisée et ne jetait
d'argent qu'à ceux qui, avec lui, s'écriaient *Vive Napoléon !*
il eut bientôt la vogue, la majorité passa de ce côté. Déjà se
dessinaient, dans un jeu, les deux camps qui devaient bientôt
diviser la France.

**
* *

Voilà l'histoire des trois derniers mois de l'Empire ; voilà
ce que j'avais promis de raconter ; il ne reste plus qu'à jeter
un coup-d'œil sur le champ de bataille, pour compléter le
tableau. Je partis pour le visiter, avec un de mes amis,
Benjamin Caldelar, élève de Girodet, dont le suicide accom-
pli dans une maison de Passy, retentit il y a quelques années

dans les journaux. De la barrière du Trône , nous fîmes le
tour jusqu'à la plaine de la Villette , par laquelle nous rentrâmes à Paris. A peine avions-nous fait quelques centaines
de pas , que dans les fossés qui bordent la grande route je
vis sortir des pieds et des mains et des lambeaux d'uniforme ; mon cœur se glaça à cette vue inattendue ; c'étaient
de pauvres soldats russes tués par le feu de Vincennes ou
de la barrière , et qu'on avait provisoirement jetés dans les
fossés , en les couvrant à peine d'un peu de poussière. Les
arbres eux-mêmes avaient essuyé le feu du canon et présentaient toutes les bizarreries du boulet ; ici, fendus dans toute
l'étendue du tronc, sans porter la trace du coup ; là , brisés
en éclats ou portant encore dans leur épaisseur le boulet
qui les avait frappés. Partout , la plaine était jonchée de
chevaux morts; mais ils étaient déjà dépouillés de leur peau
et de leurs fers ; les Parisiens des faubourgs n'avaient pas ,
comme on le pense bien , perdu une si bonne occasion de
de nous procurer tant de paires de bottes aux dépens de
l'ennemi.

Ce fut surtout à Romainville que nous pûmes juger de
l'acharnement de la lutte qui venait d'y avoir lieu. Vous
savez toutes ces jolies habitations qui en peuplent les bosquets, ces guinguettes où la brique rouge se détache sur le
fond blanc des murailles, où le berceau de sureau s'arrondit
devant la porte et semble vous inviter à prendre place à la
table hospitalière. Là , des scènes de carnage et de désola-

tion avaient effrayé des lieux accoutumés à la joie populaire. Nous remarquâmes surtout un vaste enclos situé sur la pente de la colline, et bordé d'une muraille de sept ou huit pieds de hauteur. La position était belle pour les défenseurs de Paris ; elle dominait tout le vallon de Romainville, où l'armée alliée avait la peine de marcher sous le feu des hauteurs. Nous jugeâmes que c'était sur ce point que le combat avait dû être le plus terrible. Trois ou quatre maisonnettes avaient été crénelées à la hâte et grossièrement par nos troupes ; elles avaient dû, de là, faire essuyer à l'ennemi des pertes immenses avant d'en être délogées. L'artillerie russe, qui était forcée de les pointer de bas en haut, avait à saisir un jour fort difficile ; le mur de clôture la gênait dans son tir ; aussi le toît des maisons était-il criblé de boulets, tandis que peu avaient porté à la hauteur des meurtrières ; il est probable que les canonniers se décidèrent enfin à pointer les tirailleurs à travers le mur d'enceinte, car il était percé à jour avec une régularité étonnante correspondant à toutes les brèches que nous remarquâmes sur le rez-de-chaussée des maisons.

En face du clos était un chemin étroit, resserré entre deux murs de jardin ; ce fut par là que quelques bataillons russes eurent le courage de pénétrer autour de la position dont je viens de parler ; ce n'était qu'avec effroi qu'on pouvait jeter les yeux sur ce malheureux petit chemin. Les deux murs de côté étaient hideux de sang noir ; par ci, par là, on voyait la sanglante empreinte des mains des blessés qui s'y étaient appuyés ; nous nous hâtâmes de quitter ce théâtre de carnage. En sortant de ce sentier, nous aperçûmes quelque chose de blanc sortant de terre à quelque distance ; nous approchâmes, c'était la jambe nue d'un russe à peine enterré. Nous nous servîmes d'échalas jetés auprès de la fosse, et mon ami et moi, nous recouvrîmes de terre les restes du soldat étranger, nous rappelant combien de nos frères avaient ainsi attendu les derniers devoirs sur les glaces de la Russie !

Nous entrâmes enfin dans la plaine de la Villette, où une foule d'enfants et de femmes ramassaient dans des paniers des éclats d'obus et des bouteilles cassées ; il y en avait, dit-on, plus de 40,000. Elles avaient été pillées dans la campagne, autour de Paris ; avant de commencer le feu, chacun des soldats du corps qui attaqua de ce côté, avait cassé le goulot de sa bouteille, et l'avait jetée sur le champ de bataille, après l'avoir vidée en notre honneur.

Après une course aussi longue, nous rentrâmes en ville, sachant enfin ce que c'est qu'un champ de bataille, et à quel prix s'achètent les victoires. Comme pour gagner la rue de la Harpe je traversais le pont saint Michel, je fus encore témoin du dernier épisode de cette bataille de Paris, que je me suis plu à esquisser trop longuement, sans doute. Deux hommes étaient au bord de la rivière, occupés à laver. Un tas énorme de vêtements militaires était appuyé le long du mur du quai ; tous étaient déchirés par le fer ennemi ; par chacune de ces déchirures la vie d'un soldat avait fui avec son sang ; sous chacun de ces lambeaux sanglants avait battu, deux jours auparavant, le cœur d'un homme qui n'était plus.

C'étaient les uniformes des hommes morts sur le champ de bataille ou dans les hôpitaux, qu'on lavait à la Seine, avant de les remettre aux mains du tailleur, ou aux griffes du Domaine, car il n'est jamais d'humeur à renoncer à ses droits sur les vieux effets militaires.

Une pauvre femme, penchée comme moi sur le parapet, regardait, en silence, procéder à cette opération, et de grosses larmes lui coulaient sur les joues. Monsieur, me dit-elle, au bout de quelques minutes, vous qui avez de bons yeux, voyez-vous là dedans des uniformes de la jeune garde ! J'ai mon pauvre fils qui était dans le régiment des voltigeurs..... et en disant ces mots, la malheureuse mère fond en larmes. C'est que, reprit-elle, il m'a semblé reconnaître son habit... lui aussi, il portait un collet jaune ! Je vis, en effet, beaucoup d'uniformes de voltigeurs ; malgré cela, j'essayai de consoler cette pauvre femme en lui persuadant qu'ils n'appartenaient point à la jeune garde : mais elle, ingénieuse à se tourmenter comme toutes les mères, demeurait immobile à sa place, cherchant des yeux la dépouille d'un fils, qu'un fatal pressentiment lui disait peut-être se trouver au milieu du lugubre trophée.

Point de bonheur sans amertume : l'heure de la paix venait enfin de sonner pour la patrie ; mais 'il n'était pas une famille qui osât se livrer à une joie sans réserve ; chacun parcourait d'un œil inquiet les derniers bulletins , tremblant d'y rencontrer un nom chéri parmi les morts.

La pauvre mère du Pont-Saint-Michel , c'était alors l'emblême de la France !

LIVRE III.

—

Les Cent Jours.

—

Les Cent Jours !

Oui , JOURS à jamais mémorables ; ils ne furent que cent
par le nombre ; par leurs résultats ils se firent siècle , les
jours y prenaient les proportions d'une année.

Dépeindre Paris , pendant cette époque sans pareille dans
l'histoire, c'est réveiller des souvenirs ineffaçables , rappeler
et faire revivre tout ce qui devait venir se heurter dans un
cœur adolescent; la crainte, l'espérance, l'amour de la gloire
et de la patrie ; toutes les émotions enfin qu'allait faire
surgir autour de lui , le merveilleux retour de Napoléon. Je

m'érige donc de nouveau en historien ; mais comme je les déjà fait , mes récits seront simplement épisodiques ; je raconterai ce que j'aurai vu.

Après avoir passé mes vacances dans la Vendée , j'étais retourné à Paris , toujours comme étudiant en mathématiques au lycée Louis-le-Grand , nom qui avait succédé à celui de Lycée-Impérial. Je retournai au même hôtel d'Anjou , rue Serpente ; mais du coup , je n'y étais plus seul ; j'avais engagé à m'y suivre un de mes amis de Fontenay, et nous habitâmes la même chambre ; tous deux camarades d'enfance, nous aimant en frères , ayant les mêmes goûts et les mêmes sentiments politiques. Cet ami était Hippolyte Lemercier, qui , par la suite , habita longtemps Poitiers , et par son patriotisme s'y est acquis une grande influence.

Nous allions, tous les matins, lire les journaux et prendre notre demi-tasse au café des Pyrénées , dont j'ai déjà parlé dans mes souvenirs de 1814. Les habitués étaient à peu près les mêmes que l'année précédente , et se composaient d'étudiants et de quelques vieux rentiers. Mais ce qui avait pris une physionomie toute différente , c'était l'esprit public, qui là, comme dans tout Paris, avait arboré trois bannières bien distinctes. La jeunesse surtout , que le despotisme universitaire avait élevée dans une si grossière ignorance de l'histoire et de la politique , avait avec enthousiasme ouvert son âme aux premiers rayons de liberté qui avaient depuis quelques mois illuminé la France. Ce n'était plus cette stupide division de la nation en deux classes, l'une intitulée l'armée, l'autre le peuple. La paix ayant fait rentrer dans leurs foyers une multitude d'officiers, avait en même temps effacé la prépondérance militaire ; forcés de vivre avec les citoyens, ils avaient, peu à peu, dépouillé leurs vieilles idées de domination, tandis qu'au contraire les interminables récits de leurs campagnes exaltaient la sympathie des jeunes gens qui, jusque-là, avaient eu le moins de penchant pour la carrière des armes. De ce frottement continuel résulta bientôt le parti néonapoléoniste, qui ne rêva plus qu'au jour où il pourrait prendre sa revanche de toutes les humiliations subies à la suite de l'invasion.

Un autre parti, peu nombreux chez la jeunesse, celui qui lisait moins superficiellement les brochures politiques, avait au contraire fait hautement divorce avec le régime impérial; il avait adopté le gouvernement représentatif dont l'aurore commençait à poindre, en haine du despotisme, et s'était rallié à la restauration. Mais, par malheur pour ces naissants doctrinaires, tous ceux que glaçait encore le mot terrible de conscription, étaient passés dans leurs rangs ; de sorte que nous les classions avec dédain dans le parti des éteignoirs, c'est-à-dire, dans celui des émigrés et des rétrogrades. La grande majorité de la jeunesse, sans nulle sympathie pour les Bourbons, aspirait au retour de l'Empereur ; les uns le rappelant à tout prix, les autres, et j'étais de ce nombre, ne le voulant qu'avec toutes les libertés.

11

Le *Censeur*, par MM. Comte et Dunoyer, ne nous avait pas encore démontré la difficulté de résoudre ce problême ; je parlerai, plus tard, de l'effet du livre publié par ces deux écrivains après le 20 mars.

Quoique la censure donnât encore un démenti à la charte, qui proclamait la liberté de la pensée et le droit de la publier, il faut convenir néanmoins qu'elle ne s'exerçait qu'avec une réelle indulgence. Un journal surtout avait acquis une grande vogue par la malice de sa rédaction et le sel de ses caricatures anti-royalistes ; il sut, à lui seul, faire plus de blessures à la Restauration que tous les graves volumes lancés dans le monde par les publicistes gourmés de l'école anglaise ou américaine. Le gouvernement empêchait les journaux politiques de lui donner des coups de massue, mais il se laissait donner des coup d'épingle par les journaux littéraires, sans se rappeler qu'en France le cœur est sous l'épiderme, et qu'il suffit d'une égratignure pour frapper de mort le pouvoir qui prête le flanc à l'épigramme.

Aussi, Dieu sait quelle pluie de quolibets, quel feu roulant de plaisanteries de bon aloi s'échappaient du carquois du *Journal des Arts !* Ce petit journal paraissait tous les cinq jours, et portait une couverture jaune. Ne voilà-t-il pas que le grave *Journal des Débats,* qui alors défendait la légitimité avec la même ardeur qu'il déploya depuis pour le juste-milieu, que ce grand seigneur de la politique, dis-je, s'avisa de joûter contre son tout petit confrère, et de le traiter de nain? Le *Journal des Arts* accepta sur-le-champ le sobriquet, se décora d'une vignette représentant un petit porte-étendard dont la banderolle portait le mot *Charte,* et s'intitula dès-lors le NAIN-JAUNE, nom qu'il rendit fameux dans la guerre de plume qui prépara le 20 mars. C'est qu'il était permis, à cette époque, aux honnêtes et inoffensifs lecteurs, de rire d'excellentes charges, écrites ou gravées, que versait à pleines mains le *Nain-Jaune ;* nous n'en étions pas encore aux personnalités diffamatoires. C'étaient l'Ordre de l'*Éteignoir* et l'Ordre de la *Girouette* qui faisaient ordinairement les frais du programme, Ordres créés par ce *Charivari* de l'époque, pour ridiculariser le parti insensé qui entraînait la cour dans les voies rétrogrades, n'aboutissant jamais qu'aux abîmes. C'était pour attacher au pilori de l'opinion ces braves dignitaires, toujours prêts à changer de dévoûment comme de cocarde. Personne ne figurait, sous son nom propre, sur les listes de chevaliers de l'éteignoir ou de la girouette ; mais parmi les gros bonnets, on n'avait pas de peine à deviner, dans les premiers, Monsieur *Faciunt-Asinos,* marquis de Fontanes, et, dans les seconds, le prince de *Bien-au-Vent,* autrement prince de Bénévent. Dites-moi, je vous prie, s'il était possible de nommer plus spirituellement, et plus fidèlement à la fois, le chef de l'Université, que de le traduire par *Faciunt-Asinos,* et de mieux nous faire reconnaître, dans le grand commandeur de l'ordre de la Girouette, prince de *Bien-au-Vent,* le vétéran de la diplomatie, Talleyrand, prince de Bénévent? Sans compter qu'il n'avait pas encore pris, dans l'Ordre, les trois ou quatre grades par lui mérités depuis 1815.

D'un autre côté, les prétentions nobiliaires, la queue et les ailes de pigeon, revenues d'émigration avec la famille royale, étaient personnifiées dans les innombrables caricatures, dont le héros était M. de la Jobardière. La malheureuse Restauration était déjà frappée au cœur par le ridicule; la haine vint bientôt envenimer la plaie. Je ne sais par quel déplorable hasard, dans un exercice à feu au Champ-de-Mars, une ou deux cartouches à balles étaient restées mêlées aux cartouches blanches d'un régiment suisse; mais un de ses feux abattit le cheval d'un parisien qui caracolait entre les lignes, et blessa un soldat français à quelques toises plus loin. Tout absurde que fût l'imputation, néanmoins il se trouva une voix pour accuser les Suisses d'une lâcheté sans but, et dont ils étaient incapables, et il ne manqua pas de gens pour y croire. Triste présage pour un gouvernement que cette crédulité populaire recueillant tout ce qui peut le compromettre!

Enfin, Paris en était arrivé à ce point de malaise du malade qui se tourne et retourne sur sa couche, sans pouvoir y trouver une posture convenable; une vague inquiétude, une conviction intime de quelque grand évènement prêt à survenir, s'était emparée de tous les esprits; on ne savait lequel, mais bien certainement le calme régnant n'était que le calme précurseur de l'orage. Je demande pardon de la nouveauté de ma comparaison au *Constitutionnel,* ce célèbre inventeur de l'horizon politique. Il ne se passait pas de jour qui n'amenât avec lui sa nouvelle , hostile aux Bourbons bien entendu.

Quand , venant de la rive gauche , vous traversez le Pont-Saint-Michel , en détournant à droite , au milieu du quai conduisant à Notre-Dame, vous voyez se tapir, tout honteux, un petit monument à l'extérieur lugubre et ne recevant le jour que par une porte s'ouvrant sur le marché et un panneau vitré enchassé dans la toîture de ce sanctuaire de nouvelle espèce , se donnant , par ses lignes carrées et son petit fronton triangulaire , des airs de temple grec. Quel temple , bon Dieu ! Ce sont les gémonies du suicide , de l'assassinat et de la misère ; *Diis ignotis ,* c'est la Morgue.

A ce nom , vous sentez l'horreur vous courir jusqu'au bord des lèvres. Vous ne savez donc pas que, dans le quartier, c'est un délassement comme un autre? Tout autour du cloître Notre-Dame et du Palais-de-Justice , c'est un petit pélerinage obligé , on va jeter un coup-d'œil à la Morgue , comme sur les affiches de spectacle du jour placardées au coin de la rue. Elle a même sur les affiches cet avantage , qu'elle offre gratis des émotions à la foule , en lui présentant, toutes chaudes encore quelquefois, les victimes de drames dont la poignante réalité n'a pas besoin des emportements de MM. Bocage ou Frédéric Lemaître.

Je vous ai, vous vous le rappelez peut-être, dans un chapitre précédent, prévenu que j'aurais à vous ramener à la Morgue, où commencerait un drame lugubre devant se dénouer en place de Grève ; je comptais même par là vous payer la petite dette d'émotions qu'est en droit d'exiger tout lecteur de romans modernes. Nous voilà rendus à l'évènement, mais permettez-moi de vous dire d'abord, en guise de prologue, ce dont je fus témoin il y a une dizaine d'années, en face de ce sombre monument.

Des émotions ! disais-je tout-à-l'heure ; c'est le mot d'une société blasée, cherchant pour ses sens émoussés des commotions galvaniques, au théâtre, dans la littérature et jusque sous la voûte funèbre de la Morgue. Le jour dont je parle, je voyais chaque passant y entrer de l'air le plus dégagé; je n'avais que quelques pas à faire, je suivis à mon tour le torrent et j'entrai en homme connaissant déjà ce lamentable repaire.

Comme j'étais encore sous la porte, j'aperçus une jeune femme dont l'aspect me frappa. Elle avait à peine vingt-cinq ans, et par sa mise riche et élégante appartenait à la société aristocratique. Elle s'avançait d'un pas lent et timide, regardant à droite et à gauche avec inquiétude ; l'effroi déjà peint dans ses yeux témoignait d'une lutte intestine que les pulsations de son cœur eussent sans doute encore mieux accusée ; la femme du grand monde hésitait à mettre le pied sous cette voûte fréquentée par le populaire ; mais le saisissant aspect d'un spectacle nouveau et plein de terreur l'attirait malgré elle ; je la voyais s'approcher, comme le pauvre petit oiseau descend en gémissant de branche en branche, jusqu'à la portée du reptile dont les yeux ardents lui dardent le charme fascinateur. Enfin, la jeune dame entra en même temps que moi.

Des curieux sortaient fort mécontents, il n'y avait pas un seul mort ; ma compagne, rassurée au contraire par cette absence, se mit, plus calme, à examiner les lieux. Le luxe franchit aujourd'hui le seuil de toutes les demeures, le confortable, depuis ma dernière visite, s'était introduit jusque dans la Morgue ; les dalles, de marbre bien poli, rangées autour de la salle d'exposition, vous apparaissent à travers la cloison vitrée qui vous en sépare, comme autant de baignoires inclinées ; à la tête de chacune, un robinet de cuivre à col de cygne donne l'eau nécessaire pour laver le marbre à chaque changement de corps ; le pavé est propre et luisant ; la mort s'est faite coquette, le suicide s'est fardé.

Il n'y avait personne sur les dalles funèbres, mais les porte-manteaux régnant autour de la salle étaient, comme à l'ordinaire, garnis de la dépouille de morts demeurés inconnus ; c'est le cœur serré que vous parcourez du regard toute cette livrée du trépas ; des haillons, des lambeaux de chaussure sont les tristes témoins de la misère de leurs anciens maîtres , et tout cela est appendu sous les yeux du public ; lamentable friperie au sein de laquelle la justice vient souvent plonger un œil inquisiteur qui, de la dépouille des victimes, la conduit parfois jusqu'aux meurtriers.

* *

Un matin que je descendais de ma chambre , je vis toute la cour de l'hôtel en rumeur ; on se racontait un grand évènement, si j'en pouvais juger par de grands gestes. Vous ne savez pas ? me dit vivement Mme Devilliers, notre hôtesse. — Quoi donc , Madame ? — « Tout le monde court à la » Morgue ; on dit , que cette nuit , il devait éclater une » conspiration ; mais qu'un garde-du-corps qui avait feint » d'y entrer , ayant été découvert pour un espion , a été » massacré aux Champs-Élysées , et coupé en morceaux. On » vient d'exposer à la Morgue les restes de ce malheureux » jeune homme , qu'on dit un des plus beaux garçons de » toute la maison du Roi. »

Peste ! un homme coupé par quartiers ! on n'a pas tous les jours, à Paris, une si bonne aubaine ! Je suis forcé de convenir que je ne reculai pas devant cet abominable coup-d'œil ; en qualité de voisin, je pouvais y aller faire un petit tour comme tant d'autres. Effectivement , le marché neuf était couvert d'une foule qui annonçait un spectacle extraordinaire. Ce n'était plus cette misérable monotonie de noyés empruntés aux filets de Saint-Cloud, de suicides vulgaires qui là étalent leur cervelle brisée. Parlez-moi d'une tête d'homme pêchée dans la Seine, de bras et de jambes recueillis aux Champs-Élysées, d'un tronc entier ramassé sous la colonnade du Louvre, et tout cela apporté, pièce à pièce, sur la funèbre dalle de marbre, et tout cela rajusté par la main d'un manœuvre, pour lui rendre une forme humaine.

Les voisins arrivant de tout côté obstruaient l'entrée de la Morgue, mais avec une certaine méthode. Vous savez que le peuple de Paris a un admirable instinct d'ordre en toute circonstance, et vous pouvez être sûr que si, dans une révolution, il lui prend fantaisie de démolir votre maison, il y procédera suivant les règles ; de même que dans un incendie il réglera son dévoûment et s'exposera à la mort pour vous, d'après tous les principes. Du reste, peuple admirable de courage et d'intelligence.

La foule s'était donc d'elle-même rangée sur deux files, faisant queue comme aux théâtres, et entrant à mesure que d'autres sortaient. J'eus mon tour et arrivai devant le vitrage.

Nous n'avions point sous les yeux, ainsi que le brodait la renommée, le plus bel homme des Gardes-du-Corps : sur la dalle noire gisait un homme de plus de quarante ans, trapu, vigoureusement constitué, et à peine défiguré par la mort. De légères traces noirâtres témoignaient seules, aux articulations, que les membres et la tête avaient été disjoints par le fer avant d'être ainsi remis et ajustés à leur place naturelle ; une jambe manquait au cadavre. Une large blessure dans la région du cœur accusait un coup de poignard qui avait dû être mortel.

C'était là le prélude d'un drame judiciaire qui se déroula devant la Cour d'Assises de Paris et qui retentit dans la France entière. Ce coup de poignard béant et sanglant encore aux yeux effrayés, avait été porté par la main d'un frère ; ce cadavre était celui de Charles Dautun, reconnu pour tel près de deux mois après, sur le masque qui en avait été modelé en cire, dans le but de trouver tôt ou tard les traces d'un tel forfait. Les hommes de l'art, chargés d'examiner le corps de la victime, avaient déclaré qu'une main habituée à manier le scalpel avait pu seule ainsi démembrer le cadavre, et que la victime devait être boiteuse de la jambe qui manquait. C'en fut assez pour la justice ; elle apprit enfin que dans la rue des Prêtres-Saint-Germain, un homme boiteux avait occupé une petite chambre, dans une maison sans portier ; que depuis quelques semaines les autres locataires ne le voyaient point rentrer. On s'y transporta, et des traces sanglantes, qu'on avait en vain cherché à effacer sur les carreaux de l'appartement, indiquèrent que c'était là le théâtre d'un crime.

A l'aspect du buste modelé en cire, le propriétaire de la maison reconnut l'homme qui lui avait loué une chambre,

sous le nom de Charles Dautun, employé d'une administra-
tration et rentré à Paris lors de la perte de la Belgique par
la France. La police découvrit bientôt qu'un ex-chirurgien
aux armées, du nom de Dautun, se trouvait également à
Paris ; l'observation faite par les hommes de l'art sur l'habi-
leté de main qui avait présidé au démembrement du cadavre
recueilli par fragments, devint un trait de lumière pour la
justice ; l'ancien chirurgien militaire Dautun fut arrêté et
traduit en Cour d'Assises, avec un de ses cousins, nommé
Girouard.

Après de longs et mémorables débats, pendant lesquels
l'image du pauvre Charles semblait, plein d'une ressemblance
frappante, accuser lui-même son frère d'un lâche assassinat,
Dautun, bourrelé de remords, fut condamné au supplice et
avoua son crime. Dans un récit plein d'un pathétique saisissant, il fit tressaillir tout son auditoire en lui retraçant les
circonstances du forfait, les terreurs par lui éprouvées,
tandis qu'il emportait au loin les lambeaux de son malheureux frère. Il vint un moment où Dautun s'interrompit, la
sueur lui perçait le front, il jetait un œil égaré sur l'image
de Charles, placée en face de son banc.

« J'avais, continua-t-il avec effort, déjà été jeter les bras
» et les jambes à travers les Champs-Élysées, la tête du
» haut du pont au Change ; je pouvais, sous ma redin-
» gote, dissimuler mon fardeau. Mais il n'en pouvait être
» de même du tronc ; il était deux heures du matin, je le

» portais sur l'épaule comme un ballot , enveloppé dans une
» nappe. Les jambes me tremblaient ; j'eus la peine de me
» reposer sur une borne , dans la rue des Prêtres-Saint-
» Germain-l'Auxerrois ; de la lumière apparaissait à une
» haute fenêtre grillée , à travers laquelle j'entendis des
» chants joyeux d'ouvriers ; c'étaient les imprimeurs du
» *Journal des Débats* qui travaillaient au numéro du matin.
» Ces chants et ces gais propos me parvenant au moment
» où j'avais l'âme déchirée de terreur et de remords, furent
» pour moi autant de coups de poignard vengeurs ; le pre-
» mier supplice du crime est la paix des cœurs honnêtes.
» Je repris mon fardeau que je voulais précipiter dans la
» Seine , mais entendant les pas d'une patrouille , je n'eus
» que le temps de le jeter au pied de la Colonnade du Louvre,
» et de fuir d'un autre côté. »

Puis , pour couronner l'œuvre, Dautun apprit à la cour
épouvantée que c'était lui qui , six mois auparavant, avait
également assassiné sa tante , dans la rue Montmartre ,
crime dont on avait en vain cherché l'auteur. Son malheureux frère Charles lui ayant laissé entrevoir qu'il savait là-
dessus des circonstances qui eussent pu mettre la justice sur
les traces du meurtrier, c'était pour se défaire de ses révé-
lations qu'il l'avait également poignardé , au moment où, en
chemise et sans défiance , Charles lui ouvrait sa chambre de
très-bonne heure et après avoir reconnu la voix de son
frère.

Ce drame épouvantable ne se dénoua en place de Grève, qu'après le retour de l'île d'Elbe ; j'en reparlerai en temps et lieu.

Le vertige semblait s'être emparé du gouvernement royal ; l'aveuglement de l'émigration le poussait rapidement à sa perte. Quelques jours avant l'assassinat de Dautun, comme j'avais à traverser la place du Palais-Royal, j'y fus rencontré par un de mes camarades, nommé Jobet, de St-Domingue, ayant la tête chaude comme en son pays. C'était un grand Voltairien.

Nous voyions un grand mouvement dans la rue St-Honoré, des cris étaient proférés de loin. Je demandai à mon ami ce que c'était. — Comment, tu ne sais pas ? c'est l'enterrement de Mlle Rancourt ; on ne veut pas la recevoir à Saint-Roch, mais j'espère bien qu'elle y entrera malgré toute la calotte ; le peuple est en train d'enfoncer les portes ; veux-tu y venir voir ? — J'étais pressé, et d'ailleurs, peu soucieux de me trouver mêlé à de telles cohues, je me contentai de jeter un coup-d'œil sur la foule revenant de Saint-Roch, dont elle avait, en effet, forcé les portes pour y introduire le corps de la célèbre tragédienne.

Cet acte d'intolérance religieuse fut largement exploité contre la Restauration.

L'hiver fuyait ; un soleil plus chaud faisait fermenter à la fois et la nature et les jeunes têtes ; à l'une il rendait les fleurs , aux autres leurs rêves de gloire et leurs espérances guerrières. La conviction que le gouvernement royal ne pouvait longtemps se soutenir avait entraîné , comme conséquence , la certitude du retour de Napoléon. Ses nombreux partisans souriaient de pitié en voyant les organes du pouvoir vanter la force et la stabilité d'un édifice qu'un souffle pouvait renverser ; ils imaginèrent enfin, pour mieux se compter, de faire comme dans l'Orient, de rendre un bouquet l'interprète apparent d'une pensée secrète. Ce fut ainsi que la violette qui , jusqu'alors , n'avait annoncé que le retour du printemps, vit sa fleur devenir l'emblème du retour si ardemment attendu de l'Empereur.

Elle, humble symbole de modestie, annoncer la venue d'un Messie de gloire et de destruction ! Malgré le contraste , le bouquet emblématique brillait à une multitude de boutonnières , et en style populaire , Napoléon ne s'appela plus bientôt après que *le Père la Violette.*

Dans le même hôtel que moi logeaient deux anciens mameluks de la garde impériale. L'un d'eux, nommé Riskalh , d'une assez belle taille, pâle, maigre, et encore porteur de sa moustache noire, était marié avec une française, habitait une mansarde, et travaillait de son état de tailleur, au milieu d'une collection complète de marmots. L'autre, nommé Oannhis, trapu, vigoureux , la barbe épaisse et entièrement rasée, portant sur sa physionomie le cachet de son origine arabe, était maréchal-des-logis en retraite ; décoré non-seulement de la croix, mais de je ne sais combien de blessures, dont l'une lui avait enlevé une portion de l'oreille.

Je ne me rappelle pas sans émotion qu'à mon retour à l'hôtel, le vieux brave que je n'avais pas vu depuis trois mois, et avec lequel j'avais eu peu de rapports en 1814, accourut à ma rencontre quelques jours après mon arrivée, en me faisant mille amitiés, et me reprochant doucement et d'un air affligé de l'avoir oublié, puisque, depuis deux jours, je ne lui avais rien dit. Le fait est que je ne l'avais pas encore aperçu, ce pauvre Oannhis, homme plein de douceur et de sensibilité. Je me rappelle, à propos de ces deux hommes, avoir remarqué qu'ils ne prononçaient pas, comme les Français, le mot mameluk, en affectant la prononciation italienne, mamelouk ; mais qu'ils laissaient à l'u sa terminaisou naturelle, ce qui donne plus de grâce à ce mot de mameluk. Avis aux puristes qui peuvent s'en rapporter, je le pense, à une autorité compétente dans mes deux Arabes.

Comme on le pense bien, le vieux soldat de la garde n'avait pas été des derniers à arborer le bouquet de violettes ; lui et son camarade Riskalh avaient tous deux abandonné les déserts paternels pour suivre la fortune du vainqueur des Pyramides ; tous leurs vœux, toutes leurs espérances étaient pour ce nouveau Mahomet chrétien. Aussi, quand ils rentraient le soir à l'hôtel, c'était toujours des nouvelles un peu plus conformes à leurs désirs, qu'aux lois de la géographie, qu'ils nous apportaient. Un jour, l'Empereur était entré en Alsace avec douze ou quinze cents Piémontais ; une autre fois, il allait débarquer droit à Bilbao, pour de là soulever l'Italie en y pénétrant en armes ; je ne sais même pas si un jour, parti de l'île d'Elbe, il n'avait point relâché à Saint-Domingue, pour y enrôler quelques milliers de noirs avec lesquels il venait de débarquer près de Marseille ; et tout cela était débité de la meilleure foi par nos deux Mameluks, se fâchant même de voir rire de nouvelles aussi sûres.

Un jour, le 5 mars 1815, je n'étais pas sorti après le dîner, et je causais dans le salon de l'hôtel. Voilà tout-à-coup Oannhis qui entre, tout essoufflé, et nous apprend que l'Empereur est en France. Comme à l'ordinaire, on se dispose à accueillir, par un sourire d'incrédulité, un évènement si souvent affirmé par le pauvre messager ; mais la pâleur et l'émotion de Oannhis me frappèrent, et à mon tour je sentis battre mon cœur avec une violence extraordinaire ; je n'osais pas l'interroger, de peur qu'il ne détruisit mon espérance par quelque absurdité ; mais lui, d'un air plein d'enthousiasme, prit sa revanche de tant de désappointements passés, et s'écria qu'il savait bien à la fin que ça devait arriver !

L'anxiété succède à l'instant à l'ironie sur tous les visages ; Oannhis s'explique, il nous apprend que l'on crie déjà dans les rues une ordonnance du Roi contre la tentative de Bonaparte.

Il était près de dix heures du soir, mais le moyen de dormir avec un semblable aiguillon au cœur, d'attendre une nuit d'un siècle sous le poids d'une telle incertitude ! Nous sortons en courant vers le Palais-Royal. Sur le Pont-Neuf, quelques groupes causant à voix basse ; nous continuons ; enfin, en entrant dans la rue Saint-Honoré, nous entendons de loin la voix glapissante des crieurs. Oh ! malgré la baisse des fonds dans mon budget, je n'eusse pas hésité à payer dix francs le bulletin que je séchais d'impatience de connaître ; enfin, j'atteins un crieur, et me voilà, à la lueur des vitraux d'un magasin, jetant un coup-d'œil dévorant sur mon papier.

Il était débarqué ! il avait touché la terre de France ! Ce n'était point un mensonge. Mais qu'il y avait loin des bords du Var aux Tuileries ! Il fallait que l'entreprise de Napoléon semblât bien insensée et bien désespérée au pouvoir, puisqu'il ne chercha même pas, dans son premier bulletin, à déguiser la vérité. Il avouait donc que Napoléon Bonaparte venait de débarquer à Cannes, à la tête de mille hommes de son ancienne garde, quand on pouvait n'en avouer que deux ou trois cents ; le gouvernement comparait, sans doute, ce nombre de mille aux millions d'hommes qu'il pouvait appeler aux armes ; il n'oubliait qu'une chose, ces mille grenadiers marchaient sous l'aile de l'aigle aux trois cou-

leurs ; c'est que le mot de gloire brillait sur leur bannière.
Et lui, pouvoir royal, fils du droit divin, quel langage, par
malheur pour lui, opposait-il à ce mot, toujours magique
en France ? Une formule gothique qui a à jamais couvert
de ridicule l'ordonnance de Louis XVIII. Je la tenais à la
main cette fameuse ordonnance, où, après l'exposé des faits,
le Roi de France et de *Navarre* dénonçait à ses *fidèles sujets*
l'attentat de l'*usurpateur*, et leur enjoignait de *lui courir
sus.*

Quand je rentrai à l'hôtel, je trouvai Hyppolite, l'ami
dont j'ai parlé, en proie à la même agitation que moi. Nous
échangeâmes, longtemps avant de nous endormir, nos
craintes et nos espérances, attendant le lendemain avec une
grande impatience. Dès huit heures du matin, nous étions
au café des Pyrénées. Là, grande agitation, figures joyeuses,
airs consternés. Un nouveau bulletin figurait sur les journaux, annonçant l'échec qui avait signalé, d'une manière si
alarmante pour Napoléon, le début de sa téméraire entreprise. Une avant-garde de quarante grenadiers était chargée
d'éclairer la marche; l'officier qui la commandait se met en
tête de s'emparer d'Antibes, y entre tambour battant, veut
insurger la petite garnison à laquelle rien ne prouve qu'il
précède réellement l'Empereur, et les quarante grenadiers
sont faits prisonniers. Aussi, ce jour-là, 6 mars, les royalistes avaient-ils le verbe haut, tandis que les porteurs de
violettes commençaient à cacher ce bouquet séditieux.

Il y avait au café un certain habitué, nommé M. Caron, qui se faisait surtout remarquer par cette modération dont trois mois plus tard la France devait éprouver les effets. — Oui, s'écriait-il, tous vos brigands de l'île d'Elbe seront fusillés avant huit jours ; je n'ai qu'un regret, c'est de ne pas pouvoir me trouver sur le passage de Bonaparte quand ce sera son tour, pour lui cracher à la figure ! — Toutes ces paroles odieuses nous entraient au cœur comme autant de ferments de vengeance, à nous, forcés de nous taire, à nous, âmes candides et sans fiel, mais révoltés de ces lâches outrages. Voilà la logique des partis ; la vertu dans un camp, le crime dans l'autre ; puis, plaignez-vous d'avoir, depuis quarante ans, banni la concorde de la société française !

Cependant, depuis plusieurs jours, rien d'officiel n'était publié sur la marche de Napoléon ; les rôles changèrent, ce fut aux royalistes de pâlir d'anxiété, tandis que le sourire renaissait sur les lèvres des patriotes. Le gouvernement eut enfin la peine de manifester ses craintes, en appelant aux armes tous ses partisans. Les murailles de Paris étaient couvertes d'affiches émanées soit des autorités, soit de quelques particuliers, dans lesquelles la haine et la fureur empruntaient une langue que n'avait même jamais connue le hideux style de 93. Croirait-on, si je ne déclarais pas l'avoir lu de mes yeux, qu'un M. Poirier, garde national, donnait, dans un placard affiché rue Saint-Jacques, son nom et son adresse, comme l'auteur d'un projet de souscription destinée à mettre à prix la vie de Napoléon, et à payer la main courageuse qui rapporterait à Paris CETTE TÊTE EXÉCRÉE ? Je ne sais si beaucoup de souscripteurs eurent le temps d'être informés de cet honorable appel, car, par malheur, l'indignation publique fit justice de ces horribles provocations, en lacérant les affiches de ce garde national.

Je me rappelle qu'un soir je méditai une expédition qui, dans l'état d'exaspération où étaient alors les partisans du gouvernement, pouvait me faire écharper sur place, et cela pour une de ces niaiseries qu'on ne conçoit et n'exécute qu'en sortant du collége. Toutes les proclamations portaient en tête, en lettres capitales, VIVE LE ROI. Voilà que, nouveau Procida, je me mets à conspirer contre ces têtes d'affiches, et que, par un effort de génie, je trouve le moyen de les convertir en table de proscription. D'une main furtive, j'arrache un lambeau d'affiche ; je découpe un R, et me voilà, mon R à la main, rôdant autour d'une autre proclamation, le cœur agité comme au moment d'un crime ; je m'élance sur l'ennemi, je colle mon R sur un V, et on lit alors VIRE LE ROI ! Et certes, le mineur qui, au péril de sa vie, vient de mettre le feu à une fougasse devant faire sauter l'ennemi, ne rentre pas plus fier dans la place, que moi dans ma rue Serpente, après mon héroïque expédition.

Qu'on juge de ce qu'elle eût pu me coûter, si j'eusse été surpris chavirant ainsi ce pauvre Louis XVIII ! Il faut que la faiblesse rende bien cruel. Tous les matins, je me rendais

au Carrousel pour examiner l'état des choses , d'après la
physionomie de la garde montante ; là , la garde nationale
se faisait remarquer par une violence extraordinaire ; tous
ces bons bourgeois, qui sentaient fuir sous leurs pas le sol
où la paix avait assis leur commerce , ne voyaient plus que
des brigands dans tous ceux qui préféraient la gloire et ses
périls à ce repos, qu'un mot amer devait qualifier plus tard
de halte dans la boue.

J'étais donc à la parade du matin, près d'un jeune homme
qu'à sa cravache et à ses éperons on pouvait prendre pour
un officier à demi-solde. Le duc de Berri parut sous le pavillon de l'Horloge. A l'instant , les cris de *Vive le Roi !* se
font entendre sur toute la ligne ; nous étions près du guichet du Pont-Royal , et certainement on pouvait , sans manquer de respect au prince , rester couvert à cent pas de lui.
Un chasseur de garde nationale se retourne : *A bas le
chapeau !* nous crie-t-il en fureur. — J'ai salué, dit le jeune
homme , et c'était vrai ; à l'aspect du duc de Berri , par
convenance et par respect , nous nous étions découverts.
— *Qu'est-ce qu'il dit, ce gredin-là ?* s'écrie un autre chasseur. Bref , voilà toute la compagnie qui apostrophe ce
paisible spectateur. — *Je crois que ce b.....-là,* dit un autre,
a des violettes, et il s'approche pour ouvrir sa redingote.
— *Ne me touchez pas ,* dit en se reculant le jeune homme ,
ou bien..... Il n'avait pas achevé , que ses vêtement étaient
en lambeaux , que vingt furieux le traînaient , la face

ensanglantée , sur le pavé , jusqu'au corps-de-garde où ils déposèrent leur importante capture. C'était ainsi qu'on protestait contre le régime du sabre , que nous ramenait , disait-on , l'ogre de Corse. Bien entendu qu'on n'a rien à dire contre celui des baïonnettes , dites intelligentes. Ce qui ne m'empêche point cependant d'être et d'avoir toujours été un zélé partisan de l'institution de la garde nationale.

*

Le danger devenait de plus en plus imminent. Malgré les réticences et les bulletins mensongers que Paris était réduit à commenter , chaque matin , dans le *Moniteur,* Il était évident qu'il ne s'était point encore rencontré un régiment qui eût pu supporter le regard de l'aigle impériale , sans être fasciné par ses glorieux rayons , charme sûr de dompter les plus rebelles. Il fallut donc tenter les derniers efforts. Le comte d'Artois et le duc d'Orléans, devenu roi des Français, partirent pour Lyon , afin de faire de cette grande ville le quartier-général des armées royales ; le duc d'Angoulême tenta de réchauffer le zèle royaliste des Provençaux et des Languedociens ; enfin , une armée de réserve s'organisa à Paris, sous les ordres du duc de Berri.

Les régiments de chaque arme , ayant le numéro 1 , y avaient été rassemblés depuis longtemps ; ils avaient été organisés avec soin , portaient quelques ornements d'uniforme que n'avaient point les autres ; de sorte qu'on fondait quelque espérance sur la fidélité de ces régiments, accoutumés à manœuvrer sous les yeux des princes. C'étaient les 1ers de cuirassiers, dragons et hussards, et le 5me ou 6me chasseurs, nommés chasseurs de Berri, magnifique division de cavalerie. Je rencontrai un soir, au spectacle, un Rochelais, fourrier dans ce dernier régiment, le jeune Huguet, que j'avais connu quelques années auparavant. Nous sortîmes ensemble, et je le questionnai sur l'esprit de son régiment. Ma foi, me répondit-il, je serais bien embarrassé de vous dire ce que nous ferons ; personne n'ose entamer la question, chacun attend quelque chose de plus positif sur la situation des affaires ; mais il ne faut point compter sur nous pour tirer le sabre contre nos camarades ; nous ferons comme les autres.

Quelques jours après, je trouvai un autre compatriote chez Mme G...., veuve d'un de nos anciens préfets ; c'était Alexis de Saint-Légier, jeune et bouillant capitaine au 2me d'infanterie légère. Le pauvre Alexis était dans une cruelle anxiété ; son régiment partait avec mission d'arrêter la marche de l'Empereur, et lui, dévoué à Napoléon jusqu'au fanatisme, brûlait d'envie de passer sous le drapeau qui l'avait vu combattre pour la France. Enfin, il nous dit comme Huguet, je ferai comme les autres. Or, les autres se disaient nous ferons comme vous, et, avec de bonnes intentions, on arrivait en présence des trois couleurs ; puis, à cet aspect, adieu

les promesses ; on se précipitait dans les bras que vous tendaient les camarades.

Fatalité ! les deux pauvres jeunes gens dont je viens de
parler, échappèrent aux désastres de Waterloo , pour venir
succomber à la Rochelle ; Saint-Légier dans un duel, Huguet
dans un naufrage !

* *
*

Comme on le présume bien , dans des circonstances aussi
critiques , je n'étais pas souvent chez moi ; partout où il y
avait quelque chose à voir, on était sûr de me trouver, au
grand détriment des mathématiques, qui me semblaient une
science plus abstraite que jamais. On faisait arriver à Paris
toutes les troupes disponibles ; le duc de Berri alla un jour
les inspecter dans leurs casernes , goûta leur pain et leur
soupe , et couronna sa visite par la distribution d'une pièce
de cinq francs à chaque homme. Un conscrit s'égosillait à
crier *Vive le Roi !* — Cornichon, dit un vieux troupier, crie
donc *Vive l'Empereur !* au lieu de cent sous ils te donneront
dix francs.

Bientôt on s'aperçut que ce n'était pas assez des soldats
pour sauver le trône ; on voulut que les citoyens appuyassent
de leur exemple et de leur concours ceux des régiments qui
seraient le moins infectés de bonapartisme. En conséquence,
il fut ouvert partout des listes d'engagement pour les volon-

taires royaux. Hélas ! deux choses mortelles en France pour l'enthousiasme, la pluie et le ridicule, vinrent paralyser le dévoûment de cette portion de la jeunesse. Comment diable aussi retenir son sérieux à l'aspect d'un pêle-mêle de toute couleur, de tout âge et de toute taille ? Tâchez donc de ne pas rire, en voyant arriver de la revue, trempés et crottés jusqu'au dos, les volontaires de l'école de droit, avec une giberne en forme de Cinq-Codes, passée ici sur une redingote marron, là sur un habit noir ; puis, pour couronner la tenue, campez-moi un chapeau retroussé à l'Henri IV, avec panache ébouriffé par une pluie continuelle sur chacun de ces guerriers amateurs, et jugez des chances que leur accordait l'opinion ricaneuse de Paris, pour culbuter les vieilles moustaches de l'île d'Elbe.

Eh bien ! sous ce grotesque accoutrement, battaient pourtant bien des cœurs dévoués, et si onze mois n'eussent point suffi pour frapper de décrépitude un pouvoir insensé tombé à la merci de l'émigration, il eût pu, avec de bons officiers, composer un corps redoutable de volontaires ; mais il était trop tard. La résurrection publique d'uniformes n'ayant plus vu le jour depuis la prise de la Bastille, avait suffi pour couler les pauvres volontaires royaux.

Voilà la part de l'effet moral produit sur les citoyens ; l'armée n'avait pas à récolter une moisson moindre de quolibets et de ridicule. Pour comble de malheur, la goutte s'était mise de la partie ; le débarquement de l'île d'Elbe en avait redoublé les paroxismes sous les guêtres royales. Il fallait bien cependant réchauffer de sa présence le zèle des régiments ; or, on peut se figurer leurs élans d'enthousiasme quand, en bataille devant les Tuileries, ils voyaient sur le balcon de l'Horloge arriver l'énorme Louis XVIII, poudré à frimats, le claque en tête, l'épée au côté, et caracolant au petit trot des quatre hommes qui le voituraient sur son fauteuil à roulettes. Miséricorde ! quelle bordée de bons mots pour le troupier pendant une semaine !

Enfin, un dimanche, le 12 mars, le bruit se répandit que le gouvernement venait de recevoir, par estafette, des nouvelles de Lyon : c'en était fait, disait-on ; le comte d'Artois, le duc d'Orléans et les généraux de la division avaient complétement battu Bonaparte, qui avait osé marcher sur eux avec la garnison de Grenoble. L'usurpateur était en fuite dans les montagnes du Dauphiné ; ses soldats l'abandonnaient de toutes parts, jetaient leurs fusils et leur cocarde tricolore, *en maudissant les instigateurs qui n'avaient ébranlé leur fidélité que pour les faire servir d'instrument à de criminelles ambitions.* On voit, d'après cette citation textuelle, que, depuis 1815, les rédacteurs officiels n'ont pas employé une grande variété de style dans leurs accusations. Ce qui résultait de plus clair d'une si belle victoire, c'était que Grenoble avait été prise par l'usurpateur.

D'honneur ! quand je me rappelle cette journée de men-

songe, j'en ai encore honte pour le caractère français. Je
me demande toujours, comme le Basile de Beaumarchais,
lequel voulait mystifier l'autre : ou du gouvernement, publiant, par la bouche même du Roi, une victoire au lieu de
la plus honteuse déroute, ou de l'armée, saluant de ses
acclamations une nouvelle qui lui brisait le cœur.

Je me rendis au Carrousel aussitôt que j'eus connaissance
du mystérieux bulletin, publié dans la matinée avant la distribution du *Moniteur,* lequel nous apprenait, en revanche,
qu'à Toulouse le public en masse avait demandé au théâtre
Vive Henri IV et *Charmante Gabrielle.* Notez que, pour
nous apprendre des évènements aussi décisifs, le *Moniteur*
s'était fait attendre ce jour-là jusqu'à onze heures.

Un air de fête régnait au château ; un groupe de gardes-
du-corps parlait à la foule du haut du balcon. Enfin, le roi
qui, par bonheur, pouvait marcher ce dimanche-là, se
présenta aussi lui sur le balcon, entouré de son état-major ;
je le voyais de loin demander du geste un instant de silence
à la population qui le saluait de ses cris. On se tut, et je le
vis adresser à la foule quelques phrases, accueillies par des
Vive le Roi ! avec une ardeur qui me confondit, moi, pauvre
napoléoniste honteux, et me taisant dans mon petit coin. Je
n'ai aujourd'hui que deux manières d'expliquer cet enthousiasme factice des soldats de l'Empire pour les fleurs de lys;
c'est qu'ils ne croyaient pas un mot de la défaite de leur
Empereur, et ne se réjouissaient que par ironie ; ou bien

que ces dociles manœuvriers exécutaient le dévoûment comme la charge en douze temps. Aux termes de l'ordre du jour, on leur aura sans doute commandé : *Soyez.....istes !* et ils auront été royalistes en vertu de la discipline. Quoi qu'il en soit, tout fut pris pour argent comptant de part et d'autre ; Louis XVIII proclama, du haut de son balcon, qu'avec de pareils soldats il n'avait rien à craindre ; la population de Paris se fia de son côté à la victoire de Lyon, et le dimanche se passa le plus gaiement du monde.

On donnait le soir, à l'Opéra, la *Vestale* et le ballet de *Nina,* j'y allai. O vicissitudes humaines ! je me rappelai que dans cette même salle, il y avait à peine un an, j'avais entendu Dérivis lire, au public transporté, le bulletin de la bataille de Champ-Aubert, et c'était encore lui qui, ce soir-là, devait annoncer une défaite de Napoléon ! Ce n'était pas assez de la mystification du Carrousel, le gouvernement voulut couronner l'œuvre par une seconde représentation à l'Opéra. On vint donc dans un entr'acte débiter au public, hochant la tête, la grande victoire du matin. Hélas ! le pauvre ministère ne fit pas ses frais. D'étranges rumeurs avaient commencé à circuler à la fin du jour ; l'Empereur loin d'être en fuite était, disait-on, entré à Mâcon ; les princes étaient revenus à Paris en toute hâte ; l'enthousiasme du matin, véritable feu de paille, n'avait pas duré huit heures ; le public entendit froidement la lecture d'un bulletin auquel il n'avait plus qu'une foi douteuse.

En sortant de l'Opéra, je rencontrai, au Palais-Royal, Hyppolite ; il m'apprit que les princes étaient revenus ; on voulait en vain le cacher à Paris, mais rien n'était plus certain. En sortant par la cour des Fontaines, nous vîmes en effet des palfreniers qui lavaient une voiture couverte de boue devant les écuries du duc d'Orléans. Nous nous approchâmes et reconnûmes l'écusson. C'était là le char de triomphe de la victoire de Lyon. On sait que la campagne se réduisit à une revue du 13me dragons, passée par le comte d'Artois, qui, s'adressant à un vieux brigadier de ce régiment pour lui faire crier *Vive le Roi !* en reçut cette réponse : *Non, Monsieur, je n'ai jamais crié que Vive l'Empereur ; jamais nous ne tirerons le sabre contre le père du soldat.* Et là-dessus voilà Leurs Altesses royales reprenant, au galop, la route de Paris. Puis, fiez-vous ensuite aux bulletins officiels.

Ce retour subit frappa de stupeur le gouvernement et tous les royalistes ; les amis de Napoléon, au contraire, ne doutèrent plus dès-lors de son triomphe. Les calembourgs, les caricatures populaires, pleuvaient sur cette malheureuse équipée de Lyon. Voici, entr'autres, un couplet que je me rappelle, fait à ce sujet, sur l'air de la *Petite Poste de Paris :*

> Monsieur d'Artois, comme un lion,
> Vole de Paris à Lyon ;
> Mais, l'aigle troublant ses esprits,
> Il court de Lyon à Paris ;

Monsieur d'Artois , dans les dangers ,
Est un Achille.... aux pieds légers.

C'était bien là du *Nain-Jaune* pur sang, de la malice sans fiel. Pauvre comte d'Artois ! je ne puis point oublier que quinze ans plus tard , j'assistais à la dernière revue passée par lui , devenu Roi de France , au Champ-de-Mars ; je vois encore le duc d'Orléans , en costume de hussard rouge , entouré de ses jeunes fils à cheval , mettre pied à terre à l'arrivée de Charles X et aller présenter ainsi ses hommages au Roi qui lui tendit gracieusement la main en se penchant sur l'étrier. La revue fut glaciale ; en passant à dix pas de la foule, ce malheureux vieillard n'était même pas salué ; seul, dans le groupe où je me trouvais , moi , adversaire ardent de son ministère et de sa politique , je me découvris devant un Roi de France.

C'est qu'alors un sentiment impérieux dominait tous les cœurs, en littérature, en beaux-arts, en philosophie ; partout un levain insurrectionnel. Une ardente soif d'innovation s'était emparée de tous les esprits , l'époque devenait de plus en plus frappante d'analogie avec 89 ; tous les théâtres soufflaient de leur puissante haleine sur ce peuple incandescent; *Hernani* venait d'apparaître au Théâtre-Français, renversant sans pitié tous les dieux de notre culte littéraire , passionnant jusqu'à la fureur un parterre divisé en deux camps rivaux. J'assistais à la seconde représentation , plein de défavorables prévisions , je l'avouerai ; mais à mesure que venait étinceler ce vers rempli d'une vigueur sauvage ignorée jusqu'alors de la Chlorotique Melpomène de l'École impériale, je me sentais entraîné dans le camp des novateurs, je saluais ce magnifique début dramatique de Victor Hugo, dont les imitateurs ne devaient pas tarder, il est vrai, par leur exagération, à compromettre le drapeau.

Mais l'idée révolutionnaire ne devait point là borner son empire, elle allait de proche en proche se communiquer d'une région à l'autre ; la plante, qui d'abord avait jeté ses racines sur le sol des arts et des lettres, ne devait point tarder à envahir le domaine politique et à s'y épanouir en parfums enivrants.

Je ne sais quelle ardente aurore
Dans les cœurs dardait le frisson ;
Flambeau rénovateur, Juillet allait éclore,
Et la cocarde tricolore
Déjà, comme un soleil, montait à l'horizon !

Douze théâtres, sur la Seine,
Rayonnaient chaque soir, zodiaque enflammé,
Et l'avide public, de l'éloquente scène
Saisissait chaque trait, en glaive transformé ;
Des douze signes, sans mystère,
Un seul apparaissait toujours,
Et le lustre partout, magnétique lumière,
Du lion de Juillet secouant la crinière,
Semait sur les fronts du parterre
Les étincelles des trois jours !

Mais de 1830 revenons à 1815.

* *

Malgré les désastreuses nouvelles arrivant coup sur coup au gouvernement, il paraissait cependant déterminé à faire tête à l'orage, encouragé par les dispositions de Paris, qui lui semblaient favorables, et peut-être aussi par la chaleur des acclamations militaires du dimanche. On se rappela alors la garde impériale ; on regretta, sans doute, de ne s'être pas attaché ces vieux débris de nos armées nationales. Sous le nom de Grenadiers et de Chasseurs de France, on avait conservé deux régiments de cette formidable infanterie, que, pendant toute la Restauration, on avait tenus éloignés de la capitale. Un régiment de cavalerie avait été, sous la même dénomination, également conservé dans chaque arme de la garde. On appela enfin de Metz les grenadiers et les chasseurs à pied, et, pour que leur exemple retînt la ligne, on eut bien soin de répandre le bruit que ces braves avaient demandé à marcher contre les traîtres, jaloux de prouver à l'État qu'ils en seraient encore les plus fermes soutiens.

A peine eus-je appris le retour de cette garde impériale qui m'avait tant frappé, il y avait un an, que je courus la revoir au Carrousel. Elle était admirable sous la cocarde blanche comme sous les trois couleurs ; je puis dire, à la louange de ces vieux soldats, qu'ils ne se prêtèrent point à la comédie jouée par la ligne pendant quinze jours.

Ils étaient là, sur ce Carrousel, où ils avaient tant de fois veillé sur Napoléon ; la tristesse était empreinte sur ces faces martiales ; pas un cri, pas un murmure ne s'échappait de leurs rangs. Ils étaient incapables de feindre l'enthousiasme, mais ne pouvaient pas davantage dissimuler leur chagrin de se voir appelés à combattre leur ancien Empereur.

On se souvint aussi, par un heureux hasard, qu'on avait une Charte ; puis, en y réfléchissant un peu, on s'aperçut qu'on ne lui avait pas encore prêté serment. Et vite une ordonnance sur le *Moniteur*, qui convoque la Chambre des députés pour recevoir le susdit serment, et aviser aux moyens de sauver la royauté. Ce fut alors que parut la célèbre caricature, applicable à tous les gouvernements dits constitutionnels. Elle représentait la Charte sous la forme d'un parapluie, ouvert dans toute son envergure sous un ciel orageux, et porté négligemment plié dans son étui quand le ciel est serein.

Le 16 mars eut lieu la cérémonie, je pourrais dire presque funèbre par le silence morne qui régna ce jour-là sur les pas du cortège. Le peuple et l'armée commencèrent à réfléchir aux horreurs de la guerre civile qu'on allait décréter à la Chambre. Le discours du Roi fut touchant ; il parlait des malheurs de sa famille (qui devait encore tant en éprouver !) ; il rappelait l'antique amour des Français pour leurs rois ; celui de ses pères pour les Français ; il terminait enfin par déclarer que, se fiant à la loyauté de son peuple, il était

13

décidé, plutôt que de s'exiler encore à soixante ans,' à mourir au milieu de lui.

Louis XVIII avait une belle et noble figure , malgré son énorme corpulence ; un rayon de soleil vint dans ce moment l'illuminer du haut de la voûte et lui donner une expression qui porta au comble l'attendrissement de l'assemblée. Sans avoir vu dans cet incident , comme le *Journal des Débats* , l'intervention du ciel en faveur des Bourbons , le fait est qu'un intérêt presque général s'attacha en ce jour à cette famille infortunée. Pour moi, je m'épris soudain d'une belle compassion ; je me demandais même si, aux yeux de l'étranger, l'invasion de Napoléon ne serait point considérée comme une défaite nationale, et j'allais jusqu'à sacrifier les penchants de mon cœur à l'honneur de mon pays. Je fis part de mes scrupules à quelques amis , qui me rirent au nez , proclamant que pour eux, au contraire, il y allait de la grandeur de la France d'accueillir Napoléon, en bravant ainsi tous les rois de l'Europe. Je ne fus pas difficile, comme on le pense bien , à ramener au parti impérial , qui demandait une revanche du 30 mars.

Enfin , le 19 mars eut lieu la dernière revue. Hyppolite et moi nous nous rendîmes sur la place Louis XV, où étaient en bataille les gardes-du-corps , mousquetaires et gardes de la porte , tous à pied , mal armés , mal équipés , et néanmoins pleins de gaieté et d'ardeur. A mesure qu'ils voyaient arriver un peloton de la maison du Roi , ou de volontaires royaux, ils s'accueillaient et se répondaient de loin par des cris de *Vive le Roi !* Nous nous approchâmes de ces jeunes gens, où nous avions des amis soit de la Vendée, soit de la Rochelle ; nous causâmes en effet avec un des frères Gaspard, garde-du-corps, et mon pauvre camarade de lycée, Benjamin Boutiron, mort depuis en Espagne sous la même cocarde qu'il défendait ce jour-là. Ils nous apprirent qu'ils faisaient partie du corps d'armée du duc de Berri, et allaient partir pour le quartier général, établi à Villejuif.

Le soir, je rencontrai, sur le boulevard des Invalides, le Roi et son frère, en voiture, sans escorte, et l'air abattu par la tristesse ; ils revenaient du Champs-de-Mars inspecter quelques escadrons.

Une brillante armée s'était ainsi concentrée à Villejuif, jusqu'au 19 mars, et Paris ne doutait pas qu'une bataille ne fût livrée le lendemain entre le corps du duc de Berri et celui de Napoléon. L'anxiété était grande dans les deux partis ; toute la soirée on voyait se former des groupes où s'échangeaient à voix basse des sentiments divers ; les bouquets de violettes, poursuivis par la police depuis le débarquement, commençaient à se montrer plus hardiment aux boutonnières. Le gouvernement était évidemment menacé. Je fus même témoin d'un fait qui eût dû me rassurer sur les dispositions de l'armée royale. Le Palais-Royal était plein d'officiers qui, avant de quitter Paris, fraternisaient le verre à la main. Le 19 au soir j'étais au café Montansier ; à l'une des tables étaient assis quatre officiers d'infanterie et deux lieutenants de chasseurs. Il n'était pas besoin de les entendre pour savoir ce qu'ils se disaient ; leurs yeux pétillant de fierté, leurs doigts caressant leur moustache avec un redoublement de tendresse, tout indiquait qu'ils s'entretenaient de l'évènement du lendemain. Enfin, un des capitaines tira de sa poche un petit portefeuille et le fit mystérieusement passer sous les yeux de ses camarades : ce ne pouvait être que son ancienne cocarde tricolore. Les regards étaient devenus flamboyants à l'aspect de l'objet montré.

Rentré dans mon quartier-Latin, je ne dormis guère ; j'étais poursuivi par l'image de Napoléon. Dès le matin du 20 mars, je pris ma route vers le Carrousel, quartier-général des flâneurs depuis quinze jours. Je cheminais rapidement, regardant à droite et à gauche, comme pour m'assurer des suites de la bataille sur la physionomie de la capitale. Au bout du Pont-Neuf, je voyais s'avancer, au grand trot, un cabriolet bourgeois ; je me détourne pour le laisser passer, et mon cœur est frappé d'une véritable commotion électrique ; le domestique monté derrière la voiture portait à son chapeau une touffe de rubans tricolores. C'en était fait ! je venais de voir, dans ces trois rubans, briller le premier rayon du 20 mars. Je cours, transporté de joie, et à peine suis-je sur le quai du Louvre, que j'aperçois une foule de militaires de toutes armes, isolés, par groupe, tous en désordre, ivres de bonheur. Les cavaliers mettaient pied à terre aussitôt qu'ils reconnaissaient quelques camarades de l'infanterie ; on se jetait dans les bras les uns des autres ; on se serrait la main avec des larmes dans les yeux ; puis tous entraient sur le Carrousel par les guichets. C'était l'armée du duc de Berri qui, apprenant que l'Empereur était à Fontainebleau, s'était débandée et n'avait pas voulu suivre le prince vers Lille, où il paraissait vouloir se retrancher.

Quel spectacle que le Carrousel ce jour-là ! Le drapeau tricolore planait sur le pavillon , arboré dès le matin par le général Excelmans qui s'était emparé des Tuileries, abandonnées dans la nuit par la famille royale. La grille du château était fermée ; quatre pièces d'artillerie étaient en batterie, entourées de canonniers plus empressés à distribuer des poignées de main aux camarades qui arrivaient, qu'occupés de la garde de leurs pièces. Sur la place , c'était une foule animée , un concours joyeux , les yeux levés et ne pouvant se rassasier de contempler les glorieuses couleurs qui flottaient dans les airs.

L'industrie parisienne , ce génie inventif prêt à saisir au vol toute fugitive circonstance , n'avait point manqué d'exploiter celle-ci. Ici une jeune bouquetière avait apporté une ample provision de violettes , tandis que , à ses côtés , un associé sans doute , provoquait le chaland d'une voix retentissante : *On ne voit que violettes ! Achetez des violettes , Messieurs ! Vive le père Laviolette !* — Et les bouquets passaient de l'éventaire aux boutonnières bonapartistes. Là, croiriez-vous bien qu'un autre était devant une petite table, et vendant déjà, quoi ! des médailles commémoratives d'un fait encore inaccompli ! — *Voilà, Messieurs*, s'écriait le numismate en plein vent, *le vaisseau sur lequel s'est embarqué notre brave Empereur ! Voilà son portrait ! Achetez, achetez la médaille impériale !* — Et pour dix centimes cet homme vous livrait une médaille en étain, portant d'un côté l'effigie de Napoléon, avec la date du 20 mars, et de l'autre un vaisseau, avec le millésime de 1815. — Et tout cela était l'ouvrage de la nuit à peine expirée, le produit de son imagination et de sa main calleuse. A Vienne ou à Berlin, c'eût était au bout de huit jours que fût éclose une telle idée. Oh ! vive Paris !

En face des Tuileries, du côté de la rue de Rivoli, était alors une petite caserne où logeaient les cent-suisses : vers midi, il y régnait un mouvement extraordinaire ; on y voyait affluer des épaulettes et des uniformes de toutes armes. Dans la nuit du 19 mars, les officiers en demi-solde de tous les environs de Paris s'étaient entendus et donné rendez-vous à Saint-Denis ; ils s'y trouvèrent, en effet, en assez grand nombre pour s'organiser en compagnie ; ils rallièrent quelques hommes, et à l'instant marchèrent sur les fourgons du duc de Berri, s'en emparèrent et ramenèrent ainsi à Paris une foule d'objets précieux appartenant à la Couronne. C'étaient ces officiers qui venaient de prendre possession de la caserne des cent-suisses, sur le fronton de laquelle on lut

quelques jours : QUARTIER DES BRAVES ; inscription mala-
droite que fit effacer la prudence, les royalistes s'en étant
servis pour semer la division parmi les troupes.

Pendant toute cette journée du 20 mars, le pays fut sans
aucun gouvernement, et cependant jamais Paris ne fut plus
paisible ; pas la moindre insulte, pas la moindre violence de
la part d'un peuple abandonné à lui-même et dont on n'avait
pas encore altéré les nobles instincts. Seulement, je fus témoin d'un fait qui fit croire à un commencement de trouble.
Il faisait un temps superbe ; les cafés et les estaminets du
Palais-Royal se remplissaient de militaires fêtant, le verre
en main, l'arrivée du Petit-Caporal. J'étais avec un ami dans
un estaminet haut : une foule de cuirassiers y faisait couler
la bière et le punch en son honneur, quand tout-à-coup un
coup de fusil retentit dans le jardin. A l'instant, voilà tous
nos hommes qui sautent sur leur sabre déposé près d'une
table, et qui descendent rapidement, tandis que toutes les
croisées se garnissent de figures inquiètes. Ce n'était qu'un
hasard ; un armurier du Palais-Royal, en maniant un fusil
qu'il ne savait pas chargé, venait de le faire partir par
mégarde.

On attendait l'Empereur d'heure en heure ; il n'arrivait
point. Les boulevards se garnissaient de curieux sur le passage
présumé de la voiture où reposaient de si hautes destinées.
Des officiers d'état-major, à cheval, parurent enfin venant de
la place Vendôme, encourageant le peuple qui, sur leur

route , criait *Vive l'Empereur !* Il furent le premier indice de l'organisation d'un pouvoir quelconque dans toute cette journée.

La nuit venait ; j'étais sur le boulevard Saint-Martin , impatient et inquiet d'un si long retard , quand j'entendis accourir une nuée de crieurs, colportant un imprimé et l'annonçant avec les poumons que vous connaissez à ces stentors de la rue de Jérusalem. J'arrête le premier qui passe, je lui achète un exemplaire , et mes regards tombent avec ravissement sur l'aigle impériale m'ouvrant ses ailes, tenant encore dans sa serre ce foudre terrible dont les éclairs avaient fait baisser les yeux à tant de rois vaincus. J'avais en main l'admirable proclamation de Napoléon à l'armée française , celle qui commence par ces mots : SOLDATS ! *nous n'avons point été vaincus !* C'était cette chaleureuse allocution où , en appelant autour de sa bannière les vieux braves des premiers départements envahis par lui, le soldat couronné leur annonçait que *l'aigle aux trois couleurs allait voler de clocher en clocher jusqu'aux* TOURS NOTRE-DAME.

J'étais là , le cœur agité, les yeux avides, à lire au coin du boulevard ; peu à peu je voyais se former autour de moi un cercle d'enfants et d'ouvriers jetant un œil curieux sur l'aigle qui surmontait la proclamation. — *Monsieur ,* me dirent d'un air suppliant quelques hommes aux vêtements délabrés, *si vous vouliez avoir la bonté de lire haut !* — Je vis qu'en refusant j'allais coûter deux sous à ces pauvres diables incapables de résister à l'envie de connaître cette proclamation ; je commençai donc. Puis je vis toutes ces figures noircies par le travail se grouper attentives, et l'orgueil national s'épanouir aux magiques paroles de Napoléon ; pas un trait d'éloquence ne manquait le but ; il y avait autour de moi trop de cœurs patriotes pour le recevoir. Cependant je commençais à être embarrassé de mon rôle de tribun en plein vent, la foule était considérable quand arriva la fin de ma lecture ; elle fut couronnée par un cri de *Vive l'Empereur !* que je me contentai de répéter *in petto ,* tant je craignais de passer pour un enthousiaste à tant par jour. Je parcourus le boulevard jusque devant l'*Ambigu.*

Cependant, il n'arrivait point ; je remontai plus loin pour le voir plutôt passer. Parvenu devant le théâtre de l'Ambigu, j'y entrai machinalement. J'étais là, au parterre, jetant un œil distrait sur la scène, mais l'oreille attentive aux bruits du boulevard, et tout entier hors de la salle par la pensée. Il me semblait pourtant voir vaguement se développer sur le théâtre une action dramatique ; c'étaient des Polonais avec le vieux costume national ; c'était de la neige qui tourbillonnait, et couvrait la scène de papier découpé ; puis, des mines où travaillait un peuple souterrain ; des gerriers qui parlaient de la gloire et de l'esclavage de la Pologne ; puis, vint une voix des loges qui s'écria : *N'ayez pas peur, allez ; ça ne durera pas longtemps !* L'à-propos fut saisi avec applaudissement : les loges échangeaient entre elles de ces mots qu'on ne dit qu'à Paris ; à chaque instant, on sortait en masse de la salle pour y rentrer en désordre et sans carte ; ce n'était pas sur le théâtre qu'était l'intérêt, c'était sur le boulevard , où chaque voiture était prise pour celle de Napoléon. Enfin , après cinq ou six alertes, nous entendîmes des cris sourds et un bruit de chevaux ; nous sortîmes encore en foule ; c'était lui ! il venait de passer.

De chaque côté des boulevards la foule s'arrêtait muette d'émotion , regardant passer cette voiture qui portait César et sa fortune. Dix minutes après , à neuf heures et demie , elle s'arrêtait au pied du vestibule du pavillon de Flore, aux Tuileries ; un homme en descendait ; à l'instant il était soulevé de terre et porté sur les bras de près deux cents officiers qui garnissaient le vestibule et les marches du grand escalier , l'attendant pour lui faire ainsi un pavois.

Le vertige prit-il de nouveau Napoléon du haut de ce trône improvisé par l'amour de ses compagnons de gloire ? Oublia-t-il que pour qu'un tel pavois soit inébranlable , il faut qu'aux vaillantes mains du peuple et de l'armée se joigne la main puissante de la liberté.

Il n'en perdit point entièrement la mémoire ; il voulut bien enfin reconnaître la toute-puissance de cette liberté ; mais il oublia que son plus beau titre, à lui, datait de son généralat. Il voulut agir en roi, il espérait, en cette qualité, être reconnu par ses anciens rivaux couronnés. Espérance insensée !

Oh ! sans doute , dans l'ardente insomnie qui dût faire bouillonner ce cerveau puissant pendant cette nuit du 20 mars , il aura surtout écouté l'écho du passé, lui apportant les retentissements de sa royauté déchue. Il aura senti se balancer encore sous ses pas le radeau de Tilsitt où il distribuait des couronnes ; il aura revu la victoire, lui présentant d'une main les clés de Vienne et de l'autre la fille des Césars. Le canon des Invalides aura retenti à son oreille , comme à pareil jour , il y avait quatre années , alors que ce canon annonçait au monde attentif qu'un enfant venait de naître ; enfant dont le père , soldat déjà maître du Louvre , allait , armé du glaive de Charlemagne , découper la carte de son empire et , pour la part de son fils , lui donner le Capitole !

Oubli fatal de son origine populaire ! Rêve enivrant..... dont le réveil devait être Waterloo !

* *
*

Le 21 mars, grande affluence au café, comme on le pense bien. Nous étions avides de connaître officiellement les détails du débarquement de l'Empereur , et de son voyage triomphal jusqu'à Paris. Je remarquai l'absence des habitués, qui s'étaient fait distinguer par leurs violentes déclamations contre le parti impérial, entre autres de ce bon M. Caron, qui regrettait tant de ne pouvoir cracher au visage de l'usurpateur avant son supplice.

Dès le premier jour, s'agita la grande question de la défensive ou de l'offensive, personne ne doutant que la guerre ne fût une nécessité du 20 mars. Les grands politiques, c'est-à-dire les grands fourbes, voulaient que Napoléon fît connaître à la Sainte-Alliance qui, par malheur, était encore à délibérer à Vienne, autour du tapis où le cher M. Talleyrand représentait si bien les fleurs de lys auprès des souverains qui le virent, de nouveau, les trois couleurs en tête ; ces pères conscrits de la diplomatie voulaient, dis-je, que Napoléon jouât l'homme pacifique et désarmât les rois à force de condescendance et d'humilité. Ce qui ne l'empêcherait pas, pendant ce temps-là, de se former une armée redoutable. Il eut la faiblesse d'écouter ces conseils, lui qui, d'ordinaire, n'en demandait jamais, et le *Moniteur* nous donna sa lettre aux rois assemblés à Vienne.

Je me souviens qu'un certain habitué, que je voyais depuis un an au café, où je l'avais quelquefois entendu appeler M. Antoine, homme taciturne pendant toute la Restauration, commença alors à développer des théories tout à fait neuves pour les jeunes gens qui l'écoutaient. Il versait une amère ironie sur le triste manifeste adressé par Napoléon à ses frères en royauté ; il n'épargnait pas davantage les Bourbons ; de sorte que nous ne savions pas trop ce que voulait notre homme qui, du reste, parlait à merveille. La République avait été si bien enterrée par l'Empire, que nous autres, enfants de cette même République, nous nous n'avions pas l'esprit de reconnaître un républicain; or, M. Antoine en était un.

Il fallait, selon lui, que l'Empereur profitât du premier moment de stupeur des rois; qu'il marchât sur-le-champ sur la Belgique; qu'il l'appelât aux armes, au nom de la liberté, tandis qu'une division, partie de Grenoble, en ferait autant pour la Savoie; ce qui ne pouvait manquer d'avoir du retentissement en Italie. Alors Napoléon eût déposé le pouvoir entre les mains d'une assemblée nationale; celle-ci, par reconnaissance, l'eût sans doute placé de nouveau à la tête de la nation, avant que la Sainte-Alliance eût fini ses préparatifs d'invasion pour la seconde fois. L'Empereur, dans l'espoir d'obtenir une paix impossible, aima mieux donner à l'ennemi le temps de se concerter; Waterloo fut la conclusion de tant de beaux raisonnements. Quinze ans plus tard, à Varsovie, les jeunes polonais, qui venaient de frapper d'un coup terrible l'aigle des Czars dans la nuit du 29 novembre, brûlaient aussi de s'élancer sur la Lithuanie, leur tendant les bras. Les politiques temporisèrent, espérant que le grand Nicolas voudrait bien reconnaître les droits de la Pologne. Les mines de Sibérie apprirent à ceux que n'avait pas engloutis la Vistule ensanglantée, ce que l'on avait gagné à pérorer quand il fallait agir.

Mais revenons sur nos pas. Il est convenu, en style officiel, que des troupes qui sont passées en revue par le souverain, quel qu'il soit, doivent faire retentir des acclamations mille fois répétées ; il y a pour cela au *Moniteur*, un magasin inépuisable d'enthousiasmes de rechange. Mais il est resté au-dessous de la vérité, en rendant compte de la première revue que passa l'Empereur. Jamais cette journée ne s'effacera de la mémoire de quiconque y a assisté. Sur le Carrousel était rassemblé, depuis le matin, le corps d'armée que devait commander le duc de Berri ; l'infanterie était déjà dans l'intérieur de la cour du château quand j'arrivai ; la cavalerie attendait dehors. Chacun, dans la plus vive anxiété, attachait un avide regard sur le pavillon de l'Horloge ; c'était par là qu'il allait apparaître sur ce cheval blanc, sous cette capote grise et ce petit chapeau connus de la terre entière. Tout à coup, j'entendis des cris de *Vive l'Empereur !* du côté de la galerie du Musée, et je vis un groupe d'officiers s'avancer vers un régiment de chasseurs à cheval ; le cœur me battait avec violence ; je m'efforçais de distinguer l'Empereur en tête de cette escorte ; ce n'était pas lui ; c'était un général à l'air jeune et aux cheveux blonds, que reconnaissait ainsi la cavalerie ; c'était un fidèle de l'île d'Elbe, le général Bertrand, plus tard député de l'Indre. Ce fut lui qui, le premier, échangea avec le soldat les témoignages du bonheur qui débordait de tout cœur militaire.

Mais le volcan vient d'éclater ; le cri comprimé pendant

un an , dans vingt mille poitrines, vient de tonner à la fois :
il s'avance, c'est lui, je le vois ; le petit chapeau vient d'apparaître , météore de gloire et d'enivrement. Nous sommes
sur le mur de séparation , cramponnés aux grilles ; rien ne
nous échappe devant les Tuileries.

Voyez-vous courir au galop , vers le pavillon , tous ces
cavaliers ? Ce sont les officiers supérieurs de tous les régiments qui se précipitent au-devant de Napoléon, leur tendant
la main ; les soldats et les chefs des compagnies s'agitent
d'impatience ; c'est celle de l'amant qui retrouve sa maîtresse , et que le respect empêche encore de voler dans ses
bras. La cavalerie débouche par l'arc-de-triomphe et vient
se ranger en bataille devant les curieux ; collés à la grille ,
nous murmurions , ne sachant pas que ces dragons allaient
nous le faire voir à deux pas. Effectivement , après avoir
inspecté l'infanterie , l'Empereur arriva devant le front des
escadrons qui nous touchaient presque ; l'enthousiasme de
ces braves prêtait un reflet de bonheur à la physionomie de
Napoléon ; il payait leurs acclamations de ce sourire charmant qui lui gagnait les plus rebelles. Il portait, ce jour-là,
le surtout vert des chasseurs à cheval de la garde, et montait
son cheval blanc ordinaire. Quand il passa devant le second
rang, les dragons du premier rang, pour le voir, se détournèrent sur la selle ; leurs camarades, qui brandissaient leurs
sabres , leur firent signe , et à l'instant , en croisant leurs
lames d'un rang à un autre, ils lui improvisèrent un arc-de-

triomphe d'un nouveau genre, une voûte d'acier sous laquelle le conquérant eut plus d'une fois la peine de courber, en riant, sa tête naguère mise à prix dans la capitale, et se livrant sans défense au fer étincelant sur son front. Digne M. Poirier, où étiez-vous avec votre honnête souscription pour la payer, cette tête par vous maudite !

Après le défilé, l'Empereur fut entouré d'un nombreux état-major, et s'entretenait avec les officiers, quand apparut le bataillon de l'île d'Elbe, porteur de l'aigle aux trois couleurs, qui seule en ce moment brillait sur tant de régiments. A cet aspect, ce fut un redoublement d'enthousiasme. Oh ! j'avais cru voir, en 1814, la vieille garde dans tout son éclat quand, pour la première fois, je l'admirai, à la translation de onze drapeaux aux Invalides ; quand, couverte d'or et de panaches, elle éblouissait le regard. Mais combien elle était belle dans sa glorieuse misère de l'île d'Elbe ! L'œil se baissait avec respect devant ces vieux bonnets de grenadiers, tout dénudés par un trop long service ; devant ces faces guerrières bronzées par le soleil d'Italie, balafrées par le fer ennemi ; devant ces six cents poitrines, toutes marquées d'un ruban rouge brillant sur des cicatrices à peine cachées au regard par plus d'un uniforme, cicatrisé lui-même par la misère. Ces vieux soldats avaient marché aussi vite que la victoire qui conduisait leur Empereur par la main ; le 21 mars, ils étaient aux Tuileries ; dans vingt-un jours, ils avaient fait deux cent vingt lieues ! Marche inouïe.

L'Empereur les montrant aux officiers nombreux qui le pressaient : *Voilà,* leur dit-il, *les fidèles compagnons de mon exil; ils vous rapportent, sans tache, ces aigles que la trahison avait couvertes d'un crêpe funèbre ; en les aimant , c'est vous tous que j'aimais, soldats Français ; car dans ces vieux braves il y avait des soldats de tous les régiments !*

Ainsi se termina cette mémorable revue , dans laquelle la fierté nationale se manifesta ouvertement contre l'étranger , malgré les assurances de paix que s'efforçait de répandre le gouvernement. La musique des régiments fit même entendre un de ces airs nationaux si longtemps condamnés à l'oubli par ordre supérieur :

> Veillons au salut de l'Empire ,
> Veillons au maintien de nos droits ;

chantaient les clarinettes ; puis les vieux débris de Marengo ajoutaient tout bas :

> Si le despotisme conspire ,
> Conjurons la perte des rois ;

et , parvenu au refrain , chacun répétait , avec la musique :

> La mort plutôt que l'esclavage !
> C'est la devise des Français.

L'ancienne garde impériale, qui avait pris le nom de Grenadiers de France, avait conservé le bonnet d'oursin ; mais ce n'était plus l'aigle qui brillait sur la plaque de cuivre , c'était l'écusson aux fleurs de lys qu'y avait substitué la

14

Restauration. Or, ces grenadiers n'ayant pas encore reçu de plaques neuves, avaient imaginé de découper l'écusson fleurdelisé et de mettre à sa place une cocarde tricolore ; cet ornement produisait le plus singulier effet ; cette cocarde , placée au centre d'une plaque, rayonnant tout autour d'elle, donnait presque l'air d'un Saint-Sacrement à la coiffure de ces vieux braves ; c'était un soleil posé au front de la gloire.

⁎

J'avais annoncé, dans un précédent article, que je reparlerais de l'assassinat de Charles Dautun, procès ayant effrayé tout Paris par des circonstances horribles , et ne devant se dénouer en place de Grève qu'après le retour de l'île d'Elbe.

Dautun , dont le pourvoi avait été rejeté avant ses aveux , ayant en effet appris en même temps le retour de l'Empereur, lui fit présenter une requête où il demandait, en qualité d'ancien militaire , la grâce d'être fusillé ; mais il était de ces hommes qui déshonorent jusqu'à l'échafaud ; sa supplique fut rejetée. Il fut guillotiné avec un nommé Lamothe, condamné pour assassinat de sa maîtresse. J'avais vu les restes du malheureux Charles étalés sur les dalles de marbre de la Morgue ; le hasard me fit rencontrer l'affreux panier rouge où la loi du talion avait jeté le meurtrier, tronqué comme son frère.

Le soir de l'exécution , je me trouvai sur le pont Saint-

Michel, en face du hideux chariot qui portait à Clamart ou
à quelque amphithéâtre, les cadavres des deux suppliciés,
qu'une cohue d'enfants suivaient en triomphe, exposés, à
chaque cahot, à recevoir en plein visage les gouttes de sang
que lançait, à droite et à gauche, le panier patibulaire.

Dautun était mort avec résignation et repentir ; mais son
compagnon de supplice, le jeune Lamothe, n'avait cessé,
durant le trajet, de manifester son enthousiasme pour Napoléon, se dressant sur la fatale charrette, et en s'écriant :
Vive l'Empereur ! A bas la calotte !

Les royalistes répandirent alors l'épigramme suivante :

> Lamothe, l'assassin, en marchant au supplice,
> Criait, à pleine voix : *Vive Napoléon !*
> Pourquoi s'en étonner ? N'est-ce donc pas justice
> Que chacun, en mourant, invoque son patron ?

Du reste, les nombreux ennemis de l'Empereur, à Paris,
ne manquaient pas une seule occasion de décocher contre
lui tous les traits de leur carquois poétique. Je ne sais par
quelle raison ils l'avaient surnommé Nicolas ; mais ce fut
sous ce nom qu'il devint le sujet d'une foule de chansons.

Il est vrai que les représailles ne se faisaient pas longtemps
attendre ; la caricature a, dans Paris, plus d'un crayon à
aiguiser. L'émigration payait ordinairement les frais de la
guerre, guerre souvent peu généreuse envers la fidélité et
les cheveux blancs, deux choses respectables, que l'on ne
ménageait pas toujours.

La plus jolie caricature que provoqua une des premières le retour de l'île d'Elbe, fut dirigée contre l'abus fait de la Légion-d'Honneur dans l'année de la Restauration. Napoléon annula, sauf vérification nouvelle des droits des titulaires, les nominations et promotions dans l'Ordre. Le décret parut dans la Semaine-Sainte; une foule de croix durent *descendre la garde,* comme on le disait alors.

Paris vit donc, le samedi, veille de Pâques, paraître une caricature intitulée : LES DESCENTES DE CROIX , *en l'an de carême 1815.* Elle représentait un gros abbé, les mains croisées sur sa bedaine et les yeux douloureusement baissés vers une large croix d'honneur tombée à ses pieds. Le saint homme disait alors avec componction : *Je la portais comme vous, o divin Sauveur.... sans la mériter davantage !*

* *

Après avoir leurré la France d'espérances pacifiques, après avoir même parlé du retour de l'impératrice et du roi de Rome, le gouvernement s'aperçut enfin qu'il fallait renoncer à toutes ces jongleries, et se préparer sérieusement à la guerre. Mais il semblait qu'un fatal génie présidât aux destinées de Napoléon depuis 1812, depuis que la peur de la liberté l'avait empêché de réveiller les vieilles idées démocratiques de la Pologne, et de reconstituer le royaume de Poniatowski et de Stanislas, en compromettant ainsi le salut de l'admirable armée de Moscou. Les mêmes terreurs l'assiégèrent encore dans les Cent Jours ; il voulut faire une guerre d'échiquier, quand il fallait en faire une de principes ; représentant de la souveraineté populaire, il renia de nouveau sa mère, et ne s'adressa point au peuple de 92.

Rien de plus maladroit que la proclamation adressée par je ne sais plus quelle autorité militaire à Paris , aux soldats rentrés dans leurs foyers , pour les rappeler sous les drapeaux.

Je n'ai rencontré nulle part trace de cette proclamation , même dans M. Thiers. Il en est de même de beaucoup d'autres pièces officielles de l'époque ; c'était sous les galeries de l'Odéon que nous en prenions connaissance ; là s'affichaient tous les actes émanant du pouvoir et même de l'initiative individuelle.

SOLDATS , disait cette proclamation , *vous avez voulu votre Empereur* , et la conclusion, qui ne se faisait pas attendre , était celle-ci : vous avez eu tort, mais puisque le voilà, c'est à vous de le défendre. Tel était absolument le sens de cette pièce pitoyable. Et cependant les vétérans entendirent cette voix ; ils se rendirent volontairement à cet appel, convaincus que, malgré d'inhabiles interprètes, c'était encore la patrie qui les convoquait. Tous les jours , on placardait ainsi les actes de l'autorité impériale sur les murs du théâtre et sur ceux du Luxembourg , le tout surmonté de l'aigle aux ailes étendues. Mais le malheureux oiseau de Jupiter avait la peine de supporter la haine vouée à l'Empereur, et, chaque nuit, les Ganymèdes royalistes du quartier le régalaient d'une ambroisie qui était loin d'avoir le parfum de la nourriture des dieux.

Nous attendions, avec grande impatience, un nouveau volume du *Censeur,* nous autres grands politiques d'estaminet, qui prenions les larges théories constitutionnelles, développées dans ce recueil hostile à la restauration, pour des attaques personnelles contre la dynastie des Bourbons. Nous nous imaginions que quiconque n'était pas pour eux, était nécessairement pour l'Empereur. Mais ne voilà-t-il pas que le *Censeur* fait une apparition nouvelle sous ce titre : *De l'impossibilité d'établir un gouvernement représentatif sous un chef militaire, et particulièrement sous Napoléon Bonaparte.* Grande surprise, grandes discussions au café des Pyrénées. On peut dire que c'est à partir de ce moment là que date l'emploi politique du mot de *libéral,* qui a, pendant quinze ans, désigné en France le parti opposant ; on commença par parler des idées libérales, puis l'épithète passa de l'idée à celui qui la professait.

Néanmoins, malgré le *Censeur,* l'opinion de la plus grande partie de la jeunesse continua de se rattacher à la cause de l'Empereur ; le moment était mal choisi de l'abandonner, lui qui, seul, inspirait assez de confiance à l'armée pour braver les rois armés contre la patrie. On parle bien souvent de son despotisme, de sa haine des idéologues, et il faut convenir qu'il y a matière à accusation : eh bien ! dans un moment où l'unité des vues et des pouvoirs était si nécessaire, où de nombreux ennemis intérieurs tendaient leurs bras parricides aux hordes étrangères, Napoléon eut la peine de rendre hommage aux progrès du siècle. Il trouva, à son retour de l'île d'Elbe, la pensée encore garottée des langes impériaux ; il les déchira ; dans une de ses ordonnances, il abolit la censure et donna la liberté de la presse.

Certes, c'était là une bien grande concession, assez difficile d'ailleurs à concilier avec ses perpétuelles antipathies pour les idées libérales. Il est vrai qu'on était loin alors de cette polémique haîneuse, acerbe et menaçante qui, depuis, a compromis la cause de tous les partis ; c'est à peine si je me rappelle un article d'opposition bien prononcé dans les journaux du temps. Les feuilles royalistes se bornaient à une résistance d'inertie ; et de son côté, le gouvernement, sachant fort bien qu'il avait de nombreux ennemis, n'était pas assez maladroit pour parler sans cesse des factions menaçantes, style obligé ; la force est alors dans le silence.

Cependant, comme la passion a toujours eu la même bonne foi envers ses adversaires, dans la manière de raconter les faits, voici le plus insigne exemple que je me rappelle de cette bonne foi de journalistes. Un dimanche, au soir, nous étions au Palais-Royal, dans les galeries de bois, quand nous entendîmes un grand bruit et des cris joyeux au bout de la galerie des Bons-Enfants. C'était une bande de

jeunes gens dont la mise annonçait des étudiants ; ils se
tenaient sous le bras, étaient évidemment en train, au
sortir de quelque repas de corps, et criaient *Vive l'Empereur !* avec une énergie qui, il faut le dire, ressemblait un
peu à de la rage. Tout le long de la galerie, les promeneurs
paisibles eurent la peine de se déranger devant ces étourdis,
semant, à droite et à gauche, des quolibets dont plus
d'une oreille légitimiste dut s'effaroucher. Quatre ou cinq
d'entre eux portaient une chandelle dans un papier roulé
en lanterne ; parvenus près des galeries de bois, et prêts à
sortir du Palais, ils jetèrent leurs flambeaux par dessus la
grille, dans le jardin. L'une des chandelles ne s'éteignit pas,
et elle était tombée auprès des espaliers qu'avaient alors les
marchands de la galerie, sur le derrière de leur magasin ;
le feu avait pris au papier, et eût peut-être gagné l'espalier,
quand le propriétaire vint mettre le pied dessus.

Paris apprit, le lendemain, qu'une horde déguenillée
d'hommes qui rappelaient 93, avaient jeté la terreur dans
plusieurs quartiers ; que les magasins du Palais-Royal étant
fermés à cause du dimanche, ils avaient, aux cris de *Vive
l'Empereur !* tenté d'incendier la galerie de bois. Et les
badauds des départements qui auront lu ces véridiques
détails, se seront signés de terreur à l'aspect de 93, arrivant pour escorte de l'usurpateur. Voilà l'histoire de plus
d'un fantôme évoqué dans tant d'honnêtes journaux de toutes
les époques.

A partir du moment où la guerre fut démontrée inévitable et prochaine, les partis se dessinèrent plus largement; celui de l'Empereur devint la cause sacrée de l'indépendance nationale; il se renforça d'une partie du commerce et de la garde nationale, qui s'était timidement tenue à l'écart, tant que le duc d'Angoulême avait lutté, dans le midi, contre les troupes impériales : mais dès que le drapeau tricolore eût flotté à Marseille, qui l'arbora la dernière, le canon tira aux Invalides, et sa voix tonnante proclama à tous les Français qu'il n'y avait plus, dès-lors, qu'à choisir entre le joug de l'étranger et les périls de la guerre. Paris s'écria : malheur à l'étranger !

Qui n'a entendu parler du fameux café Montansier, aujourd'hui redevenu théâtre du Palais-Royal? Qui ne connaît sa dévastation barbare par les gardes-du-corps revenus de Gand après Waterloo; déplorable exemple que des démolisseurs de bonne maison léguèrent aux démolisseurs en casquette, qui l'imitèrent si bien naguère sur l'archevêché de Paris!

M. Thiers, dans son 20me volume, ne mentionne pas avec assez d'importance le rôle que joua dans les Cent Jours ce café devenu historique; il ne le désigne même ni par son nom ni par sa situation; les partisans de Napoléon se rassemblaient, dit-il, dans un café de la place du Palais-Royal; c'était une erreur.

Pauvre café Montansier ! que de soirées délicieuses je passai dans les Cent Jours sous ses lambris étincelants de glaces

et de lumières ! C'était là le rendez-vous de tous les amis de
la gloire nationale , le foyer où chaque soir des milliers de
cœurs ardents venaient battre, aux mots de *Napoléon, gloire
et patrie,* refrain de la première chanson qui y fut chantée,
sur un air alors en vogue , l'air de *Julie ,* en l'honneur du
20 mars. Je me le rappelle encore ce refrain qui se répétait
avec transport ; le voici :

> Non , la France n'est plus flétrie ,
> Et nos lauriers sont toujours verts ;
> Ah ! répétons ces mots si chers :
> Napoléon , gloire et patrie.

Il y a bien longtemps de cela ; mais je vois encore tout
l'intérieur de la salle de Montansier, dans ces jours d'ivresse
impériale ; j'aperçois le devant de la scène , orné d'arbustes
et de fleurs ; puis , au milieu , le piedestal garni de franges
tricolores , supportant fièrement le dieu du temple , le buste
de Napoléon , dressé sous un berceau de lauriers. Je vois
ces deux rangs de loges , ce vaste parquet , où des visages
riants de femmes se mêlent aux visages enmoustachés d'une
foule d'officiers ; cette variété de costumes qui se heurtent
et se froissent. Ici , près de cette petite table , sur le même
tabouret , un chapeau de crêpe et un casque de cuirassier ;
l'amour et la gloire ; là , appuyés le long de la même colonne, le sabre d'un hussard et le gourdin du fermier; union
et force. Partout la joie au cœur , partout l'éclair aux yeux.

Oh ! vous qui gémissez sur nos divisions intestines , sur l'avenir si sombre qui se reflète sur nos mœurs, voulez-vous jeter tout-à-coup un soleil d'union et de gaîté dans cette nuit si noire ? Faites-vous déclarer la guerre par les oppresseurs de l'Europe ! Ouvrez , sur le Rhin , un cratère au volcan démocratique qui bouillonne sous les pieds de la société française, et qui finirait sans cela par la faire sauter. (C'était en 1836 que j'écrivais ceci.)

Comme le remède paraîtrait , sans doute , un peu trop héroïque à nos pacifiques diplomates , qui se contentent de tirer le canon des protocoles , je ne m'arrêterai pas à leur démontrer ici qu'il faudra , peut-être , plus tôt qu'on ne le pense , en tirer un autre ; et je reviens au café Montansier.

La foule y était si grande , chaque soir, qu'il fallait faire queue pour y entrer ; deux factionnaires, placés sous le péristyle du Palais-Royal, ne laissaient monter qu'à mesure des sorties du café. Sur la scène et devant le buste de Napoléon, était réservée une place aux orateurs chantants désirant se faire entendre ; le premier venu pouvait monter à cette tribune et faire du patriotisme sur des airs de vaudeville , les moins guerriers du monde.

C'était une société populaire, sans calomnie et sans sabots; un club purgé d'ail et de bonnets rouges. Ce fut de là que sortirent , pour parcourir la France , toutes les chansons patriotiques des Cent Jours : *Les Lanciers Polonais* ; *le Retour de l'Aigle* , etc. , etc. ; la plupart appartenaient à un chanteur qui en fit un recueil sous le nom de *Bouquet de Violettes,* dédié au prince Lucien, par Pradel, *vieux soldat.* Avant de connaître l'improvisateur Eugène de Pradel, je n'étais pas éloigné de penser qu'il fût le Pradel du café de Montansier, mais je me suis convaincu depuis qu'il n'en était rien. L'un des chanteurs les plus assidus était aussi un M. Sourdon, de Rouen, qui fut, plus tard, impliqué dans la conspiration des patriotes de 1816, où trois malheureux ouvriers de Paris, pour avoir été porteurs d'un signe de reconnaissance gravé par l'un d'eux, nommé Tolleron, portèrent leur poing et leur tête dans le panier rouge de la guillotine restaurée. Gouffre béant qui ne devait se refermer pour toujours que sur la tête des quatre sergents du 45me, que nous autres, Rochelais, eûmes la douleur de voir partir, la chaîne au cou, pour la Grève qui leur était destinée.

*
* *

La prévision que la Belgique serait le théâtre de prochaines hostilités, faisait appeler presque tous les régiments vers le Nord, et ils passaient tous à Paris sous les yeux de l'Empereur. C'était toujours le même enthousiasme sous des numéros et des armes divers. Je vis, à l'une de ces revues, arriver un régiment de hussards, le 2me, je crois, tout fier de marcher sous son aigle qu'avait su conserver en secret son colonel, que je reconnus comme l'ayant vu en garnison

à Fontenay, et qui se nommait, il me semble, M. de Segan-
ville. Le porte-étendard la portait seule et sans le drapeau
au bout de la hampe.

De plus anciens emblêmes revirent alors le jour : les chasseurs à cheval de la garde reparurent , précédés de leurs
trompettes, où pendaient les mêmes longues flammes vertes,
brodées d'or et de soie , qu'avait fait flotter la garde Consu-
laire aux champs de Marengo. Un autre jour , l'Empereur
passait une revue ; les anciens dragons de l'Impératrice
arrivent à Paris ; ils apprennent que Napoléon est sur le
Carrousel , et les voilà qui , sans perdre une minute , se
mettent en route, prennent les quais , débouchent au grand
trot par le guichet et arrivent sur la place , harassés , couverts de boue. L'Empereur les reconnaît de loin et les salue
du geste , les yeux rayonnants. Alors vers lui s'élancent
presque tous les officiers ; la garde et l'Empereur se retrouvaient enfin !

Toutes ces scènes attendrissantes faisaient regretter de
n'être pas soldat.

C'était pendant ces revues qu'un général était chargé de
recruter la garde : il se promenait lentement devant le front
des escadrons et bataillons , s'arrêtait de temps en temps
devant quelque vieille moustache, prenait sur elle des infor-
mations , et faisait un heureux , par ce seul mot : *Admis ;*
non sans faire froncer le sourcil cependant aux chefs des
corps , qui se voyaient ainsi enlever leurs meilleurs soldats.

Une prodigieuse activité avait été déployée dans l'organisation de l'armée ; dès le mois de mai, elle était admirable de tenue et de bon esprit : son aspect retrempait le moral de Paris , que cherchaient à ébranler les royalistes par un déluge de brochures clandestines et de nouvelles aussi absurdes qu'alarmantes. Mon ami Hippolyte travaillait comme clerc chez M. Picot , avoué : là , se débitaient toutes les nouvelles , s'apportaient toutes les proclamations arrivées de Gand ; il était , par hasard , à peu près le seul patriote de toute l'étude ; elle se ressentait de la couleur politique du patron , grand partisan de la Restauration.

J'étais donc sûr , chaque soir , quand nous nous retrouvions au gîte, d'être mis au courant de tout ce qu'il y avait d'important dans le monde royaliste. C'était aujourd'hui Lille et toutes les places du Nord qui avaient arboré le drapeau blanc ; le lendemain c'était Nantes qui était prise par 40,000 Vendéens , et tout cela se débitait avec un aplomb incroyable. Je ne sais où s'imprimaient toutes les pièce d'éloquence circulant sous les portes-cochères , dans les allées et sous les bancs des promenades ; mais il en est une sur laquelle comptait sans doute beaucoup le parti, qui n'en obtint qu'une publicité fort déconcertante.

C'était une proclamation de Louis XVIII au peuple français. Les apôtres de Gand l'avaient semée avec de grandes précautions ; que fit le pouvoir ? Il la fit imprimer et placarder dans Paris ; seulement, il s'était permis d'y ajouter un petit commentaire qui affaiblissait terriblement l'impression attendue de sa circulation mystérieuse. Elle paraphrasait ainsi le passage où le Roi annonçait son prochain retour au milieu de ses fidèles sujets avec le secours de ses alliés. « Ainsi, » Français, vous voilà tous prévenus ; quand le canon grondera ; sur chaque boulet ennemi , sur chaque baïonnette » sanglante , vous pourrez lire : DE LA PART DE VOTRE BON » ROI. »

Une chose remarquable c'est que, dans les Cent Jours , pas une pièce de circonstance ne fût représentée sur les théâtres , ordinairement à la piste de toutes celles qui se présentent. On assura que c'était par ordre de l'Empereur ; et cependant, un an auparavant, il avait cherché à ranimer l'enthousiasme, en faisant figurer sur la scène la vieille histoire de France.

Peut-être craignait-il que les souvenirs révolutionnaires ne se fissent jour ; toujours même monomanie. Et pourtant jamais peuple ne fut plus éloigné de la violence démagogique que le peuple patriote des Cent Jours. Un exemple , pris au théâtre même , prouva sa sagesse et sa force. On donnait , aux Variétés , un vaudeville intitulé : *L'Habit de Catinat.* Le maréchal parut avec la cocarde tricolore. — *A bas la cocarde !* s'écria une voix ennemie qui se sentait là dans son droit.

Grande rumeur au parterre. Un jeune homme y prit en se levant la parole ; il expliqua , dans le sens national , une

improbation faite dans l'intérêt des fleurs de lys. — « Nous
» sommes assez forts, s'écria-t-il, pour respecter l'histoire ;
» nous ne sommes plus au temps où Phèdre ne pouvait
» exprimer ses feux qu'avec une cocarde cousue sur la poi-
» trine ; gardons-nous de rappeler ces jours néfastes ! » Les
journaux du lendemain appuyèrent ; et Catinat porta la
cocarde blanche, sans trouble et sans anachronisme.

*
* *

Paris prenait un aspect de plus en plus belliqueux. Les
gardes nationales mobiles y arrivaient de toutes parts ; je
me rappelle même que , tandis que l'armée ne manifestait
son patriotisme que par ses acclamations en faveur de l'Empereur, les gardes nationaux y joignaient les vieilles mani-
festations des jours de gloire républicaine. Un jour , nous
vîmes passer , devant le café où nous nous réunissions dans
la rue de la Harpe, un long convoi de chariots et de char-à-
bancs chargés de villageois ; c'était un fort détachement de
garde nationale des environs , arrivant à Paris en partie de
plaisir. Ils portaient tous la cocarde tricolore à leurs chapeaux de campagnards , agitaient des branches de lilas , et
paraissaient animés du plus vif enthousiasme. L'un d'eux ,
homme d'une quarantaine d'années, vêtu d'une blouse , sur
laquelle brillait la croix , était debout sur la charrette, et
chantait la *Marseillaise,* dont il terminait chaque couplet par

le cri de *Vive la nation! Vive l'Empereur!* que répétaient, avec transport, toutes les autres voitures. Ce fut la première fois que j'entendis, en plein soleil, retentir ces strophes marseillaises, qui, tant de fois, au moment de la bataille, étaient parties des premiers rangs de nos bataillons, comme autant de dards rapides allant planter l'épouvante dans les cœurs ennemis. Le public demandait, chaque soir, la *Marseillaise* à tous les théâtres; chaque jour, en passant dans la rue des Grès, j'entendais son immortel refrain se mêler au bruit des limes et des marteaux, dans le cloître transformé en atelier d'armes; mais je ne me rappelle pas l'avoir entendu une seule fois exécuter par une musique de régiment.

Il faut que l'ombre même de la démocratie soit bien antipatique à la royauté, pour qu'elle commence toujours la première à briser le nœud qui les devrait unir aux jours du danger. C'est en vain que ma mémoire, j'ose le dire, infaillible pour tout ce qui me frappa dans les Cent Jours, se reporte à ces jours uniques dans l'histoire; je n'y retrouve pas un seul motif raisonnable pour justifier les réticences, la mauvaise grâce que mit peu à peu Napoléon à se confier au peuple, armé pour sa défense et celle de la patrie. Comme à l'ordinaire, les courtisans l'effrayèrent sur la résurrection de la République; il eût voulu que la Chambre des représentants nommât pour président Regnault de Saint-Jean-d'Angély; on lui annonça comme infaillible l'élection de Lanjuinais.

15

Dès-lors tout était perdu ; les fédérations de la Bretagne, les fédérés de Paris, les nouveaux journaux créés depuis le 20 mars, tout cela était autant de germes récélant un principe mortel que devait élaborer le soleil de 90, lequel devait nécessairement faire refleurir 93, si l'on n'y mettait bon ordre dans un acte essentiellement monarchique ; de là, l'acte additionnel.

Admirablement raisonné ! Le trône fut considérablement renforcé en théorie, mais sensiblement affaibli en pratique, par l'indifférence et l'abandon de beaucoup de patriotes, craignant de retrouver l'homme de 1807, sous le manteau populaire du Champ de Mai.

Or, savez-vous ce qui se dressait de si effrayant pour la monarchie, au sein de ce Paris qui était en majorité royaliste blanc ? Un journal avait été créé sous le nom de *Patriote de 89,* journal modéré, et professant les principes représentatifs, de l'école anglaise. C'était un jacobin pour certains amis maladroits du pouvoir, qui ne parlaient de ce journal qu'en écrivant ainsi son titre : *Le Patriote de 89 + 4.*

Autre danger ! Les clubs et les sociétés populaires avaient reparu. Je vous assure que Paris ne s'en doutait guère, satisfait qu'il était de pouvoir se réunir au café Montansier pour boire à la santé de l'Empereur, et chanter la gloire de la France. Cependant, j'appris fort tard qu'une réunion populaire se tenait périodiquement dans un ancien wauxhal de la rue Saint-Honoré. La jeunesse française avait entendu si souvent ses parents lui dépeindre avec horreur les clubs de la révolution, que ce fut avec prévention que je me hasardai un soir à une séance ; ce n'était même pas sans un certain sentiment de honte que moi, si jeune, je m'exposais peut-être à passer pour un partisan des idées de 93, en entrant dans la salle. Je fus bien vite rassuré. L'assemblée était calme et très-décemment vêtue : quelques ouvriers seulement portaient encore leur costume de travail. Il était tard ; la salle était fort mal éclairée ; un homme d'une cinquantaine d'années était devant une table , sur une estrade , où deux jeunes gens étaient occupés , à une autre , à dépouiller un scrutin. Le président, en parlant à l'assemblée, se servit du mot de Messieurs , quand je m'attendais à l'entendre nous dire Citoyens ! Il s'agissait , je crois , de nommer une commission pour rédiger une adresse à l'Empereur , et une réponse aux fédérés bretons. L'opération n'en finissant pas, je sortis ; et ce fut la seule fois que j'assistai à cette société, qui n'avait contre elle que les souvenirs laissés par ses aînées.

Quoi qu'il en fût, je ne sais qui se plaisait à répandre les bruits les plus absurdes sur les menées des républicains, qui avaient eu cependant le bon sens de se réunir au parti impérial ; mais chaque jour c'était un nouveau mensonge.

Enfin, un soir, on nous annonce qu'au café Montansier on a enlevé l'aigle du piédestal , et que le buste de l'Empereur est coiffé du bonnet rouge. Nous voilà vitement en course vers le Palais-Royal. Tout y était dans l'ordre accoutumé.

Seulement je fus témoin, au café Montansier, d'une tentative égalitaire, qui n'eut pas grand succès.

Un homme d'assez mauvaise apparence, suivait dans la salle un officier en bourgeois, portant le ruban rouge à sa boutonnière. Après avoir hésité assez longtemps, notre homme s'adresse enfin au décoré, et lui demande pourquoi il porte ce ruban. — Parce que je l'ai gagné, lui répond l'autre, en regardant, étonné, son interlocuteur. — Là-dessus, voilà celui-ci qui engage l'officier à ne plus porter sa croix, ajoutant qu'autrefois on sétait bien battu sans décoration sous la république. Puis, comme il suivait toujours l'officier : — Commencez, lui dit celui-ci, en se détournant, par me f..... la paix, ou je vais charger ma botte de vous répondre. — Et le pauvre diable en fut pour son éloquence, devant la menace d'un argument qui réduisit sur-le-champ les siens au silence.

Il est vrai que la croix d'honneur était alors un peu plus significative que depuis cette époque. Au surplus, cette monomanie de se pendre quelque chose à la boutonnière envahissait dès-lors ceux qui n'avaient point la croix de la légion. Quelques officiers imaginèrent de porter un aigle d'argent suspendu à un ruban violet, comme signe du dévoûment qu'avaient précédemment indiqué les bouquets de violettes ; j'en remarquai un jour quelques-uns au café Montesquieu, portant cet emblème. Le ministre de la guerre, informé du fait eut bientôt interdit ce port illégal d'un signe non autorisé. Il avait déjà suffi d'un rapprochement avec la défunte décoration du lis ; les porteurs d'aigles violettes renoncèrent d'eux-mêmes à leur chevalerie de contrebande.

Napoléon n'avait point oublié qu'il lui restait à acquitter une dette véritable envers les défenseurs de Paris qui , sans organisation et presque livrés à leur seul patriotisme, avaient si bravement tenu tête à l'ennemi. Un de ses premiers soins fut de passer en revue l'École Polytechnique , voulant la récompenser de sa conduite dans la journée du 30 mars.

A défaut de désignation individuelle dans un corps où chacun avait montré le même dévoûment, il se fit du moins présenter les élèves qui avaient été blessés ; les deux tambours seuls, ainsi que je l'ai dit, avaient été tués.

Le lendemain de la revue du bataillon , passée par l'Empereur , comme nous attendions dans la cour l'entrée de la classe de mathématiques spéciales faite par M. Reynaud , au Lycée Impérial , voilà que nous voyons entrer un élève de l'École Polytechnique , portant alors le schako à ganse d'or sans plaque, la grande guêtre noire et l'uniforme de canonnier de ligne. Un ruban rouge brille sur le plastron de son habit. *C'est Bonneton ! Bonneton !* s'écrient tous les anciens ; et à l'instant le nouveau décoré est pressé par tous les camarades en mathématiques auxquels il faisait les honneurs de sa croix. Nous le regardions tous avec une sorte de fierté ; la Légion-d'Honneur brillant sur la poitrine d'un soldat imberbe, alors qu'elle était encore parée de tout son prestige , c'était un hommage rendu à la jeunesse des Écoles, et c'était pour le partager avec ses anciens camarades du Lycée Impérial, que Bonneton était venu les embrasser.

* *

La triste expérience de 1814 avait démontré combien il était nécessaire de mettre la capitale à l'abri d'un coup de main. Si, le 30 mars, Paris eût été fortifié sur la rive droite de la Seine, de manière à pouvoir tenir quarante-huit heures, c'en était fait de la coalition ; l'Empereur, qui avait séparé de leur parc de réserve les armées russe et prussienne, tombait sur elles, de Fontainebleau, et les écrasait. Il fut donc résolu de fortifier Paris.

Pour cela on fit venir des ports militaires un immense matériel d'artillerie de siège ; l'esplanade des Invalides fut couverte de boulets, de pièces de canon et de caissons de toute espèce. Tout cet attirail de guerre était destiné à armer les hauteurs dominant Paris, qui, l'année précédente, avaient été le théâtre des pertes énormes essuyées par l'ennemi pour s'en emparer.

La défense de toutes ces positions fut confiée au courage des officiers de marine et à l'artillerie du même corps, tandis que l'armée de ligne devait entrer en campagne. Ce fut surtout de Montmartre qu'on voulut faire un Fort redoutable, capable, à lui seul, de maintenir une armée.

D'immenses travaux de terrassement y furent exécutés avec une rapidité étonnante. Du côté de la plaine Saint-Denis ce n'était que batterie sur batterie, parapets, chemins couverts, ponts-levis et chevaux de frise. Alors le gouvernement impérial n'avait pas le malheur d'exciter les soupçons qu'on a vus s'élever depuis, sur cette question des fortifications de la capitale ; personne n'osa y voir autre chose que des remparts contre l'ennemi et non contre la liberté.

Combien sont misérables les répugnances des hommes hésitant toujours, s'il faut employer l'armée à de grands travaux nationaux ! Ce serait ravaler l'épaulette, démoraliser le soldat, en le changeant en manœuvre, et autres raisons de cette force. Comme si le but n'ennoblissait pas l'œuvre ! comme si la patrie ne tenait pas le même compte aux bras qui, armés de la pioche et de la brouette, ont ouvert le Simplon, joint les deux mers, ont couvert de routes l'Algérie, qu'aux bras qui, chargés du mousquet, allaient lui conquérir une autre grandeur ! Faites un point d'honneur à ces bataillons de doter leur pays de grands travaux ; promettez-leur, pour tout salaire, une colonne élevée sur le lieu de leurs efforts, et portant pour l'avenir les numéros des régiments, bataillons et compagnies qui y auraient travaillé. Et l'armée française, comme l'armée romaine, aura des pieds d'airain sillonnant profondément le sol, et devant laisser, pour les siècles futurs, l'impérissable empreinte de ses pas !

Je les ai vus, moi, ces régiments que certains scrupules

tendraient encore à priver de la gloire qui les réclame aux champs de l'industrie ; je les ai vus parcourir, joyeux, alertes et fiers, les rues de Paris, sans armes, et musique en tête.

Du moment où la nation fut à-peu-près laissée indifférente à la cause de Napoléon, l'armée redoubla de dévoûment et de courage; elle sentait qu'elle seule devait sauver la patrie. Aussi quel enthousiasme l'enflammait à mesure que s'éteignait celui des citoyens. Ce n'était pas assez d'avoir manœuvré toute la matinée; chaque soir, plusieurs régiments se rendaient sans armes, tambour et musique en tête, aux fortifications de Paris. La garde impériale elle-même, ce corps privilégié, si coquet, si fier de ses riches uniformes, courait, avec la même gaîté et la même ardeur, les salir d'une honorable poussière.

J'étais un jour à me promener au Palais-Royal ; voilà que nous entendons une musique harmonieuse et nourrie qui descendait la rue Saint-Honoré ; je sortis vivement par le passage du théâtre Français et je me rencontrai avec la tête de colonne qui entrait dans la rue Richelieu.

O vous qui, aujourd'hui, amateurs de tout souvenir militaire, courez au son de la grosse caisse et des trombonnes pour voir défiler nos jeunes régiments, toujours riches d'ardeur et de tenue, mais fort pauvres en moustaches, que ne donneriez-vous point pour revoir ces faces martiales dont les sections s'échelonnaient alors tout le long de la rue? C'étaient les grenadiers de la vieille garde qui se rendaient à Montmartre. La joie illuminait les traits de tous ces vétérans ; c'était avec orgueil qu'on jetait les yeux sur de longues files de vieilles barbes où un seul blanc-bec ne formait pas une lacune.

Vers le milieu de la rue de Richelieu, les grenadiers rencontrèrent un marchand de figures de plâtre, portant sur la tête sa collection de héros historiques. Au milieu d'eux, brillait un buste de Napoléon qui n'échappa point aux grognards; on était sans armes, le sabre au côté seulement; il régnait donc une espèce de laissé-aller dans les rangs. Un peloton, tout en marquant le pas, marchande le buste, conclut marché avec l'Italien ; puis, au moyen d'un léger temps d'arrêt, le Napoléon est livré et payé, un grenadier le campe au bout de son briquet, l'élève en guise de drapeau, et la colonne se remet en marche au cri de *Vive l'Empereur !* C'était alors crier vive la France !

Une foule considérable accompagnait le régiment ; je désirais depuis longtemps de pouvoir dire avoir mis la main à la grande tâche nationale ; je trouvai donc l'occasion favorable, et je suivis jusqu'à Montmartre. Là, les grenadiers mirent habit bas et allèrent prendre rang sur la portion de travaux qui les attendait. Quant à moi, je me dirigeai vers un atelier où je n'apercevais point de militaires, et au bout de quelques instants, un terrassier amateur, dont les mains n'étaient pas plus rudes que les miennes, me céda sa place à la chaîne des brouettes. Je demeurai bravement à mon poste plus d'une heure, au bout de laquelle je trouvai moi-même sans peine un remplaçant parmi les surnuméraires qui nous regardaient opérer.

C'était chose bien curieuse que l'aspect de Montmartre du côté de la plaine Saint-Denis. Un grand nombre de visiteurs couronnait la butte, écoutant avec intérêt les explications données par les officiers du génie qui dirigeaient les travaux; et rien qu'à l'aspect des physionomies, on pouvait juger de l'opinion des curieux. Il est vrai que, comme aujourd'hui, nous n'avions point l'avantage de compter une quinzaine de partis en France. Les uns, en jetant les yeux sur ces formidables préparatifs, ne pouvaient dissimuler leur dépit ; ils promenaient des regards irrités sur les nombreuses plates-formes destinées aux canons devant vomir leurs boulets sur les chers alliés chargés de ramener Louis XVIII en croupe. Les autres, et c'était la masse, respiraient un air de confiance et de fierté devant une aussi redoutable résistance.

Six semaines après, je retournai à Montmartre ; Paris, assiégé, croyait qu'on allait s'y défendre..... A peine étais-je parvenu au haut de la rue des Martyrs, que j'aperçus, avec un affreux serrement de cœur, des habits rouges sur les remparts.... C'en était fait ! l'Angleterre avait, dans la nuit, acheté de Fouché la clé d'une forteresse que n'eût pu nous enlever ce qui avait survécu de son armée aux champs de Waterloo !

J'ai dit qu'en 1814, à l'approche de l'ennemi, j'avais souvent été honteux de me voir, ainsi que toute la jeunesse d'alors, entièrement étranger à la défense du territoire ; c'était le résultat du malheureux système impérial qui, ayant mis l'armée en dehors de la nation, ne la voyait se recruter d'aucun dévoûment volontaire. Une année de demi liberté de la presse avait fait reverdir, au cœur des jeunes gens, des sentiments plus patriotiques. Le gouvernement, indépendamment de la garde nationale régulière, chargée de maintenir l'ordre dans l'intérieur de la capitale, voulut utiliser le courage des citoyens qui n'en faisaient pas partie, et ordonna la formation de douze bataillons de tirailleurs, destinés à soutenir la ligne dans la défense des ouvrages extérieurs. Ce fut parmi les fédérés que se recrutèrent les nouveaux gardes nationaux, ces malheureux fédérés, objet de tant de quolibets et de dédains. Quinze ans plus tard, ils prouvèrent que sous des haillons bat souvent un cœur plus généreux et plus noble que sous l'or et la pourpre.

Le onzième bataillon de tirailleurs fédérés se forma dans le jardin du Luxembourg, des étudiants qui résidaient dans le quartier. Un registre déposé au bout de l'allée des platanes, dans un petit pavillon, reçut bientôt onze ou douze cents engagements ; je m'inscrivis un des premiers, et apposai bravement ma signature à la colonne des *oui* de l'acte additionnel, que je n'avais pas lu. Je présume que nous étions là un bon nombre de blancs-becs dans le même cas, et qui faisions de ce qu'on appelait alors de la volonté nationale, en faveur de Sa Majesté Impériale Napoléon Ier. Notre bataillon était commandé par un officier en réforme, quoique bien jeune encore et plein de santé et de vigueur ; mais il avait laissé une de ses jambes dans je ne sais quelle partie de l'Europe, et il en portait une de bois.

Une portion du bataillon s'habilla sur-le-champ, et forma une compagnie d'artillerie qui, chaque soir, faisait la manœuvre du canon dans une cour du petit Luxembourg.

Enfin le moment approchait où Napoléon allait se dessaisir d'une dictature qui lui pesait très-fort, à l'entendre ; le Champ-de-Mai allait le voir renoncer à la grâce de Dieu, et se faire gloire de marcher sur le pavois par la grâce du peuple. Pour donner un échantillon de son nouveau libéralisme, il publia le fameux acte additionnel aux Constitutions de l'Empire.

Il existe une vieille Charte, de je ne sais plus quel ordre monastique, où l'on trouve une série d'articles presque tous à peu près ainsi conçus :

Art. 1er. On se lèvera à trois heures du matin, c'est-à-dire à sept.

Art. 2. On ne mangera que des légumes cuits à l'eau , c'est-à-dire au beurre.

Art. 3. On portera une robe noire , c'est-à-dire blanche.

Voilà l'histoire de l'acte additionnel. A chaque article, qui semblait consacrer un droit , on trouvait un *c'est-à-dire* en faveur du pouvoir, qui avait eu la précaution , dès son premier article , de faire considérer , comme étant encore en vigueur, toutes les Constitutions et tous les Sénatus-Consultes auxquels il n'était point apporté de modifications par le présent acte. Or , on sait qu'il n'était pas une liberté qui n'eût succombé sous les coups du Sénat conservateur.

Ce ne fut qu'un cri, à l'aspect de ce monument de déception. On était encore bien loin de l'éducation politique de nos jours et des exigences actuelles des hommes de théorie; mais il ne fallait pas de profondes connaissances en gouvernement pour trouver indigne de la souveraineté du peuple , qu'on venait de nouveau proclamer , l'acte constitutionnel des Cent Jours.

Un corps électoral à vie , nommé sous l'influence directe du gouvernement et dans une proportion ridicule avec la population des départements ; une pairie héréditaire , l'initiative des lois réservée au seul pouvoir exécutif ; le droit de pétition , entouré de tant de formalités , qu'il devenait illusoire ; tels étaient les griefs que souleva la discussion contre l'acte additionnel. Mais ce qui indigna les vrais patriotes, ce fut le rétablissement de la confiscation , de cet instrument infâme qui battait monnaie sous le balancier de la guillotine en 93, de ce pacte hideux qu'on dirait passé entre le fisc et le bourreau.

La cause impériale essuya un bien rude échec dans la promulgation de ce malheureux acte additionnel ; tout en demeurant inébranlables dans leur attachement à l'Empereur, bien des amis de la liberté semblèrent désespérer d'elle sous Napoléon ; les légitimistes, s'emparant sur-le-champ de la position abandonnée, se montrèrent les plus chauds constitutionnels et presque républicains. Le jeune Salvandy, ex-mousquetaire de Louis XVIII, étudiant en droit alors, et depuis devenu ministre sous Louis-Philippe, publia un mémoire à l'Empereur, sur un ton de tribun romain qu'il fut loin de montrer à la chambre, comme député, vis-à-vis du pouvoir, trouvant toujours fort commode de se servir de ces mêmes armes forgées par le despotisme. Après avoir menacé Napoléon d'éprouver le sort des Bourbons, Monsieur le mousquetaire noir continue :

« Je ne pense pas que la France puisse être désormais
» asservie, mais certainement elle ne peut plus l'être par
» vous..... Votre secret est connu ; on sait que vous êtes
» homme ; que l'on pourrait dire de vous, sans sacrilège,
» ce qui fut dit de César, qu'il y a peut-être en vous plus
» d'un Marius. La France, toujours en garde contre vos
» entreprises, vous suivra pas à pas pour vous dire : *huc*
» *usque venies, et non procedes amplius ;* et peut-être que

» le jour approche où voulant, une seconde fois, consacrer
» ses droits par un grand sacrifice.... Sire, craignez de
» devenir la victime de notre holocauste de réconciliation
» avec la liberté comme envers le monde ! »

Voilà de ces gentillesses que se permettaient impunément
alors les écrivains royalistes, cachés sous la toge républicaine ; et Napoléon les dédaignait, et il avait bien raison.
Mais pourquoi, pourtant, un cœur si grand et si généreux,
ne put-il donc jamais se résoudre à renoncer à une dictature
dont il n'usa jamais pour venger ses injures personnelles !

Mystère impénétrable d'un sublime génie ayant foi en sa
supériorité, et ne voulant pas abandonner les rênes d'un
Etat qu'il se savait seul appelé à sauver !

Qui se trompa, de Napoléon, ou du destin !

Peu de temps après la publication de l'acte additionnel,
parut, dans le *Moniteur*, la fameuse note émanée du
congrès de Vienne, et adressée à lord Castelreagh, par le
comte Clancarty. Napoléon y recevait le sanglant affront que
lui eussent épargné ses amis véritables, bien convaincus
qu'il n'y avait pas à transiger avec les rois confédérés, et
que loin de mendier leur amitié, il fallait leur lancer des
proclamations insurrectionnelles. Le congrès déclarait qu'après
avoir pris lecture de la lettre de *Bonaparte* à S. M. l'Em-

pereur, ainsi que des dépêches de M. de Caulaincourt au prince de Metternich, il avait été décidé qu'il ne serait point fait de réponse à ces communications. En conséquence les rois assemblés proclamaient Napoléon comme un obstacle à la paix de l'Europe, et tout en reconnaissant les droits des Français à se choisir la forme de gouvernement qui leur conviendrait, ils ne pouvaient consentir à les laisser mettre à leur tête un homme aussi dangereux pour l'Europe que Napoléon Bonaparte.

Quel parti il pouvait tirer de cet insolent manifeste ! Tous ces outrages furent dévorés avec une incroyable humilité ; car c'était aussi demeurer par trop humble que de ne pas riposter par une déclaration de guerre lancée jusqu'au droit divin, siégeant sur les trônes d'où venait de descendre l'anathème au droit du peuple. Napoléon avait encore au front, une goutte d'huile tombée de la main du Pape ; elle sauva sans contredit alors le principe monarchique en Europe. Et pourtant la Sainte-Ampoule elle-même n'a pu garantir de la foudre populaire tous les fronts qui s'étaient courbés, au maître autel de Rheims !

*
* *

Cependant les électeurs et les représentants arrivaient à Paris de leurs départements, pour assister au Champ de Mai. La Rochelle y députa M. Garnier, président d'un tribunal des

Douanes, de récente création. Il vint un jour m'apporter une lettre de mon père dans mon quartier latin. Il m'invita en même temps à aller le voir quelque fois et à lui demander à dîner. Précisément il logeait chez un restaurateur, chez Brizzi, rue Richelieu. J'y allai donc deux ou trois fois, pour répondre à son amicale invitation.

Quand je me rappelle la bonté et la douceur des mœurs de ce pauvre M. Garnier, je me demande comment il s'était fait un nom sous la Convention, et si l'homme qui, dans les Cent Jours, ne me montrait que les plus purs et les plus humains sentiments, était bien *Garnier, de Saintes,* tel qu'on l'avait voulu faire.

Dans mes visites à M. Garnier, on pense bien que je parlais politique, et que je soumettais une foule de question à sa vieille expérience. Je savais que l'ancien républicain était l'un des plus grands admirateurs de l'Empereur.

Je lui fis part, un jour que nous étions à dîner, lui, son fils Athanase, sous-lieutenant de cuirassiers, et moi, de tout ce que j'entendais dire contre le peu de libéralisme de Napoléon, et surtout contre l'acte additionnel ; Athanase, bien que militaire, me soutenait dans mes attaques.

« Eh ! mes pauvres enfants, nous répondit-il ; vous avez
» fait là une belle découverte ! Croyez-vous que l'Empereur
» ne s'attendait pas à tout ce fracas de journalistes et de
» folliculaires ? il savait aussi bien que vous tous que son
» acte additionnel ne vaut rien, si on le discute en théorie ;

16

» mais l'Empereur a pensé que dans un moment si critique,
» il ne devait pas ouvrir la porte à des essais de gouverne-
» ment pour lesquels les Français ne tarderaient pas à se
» passionner en sens inverse ; de là la haine et la division
» au sein de la patrie ; et pendant ces combats intérieurs ,
» l'ennemi s'avancerait hardiment en arborant la bannière
» d'un des deux partis.

    » Non , il fallait que l'Empereur se réservât la force né-
» cessaire pour les comprimer tous. Mais après le danger ,
» par exemple , à la bonne heure ; on pourra lui demander
» toutes les libertés possibles , et soyez sûrs que c'est Napo-
» léon qui les donnera de lui-même ; vous verrez , jeunes
» gens, qu'il n'a jamais eu d'autre ambition que de faire du
» peuple français le premier peuple du monde ! »

    — Et la face jaune et osseuse du vieux conventionnel
s'animait d'une légère et fugitive rougeur.

    « — Oui , mais en attendant , lui disait son fils , l'armée
» elle-même est lasse de s'entendre dire qu'elle n'est qu'un
» instrument de despotisme ; elle veut des garanties , au
» moment où elle va se sacrifier dans une lutte inégale. »
— Tu crois cela , toi ! disait M. Garnier ; tu verras que les
rois n'oseront pas nous attaquer ; leurs troupes passeraient
plutôt dans nos rangs : nous sommes dans une belle position,
allez ! — Et Athanase , en hochant la tête , me disait tout
bas : Mon pauvre père parle bien là comme un conscrit.

    Pauvre jeune homme ! il ne partageait pas du tout les illusions de son père ! on eût dit qu'il pressentait le sort fatal qui l'attendait. Je ne sais par quel motif M. Garnier fut porté, deux mois après, sur la table de proscription du **24** juillet ; à cause de son nom sans doute ; mais il s'exila aux Etats-Unis ; et son fils, qui n'avait pas pu trouver un boulet à Waterloo, alla mourir de piété filiale, dans un fleuve d'Amérique où il sombra et se noya avec son père, qu'il n'avait pas voulu abandonner !

.*.

Les tirailleurs fédérés étaient invités à s'uniformer eux-mêmes ; mais comme la presque totalité ne possédait que ses bras et du courage, l'état eut la peine de les équiper. Leur costume consistait en un uniforme bleu avec collet jaune et buffleterie noire. A peine y en avait-il quelques centaines d'habillés, que la fédération demanda à être passée en revue par l'Empereur.

On sait qu'en France l'accessoire emporte toujours le principal, et qu'en matière d'uniforme surtout, on cherche d'abord l'apparence, en dédaignant l'utile. Qu'avait-on à attendre du peuple de Paris, fédéré contre l'étranger ? du dévouement et du respect pour l'ordre public ? On voulut, dans un rassemblement d'hommes sans chef, sans organisation préliminaire, trouver la tenue et l'aplomb de la troupe de ligne. Que les légitimistes fissent des gorges chaudes et des caricatures, de la revue des fédérés ; qu'ils rappelassent 93 ; ils faisaient là leur métier d'opposants ; mais que les partisans de l'Empire se montrassent presque honteux ; que l'Empereur ait, dit-on, été effrayé des singuliers soldats qui défilaient devant lui, sans armes cependant, voilà ce que j'ai peine à concevoir.

Les fédérés arrivèrent un peu confusément, il est vrai, sur le Carrousel, mais là ils s'organisèrent par corps de métier, et présentèrent même un ordre au-dessus de celui de beaucoup de gardes nationales de 1830. Ce qui fit les délices des ennemis de la révolution du 20 mars, ce fut le contraste des faces enfarinées et des costumes blanchâtres des forts de la halle, suivis immédiatement du corps barbouillé des charbonniers. J'avouerai qu'il y avait vraiment un côté comique dans ce contraste, et que les charges des théâtres du boulevard du Temple, où les poignées de farine et de noir de fumée jetées au visage, jouent un si grand rôle, vous revenaient en mémoire à l'aspect de ces braves gens.

Certes, il n'y avait pourtant pas là à rire pour l'étranger, à l'aspect de ces larges épaules et de ces formes athlétiques des braves enfants de l'Auvergne et de la Savoie, et on pouvait hardiment parier que les armées de l'Europe n'avaient point un bataillon de grenadiers à comparer à celui des forts de la halle.

Il y avait de plus, il faut en convenir, dans cette foule, quelques hommes dont le costume n'était pas très encourageant pour leur confier des armes ; mais tous se conduisirent avec sagesse, et défilèrent devant l'Empereur en lui manifestant le plus grand enthousiasme.

Quelques jours après la revue des fédérés, parut la fameuse chanson royaliste qui avait été faite à ce sujet. C'était, ainsi que le voulait le goût de l'époque, une série de calembourgs, au moyen desquels, par exemple, l'ennemi n'était pas blanc s'il tombait sous la patte des charbonniers ; puis on disait aux chiffonniers :

> Mais renfoncez dans vos culottes
> Ce bout d'chemise qui vous pend ;
> Qu'on n'dise pas qu'les patriotes
> Ont arboré le drapeau blanc.

Enfin le corps entier, en parlant de Napoléon, terminait par dire :

> C'est en pensant à la lanterne
> Qu'il nous appell'des éclaireurs.

Deux bataillons devaient, en effet, porter le nom d'éclaireurs.

J'appris, le soir de cette journée, que l'Empereur payait le spectacle à tous ses compagnons de l'île d'Elbe, chez Franconi. Je m'y rendis, curieux de voir tout à l'aise tous ces braves. J'ai souvent assisté, à Paris, à des premières représentations, à des concerts où les loges luttaient de luxe et de jolis visages, mais tout cela ne valait pas la salle de

Franconi prise d'assaut par sept cents grenadiers, deux cents chasseurs italiens et cent lanciers polonais, tous faisant partie du bataillon sacré débarqué dans le golfe Juan, pour reconquérir un trône, eux seuls contre une armée. Rien de plus pittoresque que l'aspect de la salle : au pourtour, une série de moustaches, noires, blondes, rouges, grises ; aux premières galeries, encore un cercle de moustaches ; puis une bande rouge courant autour du cirque au-dessous de toutes ces têtes ; et celle-là avait été tracée par un pinceau trempé aux flots de presque tous les fleuves de l'Europe ; c'était le ruban de la Légion-d'Honneur, découpé en mille parties.

C'était plaisir de voir tous ces visages durs et austères s'épanouir du rire naïf de l'enfance devant les tableaux militaires offerts sur la scène à leur expérience en pareille matière ; on jouait la pantomime de la *Fille hussard* ; là se déroulaient tous les épisodes, accompagnant et suivant d'ordinaire une bataille, aux grands applaudissements d'un public connaisseur. Un épisode, surtout, excita une gaîté folle. La scène se passe en Prusse ; une ronde sort, la nuit, d'une place de guerre, éclairée par un soldat porteur de la lanterne de rigueur. Le chef de ronde, vieux Prussien, fagoté exprès comme du temps de Frédéric, et porteur d'une queue d'une aune de long, aperçoit dans l'ombre un uniforme français. Notre homme alors se met à trembler et arrête ses hommes. Mais le porte-lanterne, un peu plus brave, s'approche et fait signe que le français est mort. Le vieux Prussien alors tire son sabre, livre un combat à outrance au pauvre manne-nequin, et fait pâmer d'aise ses spectateurs.

Franconi jeune, avait, avant la pièce, exercé dans le cirque et mimé sur son cheval la vie du soldat ; je remarquai qu'en buvant, il se contenta de s'écrier : *A la gloire de l'armée française !* mais la garde impériale n'était pas d'humeur à priver son général de sa part ; elle riposta à la galanterie de Franconi par un cri de *Vive l'Empereur !* vigoureusement articulé, tandis qu'un grenadier s'élançait sur la scène, por-tant à la main un tout petit buste de Napoléon, ceint d'une couronne de laurier véritable, qui avait l'air de lui servir de parapluie. Cette petite ovation préparée d'avance fit re-doubler les transports des vieux braves en l'honneur du chef qu'avait peut-être omis à dessein, dans son toast, Franconi jeune. J'ai déjà dit que la majorité de Paris était alors royaliste.

C'était donc à l'armée de redoubler de courage et de dé-voûment à la patrie. Un soir, j'étais au café Montansier ; un officier qui depuis longtemps s'y était fait remarquer par une voix charmante, après avoir chanté des couplets patrio-tiques du haut de la scène, comme à l'ordinaire, s'adressa aux spectateurs, et leur dit d'un ton ému : *Messieurs, c'est peut-être la dernière fois que je vous adresse la parole ; mon régiment part demain ; recevez donc mes adieux, je vais com-battre pour la patrie et la liberté.* Puis se détournant vers le buste de l'Empereur, il ajouta avec fierté : *Il sera avec nous !* Un mouvement d'attendrissement général accueillit ces simples paroles de ce jeune homme. Chaque soir la même scène se renouvelait ; personne ne voulait partir pour la frontière sans s'en montrer heureux et fier.

Un autre soir, je fus encore témoin au Palais-Royal d'une scène qui fit la plus vive impression sur les promeneurs. La Rotonde était entièrement remplie par un corps d'officiers de dragons à revers jaune, dont je ne vis pas le numéro. Un immense bol de punch flambait sur une table au milieu de l'enceinte ; les officiers étaient tous rangés debout à l'entour. Au moment de le souffler, un capitaine tire le sabre, ses camarades l'imitent ; et tous ensemble, étendant le bras et joignant leurs lames nues sur la flamme vacillante du punch, firent un serment que nous n'entendîmes point, mais qui sans doute ajouta plus d'une tombe aux champs de Waterloo !

Tandis qu'un si noble dévoûment animait l'armée pour la défense du territoire, les partisans des exilés de Gand redoublaient d'efforts pour le paralyser. Les brochures pleuvaient sous les portes cochères pour annoncer l'entrée de l'étranger et l'inutilité de lui résister. Mais ces moyens n'étant que d'un faible secours pour l'ennemi qu'ils appelaient de tous leurs vœux, ils imaginèrent un moyen plus efficace de lui ouvrir les portes de Paris.

Dans les derniers jours de mai, gagnant le boulevard par

la rue Saint-Denis , je voyais venir de loin deux gendarmes
à cheval, escortés par une foule de gamins. Quand ils furent
devant le marché , nous aperçûmes alors un spectacle digne
de pitié. Un malheureux vieillard , sans chapeau , et la tête
ensanglantée , était attaché à la queue du cheval d'un des
gendarmes , qui prenait un cruel plaisir à le faire passer
dans le ruisseau. La foule indignée les arrêta et leur demanda ce qu'avait fait ce pauvre homme pour être ainsi
traité. « Ce qu'il a fait ! répondit le brigadier ? ce qui aurait
» dû le faire fusiller sur-le-champ. Croiriez-vous bien que
» ce vieux b.....là vient d'être arrêté à la butte Saint-Chau-
» mont, au moment où il enclouait la cinquième pièce d'une
» batterie dont quatre étaient déjà enclouées ! et qu'il avait
» sa pleine poche de clous dentelés pour toutes les pièces
» non surveillées qu'il aurait pu empoigner ! Il est bien
» heureux qu'un officier l'ait sauvé des canonniers , car
» son affaire était bonne ! Nous le menons à la Préfecture
» de police. »

A l'instant , un de ces personnages qui connaissent tout
Paris, s'écria : *Tiens, c'est le vieux un tel, perruquier de la
rue..... C'est le plus fameux royaliste du quartier !* L'énor-
mité du délit ne fit pas insister la foule ; elle laissa emmener
ce malheureux vieillard , lequel , calme et fort du fanatisme
politique lui disant qu'il avait fait son devoir, marchait
sans se plaindre , traîné avec ignominie. Puis venez donc , en
révolution , traiter de brigands ceux qui suivent une autre

bannière. Avant un mois écoulé, c'était les canonniers de Paris qui devaient être des brigands, et ceux qui enclouaient leurs pièces au profit de l'étranger, qui devaient être les héros !

La première explosion libérale contre l'acte additionnel était passée ; toutes les nuances du patriotisme sentaient qu'il était indispensable de se fondre dans un sentiment commun, l'horreur du joug étranger. On remettait donc à des jours plus calmes, les comptes à demander ; il fallait d'abord sauver le territoire menacé.

Nous étions à la veille du Champ-de-Mai ; c'était dans cette solennité que l'Empereur devait déposer la dictature, recevoir le serment des représentants, et distribuer les aigles à l'armée et aux gardes nationales. Chaque soir, la place Vendôme offrait le coup-d'œil le plus animé et le plus pittoresque. Des députations de tous les régiments et d'une partie des gardes nationales y mêlaient leurs uniformes, tous divers de forme et de couleurs ; la musique de la garnison de Paris exécutait des symphonies devant l'état-major de la place ; les éperons et les sabres résonnaient de toute part sur le pavé ; tout respirait un air fier et belliqueux sur cette noble enceinte, où la colonne, dressant son fût tronqué sur tant de braves, leur criait du haut de son chapiteau vide, qu'il leur restait encore une page d'histoire à ajouter à celle d'Austerlitz.

Enfin, vint le jour du Champ-de-Mai ; un peu tard pour répondre à son nom, car ce fut le 1er juin. Il est de ces spectacles, de ces impressions de jeunesse qui scindent toute une existence d'homme; qui en font deux parts, l'une placée avant le grand jour qui va servir d'époque aux souvenirs de la vie entière, l'autre après. Tel sera le Champ-de-Mai, pour tous les jeunes gens de mon âge qui ont assisté à ses pompes; certes jamais rien d'aussi admirable n'était passé par leur regard pour se graver dans leur âme ; jamais cette journée ne fuira de la mienne.

Dès le matin, Hyppolite et moi nous étions en route pour le Champ-de-Mars ; le canon venait de nous éveiller. Mais plus heureux que moi, mon camarade n'allait pas être réduit à ne voir que de loin et à travers la poussière, ce qui allait se passer dans le pavillon impérial. Un député de notre pays (de la Vendée), lui avait procuré une carte d'électeur, et lui, blanc-bec comme moi, se présenta bravement en cette qualité au vétéran qui le laissa entrer, sur le vu de sa carte et d'une culotte courte de satin noir qui le pouvait certainement faire passer pour un député de Saint-Mâlo, dont il portait le cachet dans ses bas de soie, empaquetant des mollets brillant par leur absence. La culotte était alors de rigueur.

Devant l'École Militaire s'élevait un immense pavillon,

formant un demi décagone , ayant pour diamètre le palais. Il était couronné par un fronton élevé régnant dans toute son étendue, et portant quatre-vingt-six écussons au nom des départements, séparés par autant d'aigles. Une légère colonnade laissait apercevoir l'intérieur tendu de draperies , et disposé sur chaque face en amphithéâtre , pouvant contenir vingt mille spectateurs assis et à couvert. Au pavillon du milieu de l'École Militaire , était adossé le trône de l'Empereur, à la hauteur du premier étage , et une longue rampe descendait de là jusque dans l'enceinte découverte qui séparait le péristyle des gradins.

Au milieu du Champs-de-Mars s'élevait une estrade à laquelle on montait par les quatre faces garnies de degrés sans rampe d'appui. Les talus étaient couverts d'une foule innombrable , et les arbres chargés d'une troupe d'enfants. L'intérieur était garni par l'armée et les légions de gardes nationales. Comme c'était du haut de l'estrade que l'Empereur devait voir défiler les régiments, je mis toute la persévérance et la résignation nécessaires pour parvenir jusqu'au pied ; à force de bourrades données et reçues , enfin j'y parvins.

A midi et demie , le canon gronda aux Invalides ; à l'instant trois cent mille têtes se tournent vers l'École Militaire. J'aperçois , de ma place , comme saisi d'une sorte d'hallucination , des couleurs rouges , bleues , vertes , blanches , se heurtant sur les degrés du trône ; des étincelles semblaient de temps en temps jaillir de ce cahos de satin et de velours, rapides éclairs, lancés par l'or et les pierreries ; je ne distinguais, de si loin, qu'un tourbillon de panaches, d'épaulettes et de cordons ; la cour venait de prendre place aux côtés de l'Empereur ; la cérémonie était commencée. Le Dieu des armées fut invoqué en chants harmonieux par des chœurs du Conservatoire qui étaient venus mêler leurs voix à la liturgie du clergé, qu'on avait prié d'apporter à la cérémonie son indispensable *Te Deum*, accoutumé à retentir pour toutes les causes et tous les pouvoirs, *e sempre bene*.

Un instant après, Monsieur Dubois d'Angers, le même que la présidence des assises de Paris a rendu célèbre dans la mémorable affaire du coup de pistolet, Monsieur Dubois prononça devant l'Empereur un discours au nom des électeurs et des représentants. On proclama ensuite, au bruit du canon, le résultat des votes acceptant l'acte additionnel, parmi lesquels figurait honorablement le mien, que j'ai déjà dit avoir donné avant de savoir ce que j'approuvais : puis Napoléon prononça à son tour un discours qui, ce jour-là, respirait une fierté qu'il eût fallu déployer, dès le 21 mars, vis-à-vis de l'étranger. *C'est sous les fourches caudines*, s'écria-t-il, *qu'on voudrait nous faire passer ! le souffrirons-nous !* Et le canon des Invalides répondit que non ; à ce signal, la foudre se répondit de batterie en batterie, jusque sur les hauteurs fortifiées. Là, les canonniers attendaient, à leurs pièces, qu'il leur fût permis, en faisant parler l'airain pour eux , de joindre ses détonations à celles des cent mille voix qui acclamaient sur le Champs-de-Mars.

Mémorable moment que celui où nous entendîmes successivement le signal partir de l'École Militaire et se prolonger, d'une voix de plus en plus sourde , jusqu'aux buttes Saint-Chaumont ! La France venait de recevoir le serment de l'armée et de la garde nationale , de conserver intact l'honneur des aigles que Napoléon leur avait confiées. — *Soldats de la ligne,* avait-il dit, *vous jurez de rivaliser de courage et d'efforts avec vos frères de la garde impériale ; et vous, soldats de la garde , vous jurez de vous surpasser vous-mêmes dans la nouvelle lutte qui s'apprête !* Le serment fut fait. Ligny et Mont-Saint-Jean peuvent dire s'il fut tenu.

J'attendais avec une grande impatience le moment où l'Empereur viendrait sur l'estrade auprès de laquelle je m'étais placé. J'avais souvent vu les rois et les princes marcher dans les cérémonies publiques entre deux files de soldats formant ce qu'on appelle la haie. Mais savez-vous ce qui composait cette haie, depuis le pavillon jusqu'au milieu du Champ-de-Mars ? Deux rangs d'officiers , portant chacun l'aigle de leur régiment. Ce fut sous ce berceau diapré des trois couleurs , étincelant d'or et d'argent , que Napoléon marcha jusque vers l'estrade. Là encore, même cortège. Sur chaque marche des quatre faces se tenait un porte-aigle , appuyé immobile sur son drapeau , comme ces statues de chevaliers debout sur leur piédestal. On ne peut rien imaginer de plus magnifique que ces quatre rayons tricolores qui, partant du sol, arrivaient en s'élevant tous aboutir au même foyer de splendeur, à la plate-forme où venait de monter l'Empereur, accompagné de tous les grands de l'Empire. Je me suis ri, dans un précédent article, des relations du *Moniteur* qui a toujours soin de mettre le beau temps de moitié dans l'enthousiasme officiel, et de faire arriver le soleil, juste à l'heure du rendez-vous que lui avait donné le programme. Eh bien! c'est pourtant ce que je suis forcé de relater, moi, si peu courtisan de mon naturel. Sans vouloir classer malgré lui ce pauvre dieu du jour dans les partisans de Napoléon, le fait est que le temps, qui avait été incertain toute la matinée, devint serein tout-à-coup, et qu'à peine les porte-drapeaux étaient à leur poste, que le soleil vint miroiter sur l'or poli des aigles. Il dardait ses rayons à ces nobles enseignes; les aigles les lui renvoyaient en nombreux éclairs; admirable échange entre les gloires du ciel et les gloires de la terre!

L'Empereur, la face tournée vers le pont d'Iéna, était debout sur l'estrade, entouré de ses frères, Lucien, Louis et Jérôme, tous revêtus de costumes de taffetas blancs, pantalon de tricot de soie, la toque en tête; superbe tenue de danseurs de corde. Hélas! et lui aussi, par-dessus tous ces oripeaux de cour, il portait une tunique de satin cramoisie, et était coiffé d'une toque de velours à l'Henri IV! Mesquine magnificence qui, dans une cérémonie toute populaire, eût dû disparaître devant le frac vert de la garde et devant l'immortel petit chapeau.

J'étais à quinze pas de l'Empereur ; mes yeux ne le quittèrent pas une minute pendant tout le défilé ; il me parut sombre et préoccupé. Les bataillons marchaient sur la droite, tournaient à gauche devant le pont d'Iéna, et revenaient ensuite tourner encore à gauche pour défiler au pied de l'estrade. Chaque compagnie, en passant devant l'Empereur, le saluait du cri connu de l'Europe entière ; mais la foule innombrable qui couvrait le Champ-de-Mars, ne fit entendre que de rares acclamations. Napoléon, qui espérait peut-être un plus vif enthousiasme, regardait tristement défiler sous ses pieds d'admirables régiments, sans adresser la parole à ses voisins. Un petit incident vint lui rendre un éclair de gaîté. Des factionnaires veillaient sévèrement à ce que la place restât libre devant l'amphithéâtre pour le défilé des troupes: Sept ou huit élèves de l'École Polytechnique étaient pourchassés de toute part et ne pouvaient réussir à se placer; alors que font-ils ? ils se faufilent entre deux compagnies d'infanterie, se forment en peloton, et défilent gravement, en criant plus fort que toute une compagnie : *Vive l'Empereur !* Je reconnus dans ce groupe l'élève Beudin, du Lycée Impérial, comme moi ; je présume que ce fut lui qui plus tard devint député de Paris et représentait le quartier Saint-Antoine, dont le député se nommait aussi M. Beudin.

Napoléon se mit à rire, et je le vis adresser quelques mots

aux généraux qui l'entouraient. Après le défilé, il se rendit de nouveau à pied à l'École Militaire, et de là regagna les Tuileries, salué pour la dernière fois par le canon des Invalides.

Dans la journée, il y eut divertissement aux Champs-Élysées et distribution de comestibles; ignoble et dégradante cérémonie où l'on jetait, comme à des pourceaux, la glandée à la tête d'un peuple qu'on avait proclamé souverain le matin même, en se faisant gloire de ne tenir la couronne que de ses mains. Le soir, concert aux Tuileries et feu d'artifice sur la place de la Concorde.

De chaque côté du pavillon de l'Horloge, sur le jardin, on avait construit une vaste tribune pour les musiciens qui devaient exécuter le concert. Le balcon était tendu de draperies, c'était de là que la famille impériale devait y assister. Un concours immense se pressait sur la terrasse; il était plus de neuf heures et demie, et personne ne paraissait au balcon. Je voulus, en attendant, donner le signal d'impatience, en criant : *Vive l'Empereur !* pas une malheureuse voix ne répondit à la mienne, je ne fis pas mes frais.

Enfin les croisées s'ouvrirent; l'Impératrice mère, Madame Lœtitia, parut, escortée de ses quatre fils; Joseph n'était pas à Paris. Je vis là, pour la première fois, sous un long manteau de cour, cette femme à la destinée si singulière, cette mère d'une reine et de quatre rois, qui, de tant de grandeurs, ne devait même pas obtenir des représentants de la France, couverte de gloire par son fils, un petit coin

17

de la terre natale pour y laisser ses restes nonagénaires ! Oh ! oui , on a bien eu raison de la nommer une autre Hécube ; elle a survécu à la chute d'une maison aussi nombreuse et plus illustre que celle de Priam ! Et ce fut la France de Juillet qui repoussa par ses députés, la vieillesse exilée par la peur !

Une cantate fut chantée par deux chœurs , l'un d'hommes, l'autre de femmes. Qu'on ne s'imagine pas que les ordonnateurs de la fête eussent commandé aux poètes lauréats des Tuileries , quelques strophes énergiques qui pussent vibrer dans les cœurs , un de ces chants taillés sur le patron de la *Marseillaise* ou du *Chant du Départ :* Fi donc ! cela eût senti la Révolution et contrarié peut-être la Sainte-Alliance qu'on allait combattre ; non , non ; toujours même système , jamais un souvenir de Jemmapes ou de Marengo. On se contenta d'une vieillerie, composée à Lyon en 1814, au moment de l'agonie impériale.

Je me rappelle le premier couplet de ce chant, intitulé *La Lyonnaise :*

> Napoléon , roi d'un peuple fidèle ,
> Tu veux borner la course de ton char ;
> Tu nous montras Alexandre et César ,
> Nous reverrons Trajan et Marc-Aurèle.
>
> CHŒUR.
>
> Que les cités s'unissent aux soldats ;
> Rallions-nous pour ces derniers combats !
> Français , la paix est aux champs de la gloire ,
> La douce paix fille de la Victoire.

Il est vraiment fâcheux que la nation n'ait pas senti tout le bonheur de revoir MM. Trajan et Marc-Aurèle ; elle ne fit rien pour cela ; aussi, pour dédommagement, elle revit MM. les Cosaques.

Après le concert, l'Empereur mit le feu à un dragon qui vola le communiquer au feu d'artifice dressé au milieu de la place. Il représentait le brick l'*Inconstant*, qui avait apporté César et sa fortune, des rochers de l'île d'Elbe aux rives du Var. Il devint un double emblême de cette fortune ; il apparut un moment tout resplendissant de feux et de lumière ; c'était le glorieux débarquement dans le golfe Juan ; puis la nuit descendit plus noire sur son squelette fumant et calciné ; c'était le lendemain de Waterloo.

Ainsi s'éclipse la gloire de ce monde, comme un feu d'artifice ! Mais de celui des Cent Jours il resta un peu de cendre ; le peuple la recueillit dans les trois journées de Juillet, il la lança dans les airs, d'une main patriotique, puis soudain les trois couleurs en naquirent ; les trois couleurs, gage de sa souveraineté !

*   *   *

La garde impériale étant partie pour la frontière, il ne restait plus à Paris que quelques bataillons de recrues qu'on exerçait avec une grande activité. L'Empereur était encore aux Tuileries, mais on ne doutait pas que le soin qu'il

semblait mettre à faire coïncider les grands évènements de
sa vie avec quelques anniversaires de ses triomphes passés ,
ne le fit mettre en campagne au premier jour. Nous appro-
chions en effet du 14 juin , anniversaire de Marengo et de
Friedland. On avait bien jugé des intentions de Napoléon ;
il quitta Paris le 12 , et dans sa proclamation à l'armée , du
14 juin , en rappelant les deux victoires qui avaient signalé
ce jour : « Alors , disait-il à ses soldats , nous fûmes trop
» généreux , nous crûmes aux protestations de ces souve-
» rains que nous pouvions détrôner et qui n'ont reconnu
» notre grandeur d'âme qu'en conspirant éternellement
» contre la France. Pour tout Français qui a du cœur ,
» s'écriait-il en terminant , le moment est venu de vaincre
» ou de mourir ! »

Les boulets anglais ne lui accordèrent ni l'un ni l'autre.

Ce fut quelques jours avant son départ, que je voulus voir
tout à l'aise cette tête chargée alors des destinées du monde,
ce Napoléon qui rendra si curieux à écouter , les vieillards
pouvant dire à l'avide jeunesse qui les interrogera : je l'ai vu.
On donnait aux Français la tragédie d'*Hector* , par M. Luce
de Lancival ; l'Empereur avait toujours beaucoup affectionné
cette pièce à laquelle même il n'avait point été , dit-on ,
étranger. L'affiche ne portait point les mots : *par ordre ;*
mais on assurait qu'il assisterait au spectacle.

Comme on le pense bien , cette espérance avait attiré une
grande affluence dans la rue de Richelieu. Là, les marchands

de contre-marques tenaient la dragée haute aux amateurs ;
mais malgré l'état alarmant de mon budget d'étudiant, ce
jour-là, je ne reculai devant aucun prix et je trouvai un
honnête brocanteur qui voulut bien me céder un parterre
pour 8 francs 50 centimes. Enfin sèchant d'impatience et
tremblant de trouver la salle pleine, je montai quatre à
quatre les degrés et arrivai encore à temps pour choisir une
place du côté opposé à la loge de l'Empereur.

La salle était brillante et bien garnie. Bientôt elle fut trop
petite, et les vétérans de la symphonie eurent la peine de
céder l'orchestre à la foule, qui le prenait d'assaut. Dans
l'incertitude de la présence de l'Empereur, on n'osait point
commencer. Que faire en attendant ? On se prit à demander
la *Marseillaise* aux pauvres diables de musiciens, qu'on
venait de chasser de leur terrain officiel ; on n'eut point de
patience que le célèbre refrain ne partît de violons et d'altos
qui sans doute l'avaient fait résonner aux oreilles de Messieurs
du parterre, du temps de la République. On sait que l'orchestre du Théâtre Français est paraphé *ne varietur* depuis
Philidor et Monsigny. La malheureuse *Marseillaise* fut exé-
cutée sous le théâtre, et ses accents nous parvinrent par le
trou du souffleur.

L'Empereur n'arrivait point ; il fallait peloter en attendant
partie. Un jeune homme, placé aux premières galeries, avait
tiré de sa poche un papier, et se disposait à chanter des
couplets, en s'excusant sur sa vilaine voix, quand on recon-

nut aux mêmes galeries Gavaudan et sa femme, que Paris savait être patriotes. On le pria donc de vouloir bien chanter les couplets en question ; il accepta de fort bonne grâce, quoique là il ne fût plus acteur, et les chanta ou plutôt les déclama avec une chaleur que partagea toute l'assemblée. C'était une chanson sur le débarquement du bataillon de l'île d'Elbe, dont le refrain était : *Rantanplan ! tambour battant !* Je vois encore briller les yeux si beaux et si animés de Gavaudan, quand il fut au couplet où le chanteur annonce qu'il entend un sourd roulement apporté par la brise d'Italie. Là, Gavaudan s'arrête avec anxiété, il semble prêter l'oreille ; puis, se dressant, palpitant de joie et de surprise, il continue :

> Je reconnais ce tambour
> Qui du monde a fait le tour !

Rantanplan ! s'écria-t-il avec force, en frappant du poing sur le pourtour de la galerie. La salle entière fut électrisée par la pantomime de Gavaudan, qui fut couvert de bravos.

Enfin de sourdes acclamations, qui nous arrivaient de la rue, nous firent connaître que l'Empereur entrait aux Français. Dans l'instant l'assemblée entière se leva, le regard attaché sur la petite loge à droite du théâtre, où allait apparaître le royal spectateur. Elle s'ouvrit ; un chambellan abaissa le garde-vue, et Napoléon, debout sur le devant de la loge, salua le public avec cette simplicité digne et noble qui donnait à son visage une admirable expression de bonté. Il dut, ce soir-là, être satisfait de Paris ; un enthousiasme unanime accueillit pendant toute la représentation d'*Hector*, les nombreuses allusions que renfermait cette tragédie. Talma jouait Hector, Lafon jouait Pâris, et Mademoiselle Duchesnois Andromaque.

Il y eut surtout un passage qui excita les plus vifs transports. Pâris accourt annoncer qu'une apparition subite vient de frapper l'armée Troyenne ; on a vu briller une aigrette depuis longtemps cachée sous la tente ; un homme s'avance d'un pas de géant en tête des Grecs ; la terreur le devance, on croit reconnaître Achille : *c'était lui !!* Lafon dit si bien ce c'était lui ! que chacun se reporta sous les murs de Grenoble, au moment où l'Empereur apparut au 5me de ligne, s'avançant seul et à pied au devant des braves qui s'écrièrent : *C'est lui !*

Puis, dans cette pièce d'*Hector,* il était question d'Astyanax, de cet enfant, seul espoir de Pergame ; l'imagination rapide des spectateurs quittait alors les rives du Xanthe et du Scamandre, et volait sur celles du Danube, trouver un autre Astyanax. Enfin l'enthousiasme fut au comble quand, en parlant d'Hector qui va combattre, un personnage s'écrie :

Le plus grand des Troyens en sera le sauveur !

Le parterre se leva, et les bras tendus vers Napoléon, il le chargea de justifier pour la France l'oracle qui avait menti

pour Troie. *Oui, oui*, s'écriait-on de toute part, *bravo !*
Vive l'Empereur ! Napoléon, comme un acteur applaudi à
outrance, ne put s'empêcher de témoigner sa reconnaissance ;
il se leva donc à demi, se pencha vers nous et paya nos
vivat d'un sourire qui m'est resté éternellement gravé dans
la mémoire : c'était la dernière fois que je devais le voir ; il
partit deux jours après.

La confiance dans les armes françaises était extrême ; il
nous semblait que cette superbe armée que Paris venait de
voir partir, si pleine d'ardeur, devait être invincible ; aussi
ce fut avec moins de surprise que de joie, que nous reçûmes
la nouvelle du premier avantage remporté sur la coalition,
sous les murs de Charleroi, le 15 juin. La lutte était enfin
engagée !   .

Un dimanche matin, de très bonne heure, il me semblait,
tout en sommeillant, entendre de sourdes détonations ; je me
réveillai et écoutai attentivement. — *Hippolyte !* m'écriai-je,
transporté, à l'ami qui dormait près de moi, *entends-tu ?* —
Quoi ! me dit-il en s'éveillant. — *Le canon tire aux Invalides ;*
c'est une grande victoire ! Nous nous levons à l'instant et
courons nous informer. Le canon célébrait effectivement la
victoire remportée le 16, par l'Empereur, sur les Prussiens
à Ligny. Transportés de joie, nous nous rendons au café des
Pyrénées pour y lire le bulletin ; là, l'orgueil brillait dans
tous les regards ; le canon des Invalides avait réveillé dans
nos jeunes cœurs ces souvenirs de triomphe qui avaient

bercé notre enfance ; nous étions ivres de fierté ; et c'était le 18 ! et le canon de Waterloo tonnait pendant ce temps-là !

Pour atténuer l'effet de la victoire , les royalistes répandaient les bruits les plus exagérés ; je me souviens de l'enthousiasme avec lequel un étudiant de Grenoble , nommé Rousseau , vint m'annoncer que Wellington était pris , Blucher tué , etc., etc. Enfin , un petit bulletin parut dans le *Moniteur ,* annonçant très succintement la bataille de Ligny.

Cependant, deux jours s'étaient écoulés et pas une nouvelle de l'armée de Flandre n'avait été publiée dans cet intervalle. On se disait bien tout bas que nous avions essuyé une défaite ; mais cela nous paraissait impossible. Enfin , le 21 juin , en descendant dans la cour de l'hôtel , je vis presque tous les étudiants qui y demeuraient , dans une grande agitation et s'entretenant avec chaleur. Savez-vous la nouvelle ? me dit-on. On assure que l'armée a été anéantie et que l'Empereur est arrivé ce matin à Paris.

En pareille circonstance, c'était toujours au café que nous allions nous mettre au courant ; la consternation y était sur tous les visages. Cependant quelques personnes cherchaient à remonter le moral abattu des autres ; elles faisaient observer que ce n'était peut-être encore qu'une manœuvre des royalistes et qu'il était impossible que les affaires fussent assez désespérées pour que l'Empereur eût ainsi abandonné son armée. Elles oubliaient sans doute l'Égypte , Moscou et Leipzig.

Je n'étais pas homme à rester plus longtemps dans une aussi cruelle incertitude. Je courus, aussitôt après mon déjeûner, à la chambre des représentants. Une foule immense était entassée sur le grand escalier, et attendait que quelque chose transpirât de l'intérieur, où la séance venait de s'ouvrir dès onze heures. Comme on le pense bien, les versions les plus contradictoires circulaient parmi tous ces politiques en plein vent ; un grand nombre révoquait même en doute l'arrivée de l'Empereur, prétendant qu'on confondait ; c'était sans doute, disaient-ils, le prince Jérôme qui était pris pour Napoléon. Effectivement, Jérôme avait été blessé à l'attaque de la ferme d'Hougoumont, et cette circonstance avait transpiré avant qu'on connût la défaite de Waterloo.

Pour savoir plus vîte à quoi m'en tenir, je me rendis devant l'Élysée, que Napoléon avait choisi pour sa résidence d'été. Là, je vis un mouvement ne me permettant plus de douter de la présence du maître. La cour du palais était pleine de chevaux couverts de sueur et de poussière ; des aides-de-camp y arrivaient coup sur coup, paraissant harassés de fatigue ; quelques soldats de la cavalerie de la garde impériale, étaient tristement assis sur un banc à la porte, pendant que les chevaux attendaient, attachés dans la cour. L'un des cavaliers avait la face bandée d'une cravate noire ; tout respirait dans cette scène la honte et la douleur.

Je retournai sur les degrés de la chambre des députés ;

l'Empereur venait d'y envoyer un message pour lui annoncer le fatal résultat de la journée du 18.

Nous attendions avec une anxiété inexprimable que quelqu'un sortît de la salle pour nous apprendre ce qu'on y venait de dire. Enfin un Monsieur apparaît, et le pauvre diable est appréhendé au corps. Je ne sais si c'était lui qui avait mal saisi le sens du message, ou si le gouvernement avait déguisé à ce point la vérité ; mais il résultait seulement des réponses du sortant, que l'armée, trompée par l'obscurité sur la fin de la bataille de Mont-Saint-Jean, avait été saisie d'une terreur panique, et avait abandonné le champ de bataille dans un grand désordre. Du reste, l'Empereur annonçait qu'elle se ralliait sur la frontière ; il venait seulement demander à la Représentation Nationale de vouloir bien lui donner les moyens de rétablir la lutte, commencée sous de malheureux auspices, mais facile encore à rendre formidable.

Le même jour, à deux heures du soir, parut un supplément au *Moniteur*, qui donnait le bulletin de Mont-Saint-Jean ; car seulement après l'Angleterre, le nom de Waterloo succéda chez nous à celui-ci pour éterniser cette grande journée. Quelque funeste qu'elle fût pour les armes françaises, elle ne devint irréparable que par la faute commise par Napoléon en venant se confier à la chambre des représentants. Je me rappelle l'indignation générale qui se répandit dans tout Paris, quand il apprit que les deux chambres, non-seulement refusaient de concourir au nouveau plan de campagne que venait leur proposer l'Empereur, mais qu'elles exigeaient son abdication, et déclaraient traître à la patrie quiconque tenterait de les dissoudre.

Paix aux cendres de Lafayette ! mais ce fut lui qui contribua le plus à ce stupide parti. Conçoit-on que des hommes, vieux d'années et d'expérience, se soient imaginé que la coalition n'en voulait qu'à la personne de Napoléon, et qu'en le faisant abdiquer en faveur de son fils, ils allaient voir tomber les barrières qui séparaient la France tricolore des rois absolus ! Y avait-il dans la nation un homme, en dehors de la Chambre, qui ne vît pas que Napoléon seul pouvait soulever la massue capable encore d'écraser la Sainte-Alliance ? On dit que, dans sa fierté toute martiale, il eut la pensée de faire un second 18 brumaire ; l'humanité l'emporta dans son cœur ; il pouvait retremper dans des flots de sang sa pourpre impériale ; il aima mieux sacrifier son rang suprême ; la guerre eût désolé longtemps la patrie, il lui préféra la paix au prix de sa liberté et de sa vie ; il abdiqua.

Au lit de la mort il tourna son dernier regard vers cette France qu'il avait chargée de tant de couronnes ; il ne lui demanda plus que de recevoir la cendre d'un pauvre proscrit.... La colonne lui a déjà rendu sa place dans la nue ; sa base s'ouvrira un jour pour recevoir un cercueil souverain ; le glaive des trois journées a déchiré l'abdication.

A partir du jour de l'abdication de Napoléon, le retour des Bourbons ne fut un problème pour personne, malgré les airs de nationalité et de résistance que prenait la Chambre des représentants. Le coup était porté.

Au lieu de prendre un parti vigoureux, de se déclarer pouvoir exécutif, et d'ordonner tous les actes qui pouvaient sauver d'abord l'indépendance du territoire, la Chambre nomma un gouvernement provisoire, et se mit paisiblement à discuter une constitution que devrait jurer le Prince appelé à régner sur la France. Or, il était assez naturel de commencer par proclamer ce nouveau chef, de le faire avec éclat et retentissement, et d'appeler aux armes la nation au nom de Napoléon II. Ce fut seulement pour la forme qu'eut lieu ce grand acte de souveraineté populaire.

La certitude de la prochaine issue des Cent Jours avait rendu à Paris sa physionomie aristocratique; la joie était rentrée au cœur du faubourg Saint-Germain; c'était un dimanche, et les Tuileries étaient pleines d'une société brillante. Je m'y promenais tristement avec un de mes anciens camarades de lycée, que je venais de rencontrer par hasard; voilà bientôt Hippolyte qui arrive tout essoufflé de la Chambre, et nous annonce qu'elle vient de proclamer Napoléon II. Nous, de nous réjouir; et Bordet, le camarade dont je viens de parler, de se moquer de nous. En qualité d'ex-garde de la porte, il était fort royaliste et nous apprit en riant que notre Napoléon II ne serait pas un grand obstacle à la rentrée du Roi, que nous verrions avant huit jours. Voilà, du reste, tout l'effet que produisit sur la capitale cet évènement ; nulle cérémonie, nul apparat pour l'annoncer ; le pauvre petit roi de Rome vit sa royauté passer à la Chambre avec la même solennité qu'un amendement sur les tabacs ou la potasse.

Cependant l'armée, désorganisée à Waterloo, s'était peu à peu ralliée ; le maréchal Grouchy venait d'accourir au secours de Paris avec un superbe corps d'armée de 31,000 hommes ; les corps détachés arrivaient à marches forcées, les gardes-nationales de la Bourgogne et de la Picardie avaient rejoint l'armée de ligne. Tous brûlaient de venger l'échec de Mont-Saint-Jean. Les fortifications élevées sur la rive droite de la Seine furent armées d'une manière imposante ; Montmartre, Belleville, Saint-Chaumont étaient devenus de véritables citadelles. Dans l'intervalle des forts, des batteries détachées et de petites redoutes étaient confiées à des artilleurs volontaires tirés des lycées et des écoles de droit et de médecine ; la capitale était donc couverte depuis Vincennes jusqu'à Neuilly. L'armée était campée dans la plaine, attendant l'ennemi de pied ferme.

Pauvres laboureurs ! quel cas on faisait de ce qui vous avait coûté tant de travaux et de sueurs ! J'allais un soir visiter les préparatifs de défense ; en sortant de la barrière,

je vis une longue suite de petites cabanes bâties à la hâte
par un régiment de cavalerie qui campait là. Les chevaux
broûtaient paisiblement au piquet le blé vert, tandis que les
soldats, pour se garantir du soleil, avaient moissonné des
champs entiers dans le but de couvrir, en guise de chaume,
les toits en branchages sous lesquels ils dormaient.

Pendant ce temps-là, les armées prussienne et anglaise,
avant de connaître l'abdication tâtonnant et incertaines dans
leurs mouvements, marchaient plus hardiment sur Paris,
depuis qu'elles avaient connaissance de ce grand évènement
qui devait avoir jeté le découragement au sein de l'armée.
Cette nouvelle avait effectivement consterné tous les patriotes.
Mais un vague instinct disait à l'armée, ainsi qu'au peuple,
que la nécessité briserait bientôt cette fatale abdication, qui
paralysait le seul bras capable de brandir l'épée libératrice.
Aussi chaque jour une foule avide, d'ouvriers surtout, rôdait
autour de l'Elysée, épiant l'instant où elle pouvait apercevoir
dans le jardin, Napoléon se promenant triste et rêveur. Un
cri général l'appelait à la tête de l'armée ; jamais le peuple,
le peuple qui paie et se bat, ne lui avait témoigné plus
d'intérêt que dans son malheur. Je cherchais à le voir une
dernière fois, je n'y pus parvenir.

Cependant les généraux Blücher et Wellington avaient
marché de concert ; ils étaient maîtres de Saint-Germain et
de Versailles, lorsqu'une grande partie de l'armée prussienne
se sépara de l'armée anglaise et passa sur la rive gauche de

la Seine. Ce fut alors que Napoléon , en apprenant cette énorme faute , jugea l'instant décisif pour sauver la liberté. Il proposa au gouvernement provisoire de redevenir le général Bonaparte , de se remettre en cette qualité à la tête de l'armée , et se fit fort d'écraser l'une après l'autre les deux armées ennemies. C'était encore une fois la manœuvre de Mantoue. Pour toute réponse , la commission présidée par Fouché, le fit mettre en surveillance à la Malmaison.

Oh ! si jamais malédiction générale accueillit un acte de gouvernement, ce fut ce jour-là ! La trahison était si flagrante que l'indignation ne se déguisait plus. Je me rappelle nos protestations, notre colère pendant toute la soirée au café des Pyrénées. Jamais ce paisible théâtre de nos discussions politiques depuis un an n'avait été témoin de scènes si orageuses. Les canonniers volontaires de l'Ecole de Médecine rentraient de l'exercice; quelques tirailleurs de notre onzième bataillon , qui avaient reçu leurs armes et leur équipement, revenaient du village des Vertus , la bouche encore noircie par la cartouche ; on y avait tiraillé toute la journée avec les vedettes étrangères. On conçoit que ces jeunes têtes ne devaient pas prendre patiemment le parti de se soumettre au joug ennemi. En vain la pauvre demoiselle Eugénie , assise à son comptoir, où lui parvenaient sans gaze , tous les b... et les f... de l'assemblée , s'efforçait de calmer l'effervescence générale ; elle s'adressa à un jeune homme nommé Carrant , étudiant en médecine , demeurant dans la maison. — *Eh ! f..... Mademoiselle,* s'écria-t-il, *laissez-nous tranquilles !* et en disant cela, il tire son sabre et en applique sur un bassin de tôle un coup violent, qui fait voler en éclats tous les verres à liqueur y prenant un bain.

Cet exploit, dont rit lui-même son auteur, calma l'ardeur juvénile de l'assemblée ; elle se borna à une polémique verbale, jusqu'à l'arrivée d'un personnage inconnu qui se mit seul à une table. Il se faisait tard ; nous n'étions plus que cinq ou six dans le café. L'un de nous se mit à accuser de royalisme la garde nationale, prétendant qu'elle ferait cause commune avec l'étranger, plutôt que d'exposer Paris aux suites d'une bataille. — *Il n'y a,* dit tout-à-coup l'inconnu qui nous écoutait depuis un quart d'heure, *que de mauvais citoyens capables de tenir de tels propos !* Là-dessus notre homme se voit en butte à d'assez vives apostrophes, auxquelles il riposte avec énergie ; tant et si bien qu'on le prie de vouloir passer la porte. Mais lui, d'un air triomphant, met la main dans son sein et en tire un gros nœud de rubans tricolores, qui exhala, malheureusement pour lui, une telle odeur de mouchard, que, malgré sa résistance et ses invocations de la loi, il fut saisi au collet et entraîné dans la rue, non sans renverser, dans la lutte, tabourets, verres et bouteilles. Ma foi, comme j'entendais le pauvre diable, pendant qu'on lui fermait la porte au nez, nous menacer de la force armée qu'il allait requérir, me souciant fort peu de la police correctionnelle, je sortis par la petite

18

porte donnant devant mon hôtel et j'allai prudemment me coucher. C'est ce que fit sans doute aussi notre agent de police, car j'appris le lendemain que la scène n'avait pas eu de suites.

Deux ou trois jours après, je passais sur le quai Voltaire, quand je vis un détachement de hussards escortant des militaires à pied et désarmés. Je courus vers le pont Royal, devant lequel ils allaient passer ; c'était une partie des régiments de hussards de Brandebourg et de Poméranie, qu'on escortait jusqu'à l'Ecole Militaire où étaient casernés les autres prisonniers. Dans l'escorte, je remarquai un jeune brigadier dont le regard plein de feu se portait sur ces hussards étrangers, vêtus de vert comme son régiment, le 7me à ce que je crois me rappeler ; dans un soubresaut du cheval, son schako était tombé, mais il aima mieux demeurer tête nue que d'abandonner son rang un instant, et il continua de prendre fièrement sa revanche en jetant, du haut de son cheval, un regard superbe sur les piétons captifs.

Ces deux régiments qui passaient pour les plus beaux de l'armée prussienne, avaient été laissés à Versailles par Blücher, qui était loin de craindre qu'on n'allât les y attaquer. Mais le coup que voulait porter Napoléon paraissait si infaillible que le général Excelmans ne put résister à l'envie de séparer, par une manœuvre subite, l'armée prussienne de l'armée anglaise. En conséquence, le mouvement était combiné de manière à s'emparer de toute la rive droite de la Seine, tandis que l'armée française, campée dans la plaine de Grenelle, acculerait à la rivière le corps prussien qu'on avait imprudemment jeté sur la rive gauche ; les divisions de la plaine Saint-Denis eussent pris en écharpe sur son flanc gauche le reste de l'armée combinée. Jamais, dit-on, victoire ne s'était montrée plus certaine, surtout avec la soif de vengeance qui dévorait nos bataillons. Fouché, le fatal Fouché, fit avorter ce plan de salut ; le mouvement fut arrêté au nom du gouvernement provisoire. L'avant-garde seule avait marché avec résolution sur Versailles, avant d'avoir reçu contre-ordre. Honneur aux braves qui, là, portèrent les derniers coups, au terme de cette lutte de vingt-trois ans, de la France contre l'Europe ! Les hussards prussiens furent sabrés par les dragons du jeune colonel Bricqueville, devenu depuis l'énergique député de Cherbourg. Puis, reçus au bout des baïonnettes du 14me de ligne, ils furent entièrement pris ou tués.

L'aspect des prisonniers, tous superbes et vieux soldats, rendit un éclair de fierté à des regards abattus, depuis quelques jours, par la douleur. Le bruit se répandit qu'on allait enfin attaquer le corps prussien, campé dans la plaine de Vaugirard.

Je me transportai à l'instant derrière les bâtiments de l'École Militaire ; là, l'École Polytechnique était en bataille, attendant des ordres qui ne venaient point. Je reconnus dans les rangs mes deux camarades Duclos et Allenet, et m'approchai d'eux pour leur parler.; ils ne doutaient point que l'ennemi ne fût attaqué dans la soirée, et l'École était toute prête à soutenir sa renommée. Les deux élèves Duclos et Allenet sont aujourd'hui en retraite, le premier comme colonel du génie, à Toulon, le second comme officier supérieur d'artillerie, à la Rochelle.

On voyait de loin les masses noires de l'armée prussienne se mouvoir lentement à travers les bouquets d'arbres qui semaient la plaine. Mais en vain espéra-t-on toute la soirée voir commencer l'attaque ; Fouché venait d'écrire à Wellington cette lettre qui, le lendemain, fit saigner tant de cœurs français par sa bassesse et ses lâches adulations; c'en était fait! l'armée devait livrer Paris sans combattre !

*
* *

C'était le 5 juillet ; il me semblait, dans mon sommeil, entendre un bruit sourd et continu, que des sons harmonieux interrompaient de temps en temps. Je me réveillai et reconnus le bruit de l'artillerie, roulant sur le pavé, ainsi que les sons de la musique militaire. C'était une division de l'armée qui descendait la rue de la Harpe ; la capitulation était conclue ; il fallait, le lendemain, livrer la capitale à un ennemi qu'on eût pu écraser deux jours auparavant.

Quelle journée pleine d'angoisses et de terreurs pour Paris, que ce jour du 5 juillet ! Certes, il fallut de la vertu à ces quatre-vingt mille hommes qu'on vendait ainsi à l'ennemi, pour exécuter des ordres émanés d'un pouvoir sans force et sans sympathie dans la nation. L'armée de la Loire imita la sublime résignation de son Empereur ; la gloire et l'intérêt lui criaient de combattre ; elle n'écouta que la paix et l'humanité qui lui disaient de poser les armes.

Mais ce ne fut pas sans murmures et sans dangers pour la tranquillité parisienne. La garde nationale sillonnait toutes les rues, remplissant sa mission d'ordre et de concorde, si difficile à exercer ce jour-là. Partout des groupes de soldats de ligne faisaient entendre des imprécations contre les traîtres qui livraient Paris ; ils regardaient de travers les patrouilles nationales, qui les dissipaient avec douceur au nom de la paix publique. On entendait à chaque instant des coups de feu retentir sur les quais et sur les ponts ; c'étaient des soldats qui, dans leur colère, déchargeaient leurs fusils dans la Seine. Le bruit se répandit même que plusieurs régiments se révoltaient et refusaient d'évacuer Paris.

Au milieu de ce désordre et de cette effervescence soldatesque, je fus témoin d'un de ces épisodes comiques qui, rarement, manquent de se mêler aux scènes les plus graves. La rue de la Harpe était pleine de soldats qui descendaient vers le pont Saint-Michel ; un sergent paraissant avoir puisé une partie de son exaltation à une source autre que celle du patriotisme, se faisait remarquer par son désespoir, en criant, d'une voix tremblante de fureur : *A bas les royalistes !*

Voilà qu'une marchande d'oublies, sa boîte sur le dos, sa claquette en main, insoucieuse des affronts du jour, ne voyant dans la chùte de l'Empire qu'une occasion de vendre plus de produits de son commerce à des masses d'acheteurs; voilà que cette industrielle parisienne vient, au milieu des grenadiers exaspérés, jeter son cri joyeux et cadencé: *Voilà... le plaisir, Mesdames, voilà... le plaisir!* — *Comment! s.... nom de D...!* lui dit le sergent en la saisissant par le bras, *voilà le plaisir! te f..-tu de nous, avec ton plaisir? Allons! crie Vive l'Empereur!* Et la pauvre marchande, interdite et confuse, n'avait plus de voix pour un cri si étranger à ses habitudes. D'autres camarades intervinrent en riant; elle cria en riant elle-même ce qu'on ne lui ordonnait plus qu'en plaisantant; et, pour lui tenir compte de son dévouement à la cause impériale, la boîte fut dressée, et les aiguilles tournèrent rapidement sur leur axe.

Puis, tous ces hommes aguerris, qui venaient de jouer des couronnes aux jeux sanglants de la fortune, oublièrent, pour un instant, qu'elle venait de trahir le maître du monde, attendant avec anxiété et le cou tendu, qu'elle prononçât l'arrêt qui devait dispenser au vainqueur une ou deux pincées de farine et de miel.

Voilà l'homme!

La capitale ouvrant ses portes aux hordes étrangères ; les drapeaux ennemis détrônant dans nos murs les couleurs françaises ; d'indignes citoyens s'attelant au char de triomphe de nos vainqueurs ; d'autres , forcés de cacher leurs pleurs et leurs cicatrices ; — voilà ce que j'ai raconté dans mes souvenirs de 1814 ; voilà ce que j'ai encore à redire. J'ai malheureusement été, deux fois dans une année, témoin de ce que des siècles ne semblaient pas pouvoir reproduire.

A peine l'armée française eût-elle pris , morne et désespérée , la route d'Orléans, que Paris prit un nouvel aspect : la joie brilla sur toutes les physionomies qui s'étaient cachées pendant l'interrègne. Dès le soir de l'évacuation , on apprit que le Roi et sa famille étaient à Saint-Denis , se disposant à faire leur entrée solennelle , le jour suivant. La belle occasion de faire parade de dévouement , pour les hommes du lendemain , ces intéressantes victimes , arrivant à point nommé pour se faire escompter en places et en rubans les dangers courus et les persécutions essuyées par le courage réel qui se tait ! Aussi Dieu sait avec quel empressement l'élite royaliste se précipita vers Saint-Denis pour saluer , la première , le retour des exilés. Comme les barrières étaient encore au pouvoir des vétérans et de la gendarmerie, cocarde tricolore en tête , chaque fidèle avait la peine de passer devant ces mécréans , avec sa cocarde blanche en poche ; ce n'était que dans la plaine que ce symbole de la vieille monarchie sortait de l'ombre et brillait aux bonnets des gardes nationaux , aux chapeaux bourgeois et même à beaucoup de chapeaux féminins. Le beau sexe, il faut en convenir, était terriblement royaliste ; Nismes , Marseille et Montauban en garderont longtemps la mémoire.

Or , qu'arriva-t-il ? C'est que les officiers de garde aux barrières , vexés de démonstrations semblant insulter à leurs sentiments patriotiques , se permirent une petite vengeance qui fit beaucoup rire aux dépens des chevaliers de la fidélité, qui s'étaient rendus à Saint-Denis. Les grilles furent impitoyablement fermées à l'heure dite , et refusèrent de s'ouvrir à des milliers de traînards qui vinrent s'y heurter. Il fallait passer la nuit à la belle étoile ou retourner à Saint-Denis ; la foule prit son parti en brave : on forma donc des danses rondes dont les refrains n'épargnaient guère les oreilles des bonapartistes ; femmes , enfants , jeunes gens , vieillards , tout s'enlaça par la main aux cris de *Vive le Roi !* Cette séance nocturne aux barrières , fut appelée *Campagne sentimentale de Saint-Denis.*

C'était une campagne comme une autre à porter sur ses états de services. La colonne des actions d'éclat et blessures pouvait s'enrichir de l'ardeur déployée , sous les yeux de l'ennemi , par certains coriphées entonnant la ronde célèbre alors :

> *Rendez-nous notre père*
> *De Gand ,*
> *Rendez-nous notre père.*

ainsi que des rhumes de cerveau attrapés, par d'autres, en dansant à la belle étoile.

Louis XVIII ne fit sa rentrée à Paris que le 8 juillet. Je devais, ce jour-là, dîner avec un de mes parents, destitué dans les Cent Jours, de la place de directeur des Droits-réunis à la Rochelle. Notre rendez-vous était au Palais-Royal ; j'attendais mon homme depuis plus de deux heures, errant presque solitaire sous les galeries où je ne rencontrais que quelques visages tristes et sévères comme le mien. Pendant ce temps-là, la royauté rentrait en triomphe aux Tuileries ; quelque curieux que je fusse de spectacles, je n'avais pas voulu grossir le cortège, et j'étais resté stoïquement à promener mon dépit d'une galerie dans l'autre. Enfin, à près de sept heures, je vois arriver mon cher parent tout palpitant d'enthousiasme et de fatigue ; il venait d'assister à l'entrée du Roi. Impossible à lui de me dépeindre les transports et l'ivresse de la population entière ; le royalisme lui coupait la parole. Enfin, après dîner, il voulut me rendre témoin d'une unanimité à laquelle je me refusais de croire ; il m'entraîna dans le jardin des Tuileries.

Oh ! il faut en convenir, si l'orgueil national y avait à souffrir, les yeux, du moins, y étaient charmés par une pompe de toilettes et de costumes qui jamais, je le crois, n'avaient plus profusément bariolé ce magnifique jardin. En arrivant par la terrasse des Feuillans, l'œil ne planait que sur un tapis diapré de toutes les fleurs et de tous les rubans semés sur les innombrables chapeaux de femmes qui se touchaient tous. La terrasse du château n'avait plus suffi à contenir les visiteurs empressés de saluer le Roi rendu à tant d'amour : les balustrades des parterres avaient été franchies ; les danses rondes y tourbillonnaient d'un pied pesant, au grand préjudice des fleurs royales ; le délire semblait confondre tous les âges dans un pêle-mêle. C'étaient des clameurs perçantes de voix de femmes dominant les voix plus rares et plus graves des hommes , quand Louis XVIII se montrait à l'une des croisées du château ; c'était sans doute un magique tableau que les Tuileries , ce jour du 8 juillet ; mais sur ce fond d'allégresse et de bonheur étaient çà et là semées des taches rouges , qui , pour bien des regards , en empoisonnaient toute l'harmonie ; ces taches rouges étaient encore tièdes de sang Français ; c'était l'uniforme de l'Angleterre !

J'ai déjà décrit l'entrée triomphale de l'empereur de Russie, Alexandre , au milieu de l'état-major de cinq ou six armées, le 31 mars 1814 : j'assistai en juillet 1815 à un spectacle malheureusement semblable ; je voulus voir défiler l'armée Anglo-hollandaise. Elle partait du bois de Boulogne , et se rendait sur la place de la Concorde où la passaient en revue tous les généraux en chef de la nouvelle croisade contre la France. J'eus la constance de rester plus de trois heures à la même place , appuyé le long d'un arbre des Champs-Elysées. Dans ce si long défilé , je vis se dérouler, sous mes yeux, tout ce qui me restait à connaître des uniformes et des armures de l'Europe civilisée.

Oh ! c'était vraiment être battu deux fois, *bis mori*, que de l'avoir été par une armée aussi mal tournée que l'armée anglaise. Passe encore de recevoir des coups de fusils de ces beaux grenadiers des gardes russe et prussienne, à la tournure mâle et militaire ; de recevoir des coups de sabre de ces vieux hussards de Brandebourg et de Silésie, vrai type de la cavalerie légère. Mais, comment pouvait-on être bon soldat sous ce petit pain de sucre à visière mobile, avec cette veste rouge taillée sans grâce et sans goût, ces pantalons gris, collant sur des genoux cagneux ?

Voilà les demandes que nous nous faisions, nous autres, Français de l'Empire, accoutumés à tout sacrifier à l'élégance du dehors ; et cela, à l'aspect de l'armée anglaise qui, toute caricature qu'elle nous parût, n'en venait pas moins de soutenir les six heures d'assauts furieux que lui avait livrés la cavalerie française sur le plateau de Mont-Saint-Jean. On sait que depuis cette époque, l'Angleterre a changé la coupe de ses uniformes ; je l'en félicite, surtout pour ses dragons et ses hussards, ce que j'ai certainement vu de plus laid dans la coalition tout entière. Je fis cependant une remarque honorable pour l'Angleterre ; c'est que sur ces 50,000 poitrines que je voyais passer sous mes yeux, je n'apercevais aucun ruban, aucune de ces bijouteries dont sont émaillées les armées du reste de l'Europe. A peine si, à de rares intervalles, je voyais sur le sein de quelque officier une médaille suspendue à un ruban violet, ordre dont j'ignore le nom. L'amour de la patrie, la gloire de la vieille Albion, voilà ce qui suffit aux armées britanniques pour les faire combattre avec une valeur admirable.

Deux choses me frappèrent vivement par leur singularité, dans cette revue ; le corps d'armée de Brunswick et la division écossaise. J'avais déjà vu défiler toute l'armée hollandaise et belge, brillante d'hommes et de costume, quand une ligne absolument noire lui succéda dans toute la largeur des Champs-Elysées ; c'était la division du duc de Brunswick, tué à Waterloo.

Là, figuraient ces fameux hussards de la mort dont j'avais tant entendu parler dans mon enfance ; ils étaient entièrement costumés de noir ; pelisses, dolmans, chabraques, buffleterie, brandebourgs et panaches, tout était de cette teinte lugubre ; une tête de mort sur deux os en croix, en métal blanc, était le seul objet brillant qui se détachât sur les schakos et les sabredaches de ce sombre corps de cavalerie. Du reste, l'infanterie de Brunswick avait poussé jusqu'à l'enfantillage la manie du noir ; elle portait le même costume que les hussards, une pelisse à l'inévitable tête de mort ; mais tout était noir jusque dans son armement, ses sacs, ses gants et jusqu'au bois de ses fusils ; je ne sais même pas si le canon n'en était point bruni.

Mais voici venir ce que la foule attendait avec tant d'impatience : la chaussée est occupée par une ligne qui ne ressemble plus à rien de ce que nous connaissions ; des baïonnettes scintillant de loin nous annoncent seules que ce sont des soldats qui s'avancent en ordre. Mais ces toques élégamment garnies de plumes noires qui n'ont coutume de figurer que sur des chapeaux de femmes ; mais ces jupons courts, à larges plis bariolés de carreaux, verts et rouges ; mais ces jambes nues et brûlées par le soleil, que lacent, jusqu'au-dessus de la cheville, ces galons rouges et blancs, tout cela n'est plus de nos jours ; sommes-nous donc en carnaval ? Eh ! mon Dieu non, ce sont les enfants de la Calédonie : place aux braves écossais !

Je ne saurais dire avec quel respectueux étonnement les Parisiens virent défiler ces singuliers régiments en jupons ; nous savions avec quelle valeur ils avaient combattu, aux Quatre-Bras, à Hougoumont et à Waterloo, quelques jours auparavant ; nous savions que plusieurs de leurs bataillons, incapables de fuir, s'étaient pris corps à corps avec la garde impériale qui venait de rompre leur ligne à la baïonnette ; que dans cette affreuse mêlée il n'y avait eu ni vainqueurs ni vaincus, qu'il n'y avait eu que des morts. Aussi, les honneurs de la revue furent pour les Écossais.

Eh ! qui ne les connaît et ne les aime aujourd'hui en France, ces enfants de la Clyde, ces braves montagnards que leur immortel compatriote, Walter-Scott, nous a rendus si familliers ! Braves gens qui portent la fidélité et le dévoûment du royaliste dans un cœur tout républicain par sa valeur et sa fierté ! Et leur musique militaire ; que croyez-vous qu'elle eût en tête ? Oh ! qu'au premier rang des musiques de nos régiments modernes , mugissent les trombonnes , beuglent les ophicléides , gémissent les pistons ; que Rossini sème toutes les fioritures de ses clarinettes italiennes sur la large harmonie allemande des instruments de cuivre : mes oreilles seront charmées ; mais c'est mon imagination qui le fût , quand je vis des cornemuses précéder la musique écossaise. Oui vraiment , des cornemuses, comme celles que gonfle dans nos rues le souffle des enfants de l'Auvergne et de la Bretagne. Admirable simplicité de ce peuple qui , seul , parmi tous ces bataillons que le niveau de la civilisation avait dépouillés de leur caractère primitif , nous apparaissait, vierge de toute altération !

Ces musettes dont nous voyions les porteurs marcher fièrement , et les jambes nues , nous redisaient de leur voix perçante, les exploits de Wallace et de Bruce ; c'était au son des mêmes ballades appelant jadis l'Écosse aux armes contre Édouard d'Angleterre, que ces fiers montagnards traversaient nos Champs-Élysées. Un de leurs régiments était réduit à moins de trois ou quatre cents hommes ; à l'aspect des cornemuses dont la voix stridente réglait leurs pas, un poétique souvenir me transporta en Écosse ; je crus voir les premiers clans accourant se ranger sous la cravate de taffetas que venait de déployer , pour bannière , le brave et infortuné

Charles-Édouard ; je me rappelais ce jour où il marcha sur Édimbourg, au milieu de ses fidèles montagnards, et précédé, pour toute musique, de quatorze cornemuses. La vue de Wellington me rendit bientôt à de plus tristes réalités.

Je ne décrirai point une seconde fois un état-major général ; c'est toujours même profusion de galons, de broderies, de panaches et de décorations ; trois hommes seuls me frappèrent parmi tant d'ennemis de la France : Wellington, Blücher et le prince d'Orange. Le premier, coiffé du classique chapeau à claque de l'Angleterre, avec sa longue et pâle figure, son nez busqué et ses cheveux blonds, formait un piquant contraste avec son voisin, porteur d'une moustache blanche taillée en crocs, de petits yeux vifs et perçans, à l'air aussi dur et aussi martial que l'Anglais avait l'air bourgeois et débonnaire ; celui-ci était le vieux prussien Blücher. L'un et l'autre avaient la poitrine couverte, des deux côtés de l'uniforme, de tant de plaques et de crachats, que je ne pus les compter. Auprès d'eux, un tout jeune homme ne me sembla porter qu'une décoration qui fixa mes regards, c'était, il est vrai, la plus significative ; ce jeune homme était le prince d'Orange, portant en écharpe son bras gauche, cassé à Waterloo par une balle française.

.*.

Ici, se termine l'histoire des Cent Jours et commence celle

de la seconde Restauration, cette longue lutte entre le droit divin et le droit du peuple. Pour préluder à cette série de manques de foi, devant aboutir aux Ordonnances de Juillet, le pouvoir commença par violer la capitulation de Paris, qui jetait un voile sur la conduite politique des Français dans les Cent Jours ; il décréta d'accusation Labédoyère et l'illustre et malheureux Ney. L'étranger suivit ce noble exemple en spoliant nos Musées ainsi que l'Arc-de-Triomphe du Carrousel, au mépris des traités qui les protégeaient. Le pont d'Iéna avait alors pour ornement les aigles que lui a rendues la Révolution de 48 ; elles posaient leurs serres sur le cordon de chaque pile, étendaient gracieusement leurs ailes à droite et à gauche et embrassaient ainsi chaque arcade.

Pauvre pont ! son nom pensa lui coûter cher ; sans la maladresse des canonniers prussiens, c'en était fait de lui. Après la rentrée de Louis XVIII, le bruit se répandit un matin que les Prussiens avaient fait sauter le pont d'Iéna, la nuit précédente. Je sortis à l'instant avec d'autres étudiants qui se trouvaient alors comme moi au café des Pyrénées ; nous nous rendîmes au Champ-de-Mars et vîmes en effet un groupe nombreux près du pont. La seconde pile du côté du Champ-de-Mars était écornée à la hauteur du chapiteau, quelques pierres du cintre étaient fendillées ; les artificiers prussiens avaient si mal disposé leur fougasse, trop faible, du reste, que tout l'effet s'en était manifesté en dehors du pont et n'avait réussi qu'à le marquer d'une auréole noire qui était loin d'être glorieuse pour eux. L'indignation et le mépris jaillissaient de tous nos regards, à l'aspect de ce guet-apens nocturne ; on annonçait que les Prussiens devaient, dans la journée, procéder définitivement à la destruction du pont d'Iéna ; la plus vive agitation se répandit alors dans Paris. Le roi Louis XVIII, informé du projet de l'armée prussienne, déclara, dit-on, qu'il ne souffrirait point une telle violation des traités et qu'il irait se placer sur le pont qu'on voulait faire sauter. — Malheur inévitable de la situation ! personne ne crut un mot de cette résistance à l'étranger, de la part d'un prince dont le retour se signalait déjà dans le Midi par le meurtre et la terreur ; quoi qu'il en fût, les Prussiens respectèrent le pont d'Iéna, et le Roi, qui s'était peut-être prononcé avec fermeté, ne réussit qu'à s'attirer l'épigramme suivante, qui, dès le même jour, circulait en cachette. Louis XVIII était, on le sait, d'une corpulence énorme ; quelle bonne fortune pour l'opposition ! Voici l'épigramme en question, demeurée intacte en ma mémoire, ainsi que tout ce qui tient à cette mémorable époque des Cent Jours :

> Venez, fiers Prussiens, sur le pont d'Iéna
> Assouvissant votre orgueil misérable,
> Vous venger du nom mémorable
> Que la victoire lui donna.
> Essayez ! Louis vous défie
> De pouvoir le faire sauter ;

19

> Car pour nous , exposant sa vie ,
> Il a juré de s'y faire porter !

> Tu resteras debout sur ta base imposante ,
> Noble pont ; ne crains rien pour tes fiers piédestaux ,
> Sur ton pavé que Louis se présente....
> Et l'on verra la mine avorter, impuissante ,
> Sous un tel héroïsme.... et sous tant de quintaux.

Je vis hélas ! plus tard , le pillage du Musée ; j'ai vu les grenadiers hongrois porter sur de grossiers brancards les divines toiles des Raphaël , des Titien et des Dominiquin ; la main sauvage d'un pandour arrachait de leur piédestal les marbres sacrés qu'avaient fait respirer les Phidias et les Praxitèle, sous les formes d'Apollon, de Vénus et de Laocoon. Pour l'honneur de Paris , l'Autriche n'avait pu y trouver d'emballeur pour consommer son vol ; ses soldats seuls lui servirent dans cet ignoble emploi.

Pendant ce temps-là , l'arc-de-triomphe perdait ses trophées , ses reliefs lui étaient arrachés ; des cables grossiers garottaient les chevaux de Venise, que de victoire en victoire la gloire avait menés de Corinthe à Paris. Là , un officier anglais, monté sur le monument, prenait en riant des poses dans le char où Napoléon ne s'était pas trouvé digne de figurer ! Voilà ce que je voyais douloureusement , d'une croisée du Musée , tandis que la cavalerie autrichienne gardait toutes les avenues du Carrousel.

Peu de jours après, la poésie vint verser un peu de baume

sur tant de cœurs ulcérés ; on faisait circuler, manuscrite, la première *Messénienne* de Casimir Delavigne. Un étudiant en médecine nous l'apporta un soir au café des Pyrénées. Comme nous étions voisins de la rue du Foin, où était caserné un régiment de la garde prussienne, on se trouvait tous les jours mêlé avec les sous-officiers et grenadiers de ce corps qui venaient s'y raffraîchir, et, je dois le dire, étaient pleins de politesse et de savoir vivre. L'étudiant s'apprêtait à lire haut la *Messénienne* de Waterloo, quand on lui fit apercevoir trois ou quatre Prussiens assis à une table : *Tant mieux, s'écria-t-il, ça leur apprendra le français !* Puis il déclama les vers du jeune Delavigne ; quel cœur ne battit pas à cette péroraison :

Et vous, peuples si fiers du trépas de nos braves,
Vous témoins de notre deuil,
Ne croyez pas, dans votre orgueil,
Que, pour être vaincus, les Français soient esclaves.
Gardez-vous d'irriter nos vengeurs à venir ;
Peut-être que le ciel, lassé de nous punir,
Seconderait notre courage,
Et qu'un autre Germanicus
Irait demander compte aux Germains d'un autre âge,
De la défaite de Varus !

b

LIVRE IV.

—

Béranger.

—

Ecce iterum Crispinus.

Eh ! mon Dieu oui , me voici venir de nouveau ; non pour me voir immoler, comme Crispin , aux vers sanglants de Juvénal, mais pour vous apporter des miens une seconde exhibition. Vous ne m'accuserez pas, du moins je l'espère, d'avoir fardé la marchandise ; c'était ce dessous du panier que je devais vous offrir en dessus.

Avez-vous lu les *Mémoires du Capitaine aux Gardes-Françaises,* de Quercy ? — Non, me dites-vous ? — Hé bien, ni moi non plus. Il paraît que cet officier avait dans sa compagnie un grenadier doué d'un appétit pantagruélique , au service duquel la nature avait , chez notre mangeur, mis des facultés digestives à rendre jalouse une autruche du Sahara. Engloutir les gamelles de toute la chambrée n'était qu'un jeu pour lui, quand ses camarades y consentaient par curiosité et par manière d'intermède.

La renommée de ce Gargantua de caserne avait fait bruit ; un jour , que dans un dîner d'officiers on paraissait mettre en doute les exploits du soldat, racontés par son capitaine, ce dernier, voulant clore la bouche aux incrédules , paria que le garde-française mangerait un veau , se réservant sans doute de lui en faire servir un de l'âge le plus tendre.

Le soir venu , il se rend au quartier, prévient son grenadier et lui demande s'il peut compter sur lui pour le lendemain. Le pari est accepté sans difficulté , aux conditions suivantes pourtant. La séance gastronomique , commencée à dix heures du matin, pourra être prolongée jusqu'à quatre heures après midi , sans autre interruption que quelques entr'actes nécessaires.

Le moment arrivé , le brave garde-française est à table , muni d'un appétit aiguisé par quelques tasses de thé, et sous les yeux des parieurs , s'apprête à dignement soutenir sa gloire. Déjà, je ne sais combien de côtelettes, de fricandeaux, de croquettes, avaient glissé comme une lettre à la poste et étaient arrivés à destination, quand l'opérateur, sur un signe adressé à son capitaine , lui dit tout bas : Ah ! ça , mon capitaine, il est grand temps d'apporter le veau, oui ! — Le pauvre diable, qui pelottait là en attendant partie, s'étonnait de ne pas voir encore arriver en bloc le veau à la broche dont il venait de manger plus de la moitié en détail.

J'entends, comme le capitaine aux gardes, une voix consciencieuse qui me dit à l'oreille : ah ! ça, voilà des lecteurs qui, alléchés par le nom de Béranger, ont fait honneur à tes premiers services ; je te préviens qu'il est plus que temps de leur servir le Béranger promis.

La voix qui me parle a raison ; il faut pourtant s'exécuter et tenir ses promesses. Avouons de prime-abord qu'ayant à vous soumettre des chansons, façon Béranger, et rimées sur les airs qu'il affectionnait lui-même, je n'étais pas fâché de tenir ce nom en réserve, comme épilogue, pour le jeter entre moi et le critique ; je suis même un peu fier de mon égide, je dois l'avouer. — J'ai de lui de si charmantes lettres ! C'est donc une bonne fortune que d'en recevoir de moi communication. Puis le lecteur ajoutera tout bas, après avoir lu, que c'était aussi un petit moyen honnête de s'applaudir modestement par la plume d'un autre. Faites-moi l'amitié de me dire, du temps qu'il y avait un Parnasse, si jamais la modestie fut une plante qui put y prendre racine.

Il est, je le sais, de rigueur que les illustrations poétiques auxquelles s'attachent comme une nuée de moustiques tant de rimeurs à la douzaine, répondent aux susdits avec une plume des mieux trempées dans de l'eau bénite de cour.

Ainsi, Lamartine et Victor Hugo manquent rarement de prouver à leurs dédicassiers, que seuls, ces derniers sont les poètes, tandis qu'eux-mêmes, malgré leur renommée, sont les véritables écoliers.

J'ai cependant en ma faveur une circonstance atténuante; je consultais Béranger, et il me donnait des leçons avant de m'accorder des *bons points*. Je vous ferai grâce de cette pédagogie préliminaire, ne mettant au jour que de simples lettres, dans lesquelles perce l'idée politique.

La Révolution de 1830 trouva Béranger muet. En face de tant de déceptions, comprimés par cette réaction imprévue qui, dédaignant les avis des vrais amis de la nouvelle dynastie, suivait les errements de l'ancienne, les patriotes de la Restauration tournèrent les yeux vers ce vaillant guérilléro de la guerre de quinze ans. Le Barde populaire se récusa; Juillet, répondit-il, a tué d'un seul coup la royauté et la chanson.

Je ne me le tins point pour dit; je voulus le savoir de Béranger lui-même, et lui adressai la supplique suivante par mon pauvre camarade de collége, Gustave Drouineau. Je l'avais retrouvé à Paris un mois avant les journées de Juillet, dans un état d'exaltation démontrant assez qu'il y jouerait un rôle actif. Il n'y manqua point en effet, et bientôt après, hélas! s'éteignait cette belle et ardente intelligence, ébranlée par des secousses auxquelles elle ne put résister.

LE ROI DE LA CHANSON.

PRIÈRE A BÉRANGER.

Air : d'Aristippe.

Abdiquais-tu tes couronnes fleuries ?
Quand tu disais , fier de la liberté ,
De la chanson , comme des Tuileries ,
Juillet brisa la double royauté.
Cher Béranger, le peuple encor t'implore ;
Un trône est vide , il n'appartient qu'à toi :
— Reprends le sceptre et ta lyre sonore ,
    La chanson veut encor un roi !

Tu gémissais sur notre aigle frappée
Et palpitant sous les foudres du Nord ;
Puis dans tes vers tu nous rendais l'épée
Ravie au tertre où Napoléon dort.
Tout flamboyant d'un reflet tricolore ,
Aux rois jaloux ce fer lançait l'effroi :
— Reprends le sceptre et ta lyre sonore ,
    La chanson veut encor un roi !

Tu flagellais ces chefs de la Doctrine ,
Qui de l'état se croient le seul pilier ,
Petits Atlas , sur leur chétive échine
Portant à quatre un monde de papier.
Sur le sofa d'où Guizot nous pérore ,
Tes traits mordants pleuvaient de bon aloi :
— Reprends le sceptre et ta lyre sonore ,
    La chanson veut encor un roi !

Tu combattais de tes mâles pensées
L'aigle des Czars , s'emparant aujourd'hui
Des clés du monde , à Moscou délaissées
Sous les glaçons qui vainquirent pour lui.
Pour les saisir, la France grande encore ,
Dans sa fierté se dressait avec toi :
    — Reprends le sceptre et ta lyre sonore ,
      La chanson veut encor un roi !

Ils t'ont trahi , ces tribuns versatiles
Qui de ta muse usurpaient les secours ;
Qui bassement , tricolores reptiles ,
Viennent lécher le seuil doré des cours.
Tout front vénal au fer qui déshonore ,
Quand tu chantais se dérobait d'effroi :
    — Reprends le sceptre et ta lyre sonore ,
      La chanson veut encor un roi !

Du vieux drapeau secouant la poussière ,
Le coq gaulois par toi ressuscitait ;
Mais quand sa voix résonnait, mâle et fière ,
Ce n'était point un chapon qui chantait.
Pour notre honneur, du couchant à l'aurore ,
Ton coq parlait aussi haut que la loi :
    — Reprends le sceptre et ta lyre sonore ,
      La chanson veut encor un roi !

Des potentats renversant l'alliance ,
D'un ciel plus pur tu montrais le chemin :
Les nations , à la douce espérance
Osaient sourire et se donnaient la main.

La Liberté, fraternel météore,
Versait ses feux à l'Europe en émoi :
— Reprends le sceptre et ta lyre sonore,
La chanson veut encor un roi !

Le roi par moi imploré ne voulut point se laisser fléchir ; bien différent en cela des princes détrônés, il refuse toute Restauration et décline toute aptitude à porter le sceptre, dans l'acte d'abdication suivant, plein de cette malicieuse bonhomie dont il possédait à un si haut degré le secret.

« Monsieur,

» M. Drouineau, votre compatriote, a la bonté de me trans-
» mettre la chanson que vous avez bien voulu m'adresser. Cela
» m'a valu une lettre tout aimable de sa part, et je dois vous en
» remercier, car c'est un de nos jeunes littérateurs que j'estime le
» plus.

» Mais que de remerciements aussi ne vous dois-je pas pour
» votre jolie chanson ! elle est pleine d'esprit et de verve, originale
» et poëtique ; je suis tout fier, Monsieur, de vous en avoir fourni
» le motif.

» Comme vous me traitez en roi, je ne dirai rien des éloges
» que vous m'y donnez. Nous autres princes, il nous faut de l'encens,
» mérité ou non ; c'est une condition de notre existence. Seu-
» lement, ne croyez pas que, comme les rois mes collègues, je
» me pique d'ingratitude. Bien loin de là, celui que vous voulez
» bien appeler le roi de la chanson est plein de reconnaissance
» pour les jeunes gens qui lui donnent des marques de sympathie.

» Il ne ressemble nullement à ces autres princes, vieux ou nou-
» veaux, à qui la jeunesse fait toujours peur.

» Ce sont ses suffrages que j'ambitionne particulièrement, et
» je vous prie de croire, Monsieur, à toute la gratitude que m'ins-
» pire le vôtre, accordé sous une forme si aimable et si séduisante.

» Recevez en l'assurance et celle de ma considération distinguée,

» Béranger. »

Retournons maintenant en Grèce, s'il vous plaît ; non pas
la Grèce de nos jours, nous offrant le désolant spectacle d'un
peuple marchandé comme un troupeau, offrant une couronne
dont personne ne veut ; mais la Grèce de l'indépendance,
admirable alors de fierté et de constance. Béranger avait
fait paraître sa délicieuse chanson du *Pigeon Messager*.

> Athène est libre ! ah ! buvons à la Grèce,
> Nœris, voici de nouveaux demi-dieux.
> L'Europe en vain, tremblante de vieillesse,
> Déshéritait ces aînés glorieux.
> . . . .
> Athène est libre, ô muse des Pindares,
> Reprends ton sceptre, et ta lyre et ta voix ;
> Athène est libre en dépit des barbares,
> Athène est libre en dépit de nos rois.

Cette liberté, cependant, était de nouveau menacée d'une
dernière attaque à laquelle elle n'eût pu longtemps encore
opposer la même résistance. La Porte, pour en finir d'un
seul coup, avait résolu de combiner, dans un suprême effort,

ses forces de terre et de mer, la flotte égyptienne avait été
appelée au secours du suzerain ; elle rallia la flotte turque.
L'occasion était trop belle pour l'Angleterre de détruire une
marine que, dans des circonstances éventuelles, la France
pouvait avoir pour auxiliaire sur la Méditerranée ; elle insista
donc auprès des cabinets des Tuileries et de St-Pétersbourg,
et la bataille navale de Navarin, livrée de concert par les
trois escadres combinées, délivra, pour le moment, les
Grecs du danger le plus imminent. Il était toujours aussi
pressant en face des armées de terre. Ce fut alors que
Charles X se souvint enfin qu'il était roi très-chrétien et fils
aîné de l'Église, il eut pitié de ce malheureux peuple et
résolut de l'arracher à ses bourreaux.

Pendant ce temps-là, le désespoir commençait à se faire
jour jusque dans Athènes épuisée ; le colonel Fabvier, ren-
fermé avec quelques braves dans l'Acropole, se voyait avec
douleur condamné à l'inaction. L'expédition de Morée se
préparait à Toulon ; je voulus qu'il le sût le premier, et
lui expédiai le songe suivant que je fis passer par la porte
d'ivoire, de si bon augure dans cette vieille Athènes qu'il
servait alors.

LE SONGE DE FABVIER.

Air : de Julie.

Les yeux tournés vers sa noble patrie,
A vingt Français, débris du corps sacré,

Ainsi Fabvier, d'une voix attendrie,
Contait un songe en son cœur demeuré.
Chers compagnons, qu'un même ennui dévore,
    A mes regrets unissez-vous;

    — Pourquoi me fuir, sommeil si doux;
    Hélas! que ne rêvè-je encore!

Des bords du Var, une agile hirondelle
Fendait les airs et s'abattait vers moi;
Sur un billet, à son collier fidèle,
Brillaient ces mots : Ami, console-toi;
De jours plus beaux nous t'apportons l'aurore,
    La liberté marche avec nous.

    — Pourquoi me fuir, sommeil si doux;
    Hélas! que ne rêvè-je encore!

Puis sur les mers que l'Hymette domine,
Fils de la France, un vaisseau souverain
A son aspect saluait Salamine
Du même cri qu'entendit Navarin.
L'airain tonnait, et l'écho du Bosphore
    Au sérail répétait ses coups.

    — Pourquoi me fuir, sommeil si doux;
    Hélas! que ne rêvè-je encore!

A cette voix, gage de délivrance,
Pour l'arracher au sceptre des sultans,
La croix, unie aux couleurs de la France,
Du Parthénon chassait les crins flottans.
Fier Ibrahim, loin d'Argos qui t'abhorre
    Tu courais cacher ton courroux.

— Pourquoi me fuir, sommeil si doux ;
Hélas ! que ne rêvè-je encore !

Comme il disait, un bruit lointain l'agite ;
C'est un tambour : il écoute... O transport !
Son front s'enflamme, et son cœur qui palpite,
Ivre de joie, avec lui bat d'accord.
C'est-elle, amis ! c'est la marche sonore
    Qui de l'Europe a fait le tour...

      — Si c'est un rêve ; ah ! dans ce jour,
    Sommeil, ne me fuis pas encore !

Salut, salut, vieux compagnons de gloire,
Fiers grenadiers, rapides voltigeurs.
Marchons, feu, feu ! qu'un sang expiatoire
Suive l'éclair de nos mousquets vengeurs.
Partout pour nous le laurier sut éclore ;
    De la Grèce enfin c'est le tour !

      — Si c'est un rêve ; ah ! dans ce jour,
    Sommeil, ne me fuis pas encore !

Oh ! que de gloire à l'avenir portée,
Si sur nos fronts par les combats vieillis
Avec orgueil le soleil de Platée
Mêle un rayon au soleil d'Austerlitz !
Déjà pour nous l'Orient se colore,
    L'astre nous voit avec amour ;

      — Si c'est un rêve ; ah ! dans ce jour
    Sommeil, ne me fuis pas encore !

Ce n'était point un rêve ; l'expédition française mettait le pied sur le sol hellénique , cette Iliade, magnifique dans ses premiers chants , allait avoir pour épilogue le ridicule ; le bavarois Othon était la souris royale dont devait accoucher la montagne diplomatique.

Comme suite au *Pigeon* de Béranger, je voulus plus tard lui soumettre mon *Songe de Fabvier*. Mais quel facteur lui envoyer si loin ? Il avait choisi un ramier comme porteur de la grande nouvelle ; que pouvais-je rencontrer de mieux en harmonie avec ce messager, qu'une colombe ? J'attachai donc mon paquet sous l'aile de ma commissionnaire, et lui donnai la volée vers Paris , où elle emportait, en même temps , de nouveaux couplets, ajoutés à une chanson dans laquelle j'insistais encore pour que Béranger reprît le sceptre.

LA COLOMBE

EXPÉDIÉE DE LA ROCHELLE A BÉRANGER.

Air : T'en souviens-tu ?

Des doux transports que m'a causés sa lyre,
Comment, si loin, m'acquitter envers lui ?
Sous mes verroux un tendre oiseau soupire ,
Pour me servir qu'il soit libre aujourd'hui !
Puisque ton aile , à plus d'une bergère,
Sait des amours porter les doux billets ;
Va , prends ton vol , colombe messagère ,
A Béranger porte aussi mes couplets.

Ecoute bien , ô fidèle interprète :
Quand tu croiras, aux rivages lointains ,

Voir de Téos l'érotique poète
Ceindre de fleurs la coupe des festins,
Si, près de lui, tu vois Nymphe légère
Payer ses chants par un tendre souris ;
— Suspends ton vol, colombe messagère :
C'est Béranger, reconnais sa Nœris.

Du sein des airs, si tu croyais entendre
Les longs soupirs du cygne harmonieux
Qui, se jouant sur les flots du Méandre,
Parlait jadis le langage des dieux ;
Jette un regard sur la rive étrangère,
Si c'est alors un mortel que tu vois ;
— Suspends ton vol, colombe messagère :
C'est Béranger, connais sa douce voix.

Si, vers la nue, un parfum poétique,
Semblait monter des bosquets de Tibur ;
Si, quelque sage, émule de l'antique,
Comme son luth y dévoile un cœur pur ;
Aux cages d'or préférant la fougère,
Court-il s'unir aux doux chantres des bois ?
— Suspends ton vol, colombe messagère :
C'est Béranger, fuyant la glu des rois.

Te voilà loin : ambassadeur rapide,
Dis, que vois-tu ? — Par Zéphire emporté,
Un frêle esquif fuit sur le flot limpide,
Portant ces mots : PATRIE ET LIBERTÉ !
L'art de Zeuxis, sur sa voile légère,
Au luth d'Alcée enlaça ses pipeaux ;

— Suspends ton vol , colombe messagère :
C'est Béranger , reconnais ses drapeaux.

Dieu , me trompè-je ? ô bonheur ! il t'appelle ;
Abaisse-toi , colombe , ne crains rien :
Un doigt furtif se glisse sous ton aile ,
Les cœurs français se devinent si bien !
Mais tu reprends ta course passagère ,
Ton bruit lointain me cause un vif émoi ;
Presse ton vol , colombe messagère :
De Béranger , dis , n'as-tu rien pour moi ?

Ma *Colombe* se coiffa d'une casquette cirée, s'affubla d'une
tunique et d'une boîte noire, et voici ce qu'elle me rapporta
sur les aîles de la poste.

« Pardonnez-moi, Monsieur, le retard que j'ai mis à vous
» remercier de la nouvelle chanson que vous voulez bien me con-
» sacrer. A part les éloges qu'elle me donne , je ne sais si je ne la
» préfère pas à celle que m'avait remise M. Drouineau , et cepen-
» dant cette autre chanson était fort jolie. Je suis bien flatté ,
» Monsieur, d'être, lorsque vous revenez à la douce poésie, un des
» sujets qui vous y ramènent. A en juger d'après vos strophes, je
» ne puis croire que La Rochelle soit aussi anti-poëtique que vous
» voulez me le faire entendre. Au moins, les colombes qui en arri-
» vent protestent contre cet anathème. Et c'est beaucoup pour un
» jeune poëte que les colombes.

« Les nouveaux couplets que vous ajoutez à *vos deux Royautés ,*

» y font un changement bien notable, qui est peu à l'honneur de
» notre cher gouvernement. Je conçois la correction.

» Toutefois, Monsieur, je n'en ai pas moins résolu de ne plus
» rentrer dans la lice. Il faut les invalides à mon âge ; le métier
» de tirailleur ne me conviendrait plus. Nous avons d'ailleurs à
» faire à des gens cuirassés, et mon petit plomb n'irait plus même
» jusqu'à l'épiderme.

» Nous autres vieux, ne sommes plus bons qu'à encourager ceux
» qui nous succèdent. Je voudrais à ce titre vous donner cœur à
» de nouveaux essais et je ne doute pas qu'ils ne soient tous heu-
» reux. Croyez au plaisir que j'aurai de les connaître, et comptez,
» Monsieur, sur ma gratitude pour ceux que vous m'avez déjà
» communiqués.

» Recevez l'assurance de ma considération distinguée,

» BÉRANGER. »

Le pauvre Béranger, déjà si patient à recevoir communication de mes chansons, m'ouvrait là une nouvelle porte par
laquelle je ne devais pas manquer de passer, à chaque nouvelle occasion se présentant à ma muse satirique.

Les dernières années de la Restauration avaient été marquées d'une grande violence, elle avait fait vers le passé un
retour qui devait lui devenir funeste, en portant la question
sur le terrain brûlant de la Révolution. Ce n'était pas assez
que les écrivains fussent condamnés sans merci par les tribu-
naux ; le pouvoir avait le droit de punir ses adversaires ;

je ne suis point de ceux qui lui contestent une défense énergique en face d'attaques violentes. Mais le gouvernement dépassa le but, la justice prit [les allures de la haine et de la vengeance. L'auteur d'une fort mauvaise plaisanterie, il est vrai, insérée dans un petit journal de l'époque, et condamné à la prison pour ce délit, Magalon, fut conduit à Poissy, accouplé avec un forçat galeux qui allait y rejoindre la chaîne. C'était là un triste moyen de désarmer la presse.

Le député de la Vendée, Manuel, avait, dans une improvisation, laissé tomber incidemment le mot de *répugnance* à propos des sentiments qui avaient accueilli le retour des Bourbons en France. Sommé de se rétracter au milieu de vociférations furieuses, Manuel, ne voulant pas obéir à l'intimidation, s'y refusa.

Il avait émis là une opinion personnelle, sans en avoir voulu faire un dogme; la Chambre pouvait réfuter le député, elle aima mieux se placer en dehors de la Constitution ; par une incroyable usurpation de pouvoirs, elle brisa le mandat légalement conféré à Manuel par les électeurs de la Vendée, et décréta son exclusion de la Chambre, pour cause d'indignité.

Manuel ayant reçu signification de cet ostracisme au petit pied, déclara n'en tenir compte, et se regardant toujours comme député, ajouta, moins solennellement que Mirabeau cependant, qu'il ne quitterait son banc, que cédant à la force armée.

Le lendemain , une foule immense attendait aux alentours du Palais Bourbon l'issue d'un évènement d'aussi haute importance. Manuel était à son poste, à cette place où je ne manquais jamais de le chercher des yeux, en arrivant aux tribunes publiques , disputées alors avec une incroyable ardeur par nous tous, hôtes du quartier latin; une fois installés, nous nous indiquions les députés de nos départements, disséminés sur tous les bancs de la Chambre. Manuel occupait la première place de la seconde section, de ce qu'on appelait alors l'extrême gauche , au-dessus de Benjamin Constant , occupant la première du premier banc ; en tirant vers le centre gauche , à quelques places de Manuel, siégeait un député qu'on se faisait indiquer un des premiers , le général Foy, reconnaissable à son front chauve et à ses cheveux blonds. Immédiatement au-dessus du député qu'on allait proscrire, siégeaient Lafayette et Chauvelin ; au quatrième banc, Dupont de l'Eure ; puis sur les cinquième et sixième, toujours aux premiers rangs, Voyer d'Argenson, Beauséjour, de la Charente-Inférieure , Casimir Périer, et enfin Laffitte, l'ami dévoué de Manuel, ainsi que Béranger ; comme on le voit , il était là au sein d'une fière escorte.

La séance commence au milieu d'un silence plein d'une solennelle anxiété. Le président de l'assemblée , M. Ravez , enjoint à un huissier de sommer M. Manuel de sortir ; on lui déclare qu'il n'a pas le droit de signifier un tel ordre à un député ; et Manuel reste assis à son banc , encouragé par tous ses voisins du côté gauche. La force armée va donc être requise. L'anxiété est au comble.

Quelques instants après, un bruit de pas cadencés se fait entendre dans le couloir de la Chambre, un piquet de six gardes nationaux apparaît sous les ordres d'un sergent, se place au pied de la tribune et attend des ordres.

L'ordre est donné ; c'est celui d'expulser le député qui refuse d'obéir à l'autorité de la Chambre. Manuel se lève, se croise les bras et attend. A cet aspect, le sergent, nommé Mercier, après un coup d'œil échangé avec ses camarades, déclare qu'il ne portera jamais la main sur un représentant du peuple. Tout le côté gauche, les tribunes elles-mêmes, éclatent en applaudissements ; le sergent Mercier et ses hommes sont salués avec transports à leur sortie de la salle.

La Chambre ne pouvait pas cependant se suicider, en restant sous le coup d'une telle défaite ; il fallait faire exécuter son arrêt ; on connaît le résultat. La gendarmerie de Paris fut requise, un détachement pénétra dans l'enceinte, sous les ordres de son chef lui-même, le colonel Foucault. Il n'y avait pas là à craindre les dangers d'un refus de service de la part d'un corps aussi fidèle et aussi discipliné. Manuel n'ayant pas obtempéré à l'injonction de sortir, ce fut alors que le colonel Foucault adressa à ses hommes ce commandement devenu historique : *Empoignez-moi cet homme là !*

De part et d'autre on était convaincu que, du coup, toute

résistance devait être brisée ; un brigadier se présenta avec respect à l'entrée du couloir ; Manuel n'attendit point que ce vieux soldat eût la douleur d'exécuter l'ordre de son colonel ; il voulait seulement faire constater la violence, il descendit, salua la force armée en même temps que la Chambre, et sortit.

Cet épisode de la Restauration touchait surtout de plus près les enfants de la Vendée, ce département devant opposer un si éclatant démenti à ses antécédents historiques. J'avais de toute mon ardeur contribué à l'élection de Manuel, non comme électeur, puisque je n'avais pas l'âge, mais en dirigeant l'inexpérience des campagnes. L'inscription sur les listes électorales était alors une lutte véritable entre les propriétaires et les préfectures; les cours royales étaient assaillies de pourvois contre des refus d'admission ; il fallait une constance à toute épreuve pour triompher de tant de mauvais vouloirs. L'arrondissement de Fontenay tenait à renvoyer Manuel à la Chambre des députés, avec autant d'ardeur que le pouvoir à l'en exclure une seconde fois. On nous avait indiqué un paysan d'un village des environs qui, sans doute, payait le cens, mais reculait devant les difficultés de l'inscription. A l'instant, un de mes oncles et moi nous nous mettons en campagne, nous rendons à pied chez cet électeur rural, nommé Gantier ; nous prenons note de toutes les formalités à remplir. Le délai de dépôt était très-bref ; munis du dossier, nous allons à la poste, la levée était faite, le courrier allait partir pour Bourbon. Nous courons au bas de la Place, où il devait passer ; mon oncle enveloppe le tout dans un mouchoir ; il connaissait le postillon : *Tenez, un tel, vous remettrez demain matin ces pièces à la Préfecture ; n'y manquez pas, c'est pour Manuel. — N'ayez pas peur !* dit en souriant le postillon. *En route, la Grise !* Et le voilà parti, emportant notre pierre à l'édifice de l'opposition.

La Révolution de 1830 s'avançait à grands pas ; le pauvre Manuel était mort quand elle éclata. La Vendée tricolore, en face des mêmes griefs contre la marche du nouveau gouvernement, garda ses mêmes sympathies et sa même vigueur politique. Le collége de Bourbon-Vendée, au milieu de la décadence presque générale du corps électoral, protesta contre des tendances funestes ; il ne pouvait plus honorer Manuel de son mandat, mais il le transmit à son ami, et aux applaudissements du pays, nomma pour son représentant Jacques Laffite. Ce choix était des plus significatifs.

Pour le célébrer, la ville de Bourbon organisa un banquet auquel se joignirent un grand nombre de patriotes de toute la Vendée. Un convive pourtant manquait à cette réunion ; j'eus l'idée de l'y faire comparaître. J'invoquai l'ombre de Manuel au milieu de ses anciens commettants et je le fis prendre la parole à son tour. Manuel, tout fier du triomphe récent des idées pour lesquelles lui et ses amis politiques avaient longtemps combattu, arrivait plein d'enthousiasme pour les grandes choses accomplies sans doute par la France des trois journées de Juillet ; je ne pouvais le faire débiter son toast sans l'accentuer de l'énergie habituelle à l'ancien tribun. Voici donc le petit drame que me suggéra le banquet offert à M. Laffitte.

Je connaissais toute l'amitié de Béranger pour Manuel ; n'était-ce pas le poète qui avait caractérisé l'éloquence de l'orateur dans ces deux vers, admirables de concision et de sentiment?

> Ce n'était point la foudre qui s'égare ,
> C'était un glaive aux mains de la vertu.

J'adressai en conséquence mes couplets à Béranger. Il m'en remercia plus tard bien chaleureusement, après l'envoi d'une autre pièce sur le Panthéon, que je vais vous faire connaître un peu plus loin.

Je ne sais si quelque lecteur me fera l'honneur de remarquer que , dans toutes mes chansons , l'élève s'attache à reproduire le faire et le type lyrique du maître , mais j'avouerai que telle était mon intention , pour lui prouver ma docilité à suivre ses avis si judicieux.

L'OMBRE DE MANUEL

AU BANQUET DE LAFFITTE.

Air : A soixante ans.

Qu'ai-je entendu? pour célébrer Laffitte ,
La liberté préside à ce festin ;

Et Manuel qu'en ces lieux tout invite,
Pourrait dormir sous son marbre lointain !
Non , du cristal j'entends le choc sonore ,
D'un vœu français j'accours l'accompagner.

— Paix ! imprudent ; ou Foucault tricolore ,
Monsieur Gisquet va te faire empoigner !

Oui , je le vois , l'astre des trois journées,
Qui dans vos cœurs brûle , toujours serein ,
Réchauffe aussi vos coupes fortunées ,
Que vous videz au peuple souverain.
Heureux vivants ! vous pouvez tous encore
Vous montrer fiers de l'avoir fait régner ,

— Paix ! imprudent ; ou Foucault tricolore ,
Monsieur Gisquet va te faire empoigner ?

Vous avez vu la foudre populaire
Purger les airs , quinze ans empoisonnés
Du souffle impur dont Dieu , dans sa colère ,
Avait terni nos drapeaux détrônés :
La France enfin , qu'à genoux on implore ,
Brave ces rois que j'ai su dédaigner.

— Paix ! imprudent ; ou Foucault tricolore ,
Monsieur Gisquet va te faire empoigner !

A votre appel , Varsovie a sans doute
D'un joug sanglant dispersé les éclats ;
Et de Tilsitt , l'aigle prenant la route ,
A , d'un regard , fait pâlir Nicolas.
Noble Pologne ! ainsi tu vis encore ;
Pour toi la France à son tour dut saigner.

— Paix ! imprudent ; ou Foucault tricolore ,
Monsieur Gisquet va te faire empoigner !

Sur l'Italie , aujourd'hui libre et fière ,
A dû vibrer le tocsin de Juillet ,
Et des Latins la louve nourricière
A l'étranger ne livre plus son lait.
Au Vatican la liberté pérore ,
Et voit d'effroi le Pape se signer.

 — Paix ! imprudent ; ou Foucault tricolore ,
Monsieur Gisquet va te faire empoigner !

Quoi ! m'empoigner ! et quel bras téméraire ,
Dans Manuel , oserait aujourd'hui
Du peuple roi toucher le mandataire
Qui combattit et succomba pour lui !
Ce peuple , au joug que la rouille dévore
Tend-il les mains qui daignent l'épargner ?

 — Paix ! imprudent ; ou Foucault tricolore ,
Monsieur Gisquet va te faire empoigner.

Quoi ! m'empoigner ! Est-ce que le génie
Tremblant encor devant l'inquisiteur ,
Traîne à Poissy , chargé d'ignominie ,
Son front marqué du signe créateur ?
Non ; la pensée est reine , tout l'honore ,
Et tout bon roi doit la laisser régner.

 — Paix ! imprudent ; ou Foucault tricolore ,
Monsieur Persil va te faire empoigner !

Eh ! bien , adieu ; chers amis , je vous quitte ;
Mais en partant ensemble buvons tous
A la vertu ! c'est-à-dire à Laffitte !
Riche des biens qu'il a perdus pour nous.
D'un jour plus pur, oui , vous verrez l'aurore ;
Le port toujours ne saurait s'éloigner :
— Mais voile-toi , vieux drapeau tricolore ,
Tant que Gisquet pourra faire empoigner !

C'était aussi vers cette époque que le monde artistique avait tremblé de voir le marteau du Vandale mutiler l'œuvre de David ; une formidable coalition de toutes les petites passions bigotes et contre-révolutionnaires avait presque arraché au ministère un arrêt de mort contre le fronton du Panthéon.

La grande et noble image de Manuel , personnifiant le courage civil, si rare en France, quand le courage militaire n'est plus qu'une vulgarité chez nous ; la philosophie du XVIIIᵉ siècle, parlant au XIXᵉ par la double figure de Voltaire et de Rousseau ; une liberté qui , pour qu'elle les décerne en son nom , passe des couronnes à la patrie ; tout cela ne pouvait guère trouver grâce devant l'orthodoxie rétrograde. Aussi fallut-il toute l'énergie de la voix publique pour obtenir justice ; le fronton, œuvre admirable de David, échappa à l'inquisition.

Comme beaucoup d'autres, j'avais jeté mon cri d'alarme,

en célébrant et en défendant le fronton du Panthéon , dans les couplets suivants :

LE FRONTON DU PANTHÉON.

A DAVID.

Air : Des Scythes.

L'ai-je entendu ? serait-ce une ironie ?
Eh quoi ! David , la main d'un avorton ,
Sur les géants , enfants de ton génie ,
Voudrait s'abattre et briser ton fronton !
Un lourd censeur, sur ta page d'histoire ,
Voudrait jeter son odieux réseau :
— Pauvre David , tu croyais à la gloire ,
Crois à la honte , et brise ton ciseau !

En jets de feu ton cœur patriotique
S'est épanché sur ce triangle altier ,
Et l'étincelle eût passé du portique
Jusques au cœur d'un peuple tout guerrier.
Mais sur Juillet , dont il aurait mémoire ,
La peur encor vient d'apposer le sceau :
— Pauvre David , tu croyais à la gloire ,
Crois à la honte et brise ton ciseau !

Quoi ! Mirabeau , Jean-Jeacques et Voltaire,
Nous convieraient à leur culte imposteur !
Vade retro ! crierait au ministère
Mons de Quélen , martyr persécuteur.

Au bénitier, piscine expiatoire .
L'art doit tremper sa lyre ou son pinceau :

— Pauvre David , tu croyais à la gloire ,
Crois à la honte , et brise ton ciseau !

De Manuel la fière et noble image
Eût fait rougir nos grands hommes d'État ;
A la vertu tout solennel hommage
Devient stygmate au front de l'apostat.
Pour l'*empoigner*, comme au sein du prétoire ,
Qu'à son fantôme un sbire livre assaut :

— Pauvre David , tu croyais à la gloire ,
Crois à la honte , et brise ton ciseau !

Pour figurer la vaillance guerrière ,
Rêvais-tu donc , d'aller, sans oripeaux ,
Offrir aux yeux la gloire roturière ,
Qui vit sans grade et meurt sous ses drapeaux ?
Que n'as-tu pris , blasonnant la victoire ,
A l'Œil-de-Bœuf quelque blanc damoiseau !

— Pauvre David , tu croyais à la gloire ,
Crois à la honte , et brise ton ciseau !

Ta Liberté rayonne de jeunesse ,
Elle est pour eux emblême d'avenir ;
Du jour qui naît l'auréole les blesse ,
Et leur présent ne voudrait pas finir.
Leur liberté , sous la poudre et la moire ,
A , *des Débats ,* fait son royal berceau :

— Pauvre David , tu croyais à la gloire ,
Crois à la honte , et brise ton ciseau !

Laisse plutôt le marteau du Vandale,
Pour te punir, mordre ton œuvre au front ;
Ne mollis point ; son empreinte fatale
Doit pour ta palme être un nouveau fleuron.
Dans notre ciel la honte est transitoire,
Son sceptre peint n'est qu'un frêle roseau :
— Poursuis, David, crois toujours à la gloire,
Et pour son règne apprête ton ciseau !

J'avais joint mes deux chansons dans l'intention d'en faire un seul envoi à Béranger. Mais où lui adresser mes vers ? Il avait quitté Paris, fuyant les ingrats et les importuns ; je ne ne craignis pas de le pourchasser jusque dans sa retraite auprès de Tours ; je connus enfin son adresse. J'attachai de nouveau mon paquet sous l'aile de certaine colombe déjà au courant de mes poétiques messages ; j'orientai mon facteur emplumé vers la Touraine, et lui donnai la volée avec les stances suivantes :

LA COLOMBE

EXPÉDIÉ DE LA ROCHELLE A BÉRANGER.

(3ᵉ VOYAGE.)

Air : d'Aristippe.

Tiens, c'est là-bas, vers la Loire féconde :
Son noble cœur a soif de l'air des champs ;
Pour vivre obscur et libre, il faut un monde
Impénétrable aux regards des méchants.

Mais c'est en vain qu'il cherche dans la plaine
L'ombre et l'exil , mystérieuse nuit ;
Il brille encor, poétique phalène ,
Comme un flambeau sa gloire le poursuit.

Oh ! Béranger, ne clos point ta retraite !
C'est un ami , fidèle messager
Qui , du civisme ordinaire interprète ,
Vient sur ton toît de nouveau voltiger.
Un mot de toi qui me donnait courage
S'est , en mon cœur, épanoui , vermeil ;
De ma Colombe accepte, comme hommage,
Une des fleurs qu'il doit à ton soleil.

Le Panthéon , qu'on rendait à l'histoire ,
De cent frelons a soulevé l'essaim :
Priver Paris d'un seul rayon de gloire
C'est à nous tous faire un criant larcin.
Pour le punir, ma muse vengeresse
Ose aujourd'hui puiser à ton carquois ;
L'arc est tendu , prête-moi ton adresse ,
Joyeux tireur, Béranger d'autrefois.

De Manuel j'ai dit le nom auguste ,
Ce noble ami qu'ont pleuré tes beaux vers ,
Et qui d'Horace était chez nous le juste ,
Voyant sans peur s'écrouler l'univers !
Sur lui David a posé l'auréole ,
Mon vers pour toi la fait étinceler ;
Jusqu'à ton front que ce rayon s'envole ,
Frère jumeau , tu dois lui ressembler.

Ami, j'ai dû, moi fils de la Vendée
Pour qui sa voix a six ans combattu,
Chanter David dont la civique idée
A sur la pierre incarné la vertu.
Oui Manuel, d'une voix fraternelle,
Doit dire au temple : *ouvre à double battant !*
Sur le fronton il veille en sentinelle,
Cher Béranger, il est là qui t'attend.

O sangsue insatiable, aurait pu crier le pauvre Béranger ; est-ce bien là, comme du temps d'Horace, le *non missura cutem, nisi plena cruoris !* Je lui promettais, pour supplément, l'examen d'un poëme de ma façon.

La pauvre victime non-seulement ne se regimbe point, mais elle me remercie et me donne une nouvelle leçon de poésie et de logique.

« J'ai attendu, Monsieur, pour vous remercier de vos chansons
» charmantes, l'arrivée du poëme que vous m'annonciez. Je l'ai
» lu avec beaucoup de plaisir, et peut-être avec un peu de partia-
» lité, ce que je vous prie de croire. Je n'ai point lu les vers de
» M. B.... ; mais je doute, Monsieur, que malgré toutes ses
» couronnes, il ait aussi bien réussi que vous à célébrer l'Arc-
» de-Triomphe. Je serai aussi discret que vous l'êtes sur l'œuvre
» de M. Boulay-Dupaty, quoique j'aie lu son ode en entier.

» Mais permettez-moi, Monsieur, de vous reprocher trop de
» précipitation dans le travail et trop peu de soin à chercher

21

» l'harmonie dans vos vers. C'est un vieil ouvrier qui de nouveau
» vous recommande de limer un peu plus vos hémistiches, et les
» vieux ouvriers, voyez-vous, sont presque des académiciens.
» Permettez-moi encore quelques remarques, mais plus graves,
» sans être plus justes peut-être.

» En parlant de la Colonne, de l'Obélisque et des Invalides,
» vous dites :

» Gigantesque trépied dont la base profonde,
» Si la gloire pesait, supporterait le monde !

» Ce sont les trois monuments qui sont là ensemble pour re-
» présenter la gloire ; et c'est le monde qui doit peser. Or, pour
» la glorieuse base, qu'importe le poids de la gloire ?

» Si ma critique est raisonnable, vous la saisirez sans plus
» longue explication ; je suis pressé d'ailleurs de vous dire com-
» bien il m'a été agréable de revoir votre trop flatteuse *Colombe*
» qui, d'un ton plus élevé, babille avec autant d'esprit et de
» grâce que celle dont Anacréon nous a laissé le souvenir. Mais
» c'est surtout, Monsieur, pour le *Fronton du Panthéon* que je
» vous dois des remercîments. En vengeant David, dont le génie
» et la noble indépendance ont irrité tant de passions hypocrites,
» vous avez proféré un nom dont la mémoire m'est surtout pré-
» cieuse, et je n'ai pas besoin de vous dire ce que m'inspire de
» reconnaissance cette œuvre de votre muse. Les nobles sentiments
» qui vous ont inspiré, suffiront pour vous l'apprendre.

» Recevez, avec mes remercîments les plus sincères, Monsieur,
» l'assurance de ma considération la plus distinguée.

» Béranger. »

Le M. B. dont parle Béranger était le poète Bignan, grand collectionneur de médailles et de palmes académiques, et auteur d'une remarquable traduction en vers de l'Iliade. Comme c'était pour la seconde fois que je me rencontrais avec ce concurrent au milieu de l'arène ouverte aux joûteurs par l'Académie française, je l'avais, en plaisantant, dans mon envoi à Béranger, appelé mon chef de file, se faisant par moi marcher sur les talons. Trouvant le poème de M. Boulay-Paty digne en tous points du prix qu'il venait de remporter, je n'en disais rien ; Béranger, imite, me dit-il, ma discrétion et garde le silence sur l'ode couronnée.

Je craignais, je l'avoue, que mon illustre correspondant ne me soupçonnât de ne pas ratifier le jugement de l'Aréopage poétique. Je ne voulus, à cet égard, laisser planer sur mon amour-propre d'auteur aucun doute ; et aux suffrages de Béranger, je fus, dans l'échange que nous fîmes de nos poèmes, M. Boulay-Paty et moi, assez heureux pour joindre ceux, non moins flatteurs, du vainqueur lui-même.

Le sujet du prix de poésie proposé par l'Académie française était l'*Arc-de-Triomphe de l'Étoile*. Je ne pourrais mieux terminer mes esquisses impériales que par les strophes que m'avait inspirées ce grandiose monument. Lui aussi, il est un vivant souvenir de tant de jours de gloire et de travaux ; il est le digne couronnement d'un prodigieux édifice.

Il était difficile qu'un tel sujet ne vît pas chanceler sous sa grandeur les rivaux descendus dans l'arène. J'ai moins consulté mes forces que ma fierté patriotique, en chantant le triomphe de nos armées; elle ne m'a pas entièrement fait défaut, puisque l'Académie française a remarqué mes vers en même temps que ceux du poète par elle couronné dans ce concours national.

Voici le poème que j'avais envoyé à l'Académie :

L'ARC DE TRIOMPHE DE L'ÉTOILE.

VISION.

> Tantæ molis erat... condere !
> VIRG.

I

Par une nuit d'été silencieuse et pure,
D'un pas lent et rêveur, j'errais à l'aventure.
J'allais, la main au front, poursuivant, obstiné,
Quelque rebelle vers au grand jour destiné,
Quand je heurtai soudain, poétique pygmée,
Ce géant de granit que la Seine charmée
Reçut des bras du Nil, et vit, d'un seul essor,
Sillonner les deux mers, fils banni de Luxor,
Pour venir se dresser, merveilleuse colonne,
Comme le sceptre altier d'une autre Babylone !

Je tressaillis ; le choc du glorieux débris
Du grand nom de l'Égypte échauffa mes esprits !
Je sentais bourdonner ma tête embarrassée,
Vertige précurseur du jet de la pensée ;
J'allai donc m'adosser aux dalles du pourtour
Qui de ce vaste cirque embrasse le contour.

J'avais les yeux au ciel : trois sommets, dans l'espace,
Découpaient sur l'azur leur téméraire trace ;
Devant moi s'élançait le roc Egyptien ;
A droite, la Colonne, au bronze aérien ;
A gauche, me dardant quelques éclairs rapides,
Quand la lune brillait, la croix des Invalides,
Nocturne Labarum, flamboyait sur Paris :
Monuments tout chargés de souvenirs écrits,
Gigantesque trépied dont la base profonde,
Si la gloire pesait supporterait le monde !

Puis sur le monolithe une ombre descendit
Qui, debout sur le faîte, immensément grandit,
Et semblait défier à travers l'intervalle
Une ombre qui de loin se dressait, sa rivale.
A ce front où la gloire, impérissable sceau,
De toutes les grandeurs attacha le faisceau,
Je reconnus Louis, dont le royal fantôme
Planait sur l'édifice et couronnait le dôme.

D'un poétique feu ma tête s'embrâsait.
Et j'entendis alors une voix qui disait :
     A moi le sceptre de la gloire !
     Qui sut, plus vaste en ses désirs,
     Jeter au manteau de l'histoire
     Plus de perles et de saphirs ?
     J'eus un soleil pour mon emblème ;
     Il partagea son diadême,
     Avec mon front, fier conquérant,
     Et c'est lui qui rayonne encore

Puisque en ces lieux tout se colore
D'un reflet de Louis-le-Grand.

Et l'ombre que portait l'aiguille Egyptienne,
Pour couvrir cette voix fit retentir la sienne.
Que sont tous les soleils, astres de vos grandeurs,
Des temps nouveaux enfants étiques ?
Traversant les siècles antiques ;
Un seul rayon du mien éteindrait leurs splendeurs.

Quand je marchais, sur mes vestiges
L'Egypte, mère des prodiges,
En voyait de nouveaux jaillir aux yeux surpris ;
Ton nom déjà passe et s'envole,
Quand rien n'a terni l'auréole
Que l'éternité mit au front de Sésostris.

LOUIS XIV.

Quel bras a pu doter ou dotera la terre
D'un plus magique temple à l'honneur militaire ?
Pour couvrir des héros sortis de tous les rangs,
Sa coupole, à ma voix, n'est-elle pas venue
Ainsi qu'un casque d'or se suspendre en la nue
Sur le front de mes vétérans !

SÉSOSTRIS.

Du Nil au Tanaïs, du Tanaïs au Gange,
J'ai guidé de Memphis la guerrière phalange ;
Tout un monde a subi mes lois.
Mon glaive, à chaque coup, démembrait un empire,
Et cent temples jumeaux, sur leur front de porphyre
Virent renaître tant d'exploits !

LOUIS XIV.

De ce dôme élevé par cent jours de bataille ,
  Que ton granitique avorton
Ose donc s'approcher , et mesure sa taille
  A ce gigantesque Fronton !

SÉSOSTRIS.

Que seraient , près du Nil , tes minces Invalides ?
Quelque atome égaré parmi nos pyramides.
Apprends que ce silex , objet de tes défis ,
Qui surpasse en son poids ta coupole plombée ,
N'eût été , moi régnant , qu'une perle tombée
  De la couronne de Memphis !

II.

Puis voilà que l'airain de la colonne altière
Retrouva d'Austerlitz la voix tonnante et fière ,
Accents auxquels le peuple acclamait autrefois ,
Et qui vibrent encor dans l'oreille des rois !

  A moi , tous mes vieux camarades !
    Secouez le poids du tombeau ;
    Pour la plus belle des parades
Le clairon par ma voix vous appelle au drapeau.
    Venez , ombres patriotiques ;
    Prouvons que les siècles antiques
Dans le champ de la gloire ont à peine glané ;
Que la guerre et les arts , de leur main souveraine ,
Ont sacré notre France , et qu'elle dresse en reine
    Son front doublement couronné !

Et soudain redoubla la fièvre poétique
Qu'allumait dans mon sang ce songe fantastique ;
Je vis de l'Empereur l'image étinceler :
Puis de ses yeux d'airain où l'éclair vint briller,
Un jet partit qui vint au Rond-point de l'étoile,
Rayonner tout ardent sur une vaste toile
Qui, telle qu'un rideau, terminait à mes yeux
Des Champs Elyséens le cours silencieux.

Puis la vie anima cette surface unie.
L'œil en feu, glaive en main, un belliqueux Génie
Apparut tout d'abord, appelant aux combats
La France qui répond et vole sur ses pas.
Le Génie, en son vol, du bout du cimeterre,
Comme prix du combat semblait marquer la terre ;
Et puis *les citoyens formaient leurs bataillons*,
Passaient, passaient, parés de glorieux haillons.
Et pour premier ciment de la grandeur française,
Couraient au feu des camps tremper la *Marseillaise*.

Puis Jemmapes, bientôt pour défendre le Rhin
Dressait son triple front tout hérissé d'airain.
Le coq gaulois volait, et d'étage en étage,
La foudre s'éteignait sous son ongle sauvage.
O pitié ! C'était toi, jeune et brave Marceau,
Qui paraissais ensuite. En un sanglant berceau
Le trépas t'endormait, étendu sur tes armes ;
Les deux camps étaient là, pour toi mêlant leurs larmes...
Mon cœur saignait ; mes yeux, sur ton noble cyprès,
Croyaient les voir pleurer... C'était moi qui pleurais.

Puis, l'étendard en main, à la foudre d'Arcole
Bonaparte arrachait sa première auréole,
Tandis qu'en le couvrant, généreux bouclier,
Muiron tombait pour lui sous l'éclat meurtrier.
Et la scène changeait. Sur l'Egypte vassale
C'était Kléber, levant sa tête colossale ;
Alexandrie en feu, tel qu'un sanglant palmier
Le voyait sur ses murs se dresser le premier ;
Et plus loin Aboukir, en dépit du prophète,
De Mustapha captif étalait la défaite.
Ici c'est Austerlitz ! l'aigle à deux fronts des Czars
S'unit au double front de l'aigle des Césars ;
Mais l'aigle d'or accourt en guidant nos colonnes,
Et d'un seul coup de foudre abat quatre couronnes !
Puis voici le triomphe...

III.

En mon rêve, soudain
Je crus avoir trouvé la lampe d'Aladin,
En voyant s'accomplir une de ces merveilles
Dont l'Arabe conteur aime à charmer ses veilles.

> Quatre anges aux ailes d'azur
> Bâtissaient un palais de fée ;
> Chaque pierre était un trophée
> Tout ciselé comme un or pur ;
> Les anges, blanches renommées,
> Des hauts faits de nos trente armées
> Pour cimenter l'heureux accord,
> De gloire échangeaient leurs offrandes,

Et se les jetaient en guirlandes,
De l'Est à l'Ouest, du Sud au Nord.

Au centre, un Arc immense, à la voûte profonde,
Semblait presque entr'ouvrir une porte du monde ;
Mille héros passaient sous l'altier monument ;
Et chacun, se dressant sous le magique voile,
  Jetait son nom comme une étoile
  A ce glorieux firmament !

  Par un rayon du ciel lui-même,
  Napoléon, le front sacré,
  Les dominait, astre suprême,
  De Satellites entouré.
  Sur sa cour, ce front grandiose
  Secouait son apothéose
  Resplendissante de clarté ;
  Et l'auréole qui ruisselle
  A tous dardait une étincelle
  Pour leur part d'immortalité !

Bientôt tant de splendeurs s'éteignirent dans l'ombre.
Je vis fondre du Nord des bataillons sans nombre ;
Les nôtres, à la mort marchant avec fierté,
Epuisaient tout leur sang en résistance vaine.
France ! pour en verser de nouveau dans ta veine,
  Où donc était la Liberté ?

  Poète ! me voilà, dit-elle,
  Reconnais-moi, sèche tes pleurs.
  Et je vis planer l'immortelle
  Sur ce théâtre de douleurs.

La paix , embrassant l'espérance ,
Sur les blessures de la France
Versait son baume bienfaiteur ;
Et ses fils allaient, sans murmure ,
Du soldat échanger l'armure
Contre la bure du pasteur.

Puis tout s'évanouit. Seule , une masse énorme
Dans le lointain encor m'apparaissait , informe.

IV.

Cependant le jour naît ; un voile tombe... et moi
Je me sens tressaillir d'un orgueilleux émoi.
O prodige inoui ! la sublime épopée
N'a point , avec la nuit , fui mon âme trompée ;
Elle est là qui palpite. Une invisible main
Au présent qui fuyait a barré le chemin ;
Chaque acte merveilleux du poème homérique
S'est incarné vivant dans la pierre historique :
Nos trente ans·de triomphe , en un large faisceau ,
Brillent, astres pressés sur l'héroïque arceau ,
Et la France , à la fin , l'a dans son diadême
Ce fleuron qu'à la terre envierait le ciel même !
Vaincus , les yeux baissés , Sésostris et Louis
Devant l'arc triomphal s'étaient évanouis ;
Et seul , Napoléon , de sa colonne admire
Ce posthume rayon des splendeurs de l'Empire.

Sonnez , joyeux clairons , grondez , bruyants tambours ,
La paix , de vos combats vous a rendu les jours.

Salut, monumentale histoire,
Salut, belliqueux Panthéon,
Né d'un regard de la victoire
Et d'un mot de Napoléon !
Dis-nous, merveilleuse féeric :
Faut-il pour sceptre à la patrie
Le fier ciseau, ton créateur,
Ou l'invincible cimeterre
Qui, sans fin, dépeçait la terre
Pour jeter des blocs au sculpteur !

Dresse ton front superbe, altière sentinelle.
Si de loin tu vois l'ennemi,
Agite-toi soudain sur ta base éternelle,
Bientôt la France aura frémi ;
Ouvre à ses bataillons ta porte triomphale :
Pour braver encor l'univers,
Le coq de nos drapeaux à l'aigle impériale
Viendra demander des éclairs.
A l'ombre des héros qui décorent ton faîte,
Tout petits, nos preux passeront ;
Mais ils viendront, comme eux grandis dans la tempête,
Au retour, les heurter du front !

Oui, de nos demi-dieux Olympe militaire,
Arc triomphal ! le temps sera ton tributaire :
Du bruit de nos combats le monde fut rempli,
Miroir de tant d'exploits, tu peux braver l'oubli ;
Car de Napoléon l'héroïque pensée
Courant en jets de feu sous la pierre glacée,
Pour baptême éternel, voulut, en te créant,
Inoculer sa gloire aux veines du géant !

Je parlais, il y a un instant, de l'échange fait entre
M. Boulay-Paty et moi. Je n'étais pas homme à lui adresser
mes strophes guerrières sans les échauffer encore de çe
souffle irrité qui m'est resté au cœur, depuis que j'ai vu
deux fois les soldats de la Sainte-Alliance humilier nos
regards par l'aspect des drapeaux étrangers ; j'attendais
toujours une revanche. Sébastopol et Solférino l'ont enfin
commencée.

A Évariste Boulay-Paty.

A toi, jeune vainqueur de la lutte olympique,
Qui sur l'Arc triompal as, d'une main épique,
    Jeté tant de brillantes fleurs.
Rival désarçonné, mais plein de courtoisie,
Je viens, de ton écu, cher à la poésie,
    Saluer les nobles couleurs.

Ami, je te suivais dans l'ardente carrière ;
Je t'ai vu, devant nous franchissant la barrière,
Te saisir du laurier à la borne enlacé :
Je glanais après toi ; mais prends, je te le donne ;
Ma main t'en fait hommage et tresse à ta couronne
    Le fleuron que tu m'as laissé.

Oui, nous tous, dispersés sur notre vaste France,
Poétique flambeaux rayonnant d'espérance,
    Formons un faisceau radieux :
Que sur tout pur foyer la gloire, aigle superbe,
Passe, pour rapporter à l'éclatante gerbe
    Les éclairs qu'ont reçus ses yeux.

Que le monument saint que notre ardeur prépare
Sur le sombre horizon se dresse comme un phare,
Illuminant son front d'une double clarté ;
Ici, sur les récifs jetant la tyrannie,
Là, conduisant au port, tutélaire génie,
    Le vaisseau de la liberté.

A nous donc de chanter dont la strophe guerrière
Naguère résonnait pour ce géant de pierre
    Qui porte en ses flancs glorieux
Un peuple de héros dont la France fut mère,
Ainsi que pour Argos, le vaste front d'Homère
    Servait d'Olympe à tous ses Dieux !

Tous deux nous l'avons dit : écrit avec l'épée,
Cet Arc est de nos jours la sublime épopée :
Mais sachons proclamer que, de tels monuments,
L'auréole appartient à la vertu stoïque
Qui, pieds-nus, pour asseoir le colosse héroïque,
    Courut donner ses ossements.

Oui, que le fier géant dont le flanc la recèle
Communique à nos vers la civique étincelle :
C'est peu de lui jeter des regards ébahis ;
A tant d'inertes cœurs dans lesquels rien ne vibre
Qu'il enseigne, par nous, qu'il faut, pour vivre libre,
    Savoir mourir pour son pays !

Si les rois contre nous marchaient, en leur démence,
Suspendons notre lyre à cette voûte immense :
Elle y prendra l'accent du belliqueux airain ;
Et les rois, effrayés par sa corde sonore,
Du vieux *Chant du Départ* croiront entendre encore
    Tonner le terrible refrain !

Ce ïambique message n'effraya point M. Boulay-Paty, qui me répondit par la lettre si flatteuse suivante :

« Monsieur ,

» J'attendais le départ de Thévenot pour répondre à votre » aimable envoi. Je vous remercie beaucoup de la pièce chaleu- » reuse que vous m'avez adressée ; de votre cœur elle est arrivée » au mien.

» J'ai lu et relu votre dithyrambe sur l'Arc de triomphe de » l'Étoile ; ce sont de beaux vers, pleins de verve; ils me donnent » de la fierté du prix que j'ai obtenu.

» Croyez que je sympathiserai toujours de loin avec vos inspi- » rations. Recevez l'assurance de mon dévouement.

» Ev. BOULAY-PATY. »

En demandant compte de ses promesses à la Révolution de Juillet, l'ombre de Manuel que je faisais apparaître au banquet de Laffitte , devait placer la Pologne en tête de son programme extérieur. A votre appel , dit-il aux patriotes assis à ce banquet ,

A votre appel , Varsovie a, sans doute,
D'un joug sanglant dispersé les éclats ,
Et de Tilsitt , l'aigle prenant la route ,
A d'un regard fait pâlir Nicolas ?

Pologne infortunée ! elle était alors clouée en son cercueil ; *l'ordre régnait à Varsovie !* Et c'était pour nous qu'elle avait succombé, en même temps que pour son indépendance ; notre premier rempart avait été la poitrine des braves Polonais tombés à Ostrolenka et à Grochow, sous les balles et les baïonnettes des Russes, en marche contre la France.

Qui ne se rappelle le douloureux retentissement de ce dernier soupir de la liberté polonaise ! Était-elle donc éternellement condamnée à toutes les horreurs de l'esclavage, cette héroïque martyre ? La poésie essaya de verser quelque baume sur tant de blessures ; Béranger, fidèle à toutes les saintes causes, lui consacra de chaleureuses strophes, mais il ne se tint pas à la hauteur d'un tel sujet, lui qui, d'ordinaire, les dominait tous de sa verve patriotique et de sa haute raison.

Une seule voix fit alors retentir dans tous les cœurs un cantique d'amour et d'espérance ; l'abbé de Lamennais chanta dignement cette noble Pologne au tombeau. Quelle simplicité biblique, quel souffle religieux, quel sentiment chrétien règne dans cette admirable ode en prose ! Avec quelle nouvelleté de forme, Lamennais console, dans un style oriental, cette pauvre Pologne ensevelie toute vivante ; avec quelle résignation il la berce, comme un enfant chéri, dans la tombe, et lui montre à l'horizon la foi tendant les bras à la liberté ! Certes l'hymne de Lamennais est par lui-même assez brillant d'éclat poétique pour n'avoir point besoin du secours des vers. Cependant je l'ai revêtu de la robe rythmée, j'ai donné à ce chant la forme d'une cantate.

J'en avais été prié par de pauvres réfugiés polonais , qui charmés de ce petit poème , si pieux interprète de leurs douleurs et de leurs espérances , voulaient le faire mettre en musique par un de leurs amis, habile compositeur. Ils avaient l'intention d'en faire un chant national , comme celui de Dombrowski, et de le chanter en chœur. Voici donc l'imitation que je fis alors de l'œuvre de Lamennais :

HYMNE A LA POLOGNE.

IMITÉ DE LAMENNAIS.

Dors , ô ma Pologne chérie !
— Dans ce qu'ils nomment ton tombeau
Repose en paix , chère patrie ;
Je sais , moi , que c'est ton berceau.

Lorsque de tous trahie , ô vaillante noblesse ,
Tu sentis se glacer ton front cicatrisé ;
Que tes genoux , tremblants d'héroïque faiblesse ,
Fléchirent sous ton corps , de sang tout épuisé ;
Ils jetèrent alors un cri sourd et sauvage ,
Hurlant tous à l'aspect d'un semblable festin ,
Comme on voit la hyène , accourant au carnage ,
Au pâle voyageur jetter son cri lointain.

Dors , ô ma Pologne chérie !
— Dans ce qu'ils nomment ton tombeau
Repose en paix , chère patrie ;
Je sais , moi , que c'est ton berceau.

22

Tel que ces chevaliers qui , sous leur blanche armure ,
Sommeillent étendus sur un froid monument ,
Le géant était là , gisant sans sépulture
Sur le sol paternel , de son meurtre fumant ;
Ils jetèrent sur lui , du bout de leur épée ,
Un peu de cette terre encor toute trempée
D'un sang qu'avaient tari tant d'efforts superflus ,
Puis dirent : le maudit ne s'éveillera plus.

> Dors , ô ma Pologne chérie !
> — Dans ce qu'ils nomment ton tombeau
> Repose en paix , chère patrie ;
> Je sais , moi , que c'est ton berceau.

Tes enfants dispersés ont porté dans le monde
De merveilleux récits de gloire et de combats.
Ils allaient , racontant comment ton noble bras
D'indignes oppresseurs brisa le joug immonde ;
Comment tu t'élanças , tel que l'ange envolé ,
Aux ordres du Seigneur qui l'arme de son glaive
Pour terrasser le front qui contre lui se lève ;
Et le cœur des tyrans à ta voix s'est troublé.

> Dors , ô ma Pologne chérie !
> — Dans ce qu'ils nomment ton tombeau
> Repose en paix , chère patrie ;
> Je sais , moi , que c'est ton berceau.

Puis , quand ils eurent dit les spectacles sublimes
Qu'avant de se fermer virent passer tes yeux ;
Les hommes indomptés s'offrant tous pour victimes ;
Les prêtres succombant , l'œil tourné vers les cieux ,

Les frères et les sœurs , orgueil de ton histoire ,
Voulant mourir pour toi mais non dégénérer ;
Les peuples eurent tous honte de tant de gloire....
Et , le front abattu , se prirent à pleurer.

Dors , ô ma Pologne chérie !
— Dans ce qu'ils nomment ton tombeau
Repose en paix , chère patrie ;
Je sais , moi , que c'est ton berceau.

Hélas ! tant de travaux , tant de pieux courage
Pour toi sont-ils perdus , ô terre de douleurs ?
Tes fils n'ont-ils semé tant de sang et de pleurs
Que pour y voir germer l'éternel esclavage !
De ce pays natal que , plein d'un saint émoi ,
L'œil du pauvre exilé demande à la nature ,
Une fosse que couvre une pâle verdure ,
Est-ce tout ce qui reste ? ô Dieu , dites-le moi !

Dors , ô ma Pologne chérie !
— Dans ce qu'ils nomment ton tombeau
Repose en paix , chère patrie ;
Je sais , moi , que c'est ton berceau.

Les lâches , en tremblant , ont désarmé les braves ,
Pour mieux les égorger surpris dans leur repos ;
Ils ont meurtri leurs mains sous d'ignobles entraves ,
Et le fouet les chassa comme de vils troupeaux :
Femmes , enfants , vieillards , tout effrayait le crime ;
Et , tandis qu'aux déserts la terre ouvrait ses flancs
Pour engloutir la gloire en son béant abîme ,
Les temples s'écroulaient sur les autels sanglants.

Dors , ô ma Pologne chérie !
    — Dans ce qu'ils nomment ton tombeau
Repose en paix , chère patrie ;
Je sais , moi , que c'est ton berceau.

— Que voyez-vous là-haut passer sur cette plaine ?
— C'est l'oiseau voyageur qu'appelle un ciel plus doux.
— Dans ces vastes forêts , dites , qu'entendez-vous ?
— Le murmure des vents et leur plaintive haleine.
— Ne voyez-vous plus rien ? — J'aperçois une croix ;
Elle attend le soleil , vers l'Orient tournée ,
Et quand l'ombre du soir vient clore la journée ,
Autour d'elle , on entend d'harmonieuses voix.

Dors , ô ma Pologne chérie !
    — Dans ce qu'ils nomment ton tombeau
Repose en paix , chère patrie ;
Je sais , moi , que c'est ton berceau.

Regardez ! sur son front , pâle encor du martyre ,
Règne la confiance , impérissable espoir ;
Voilà que sur sa bouche erre un léger sourire :
Serait-ce un songe vain ce qu'elle vient de voir !
— Non , la Vierge divine est d'en haut descendue ,
Elle pose une main sur son cœur agité ,
Et lui montre , de l'autre , en écartant la nue ,
La Foi , qui vers Praga conduit la liberté.

Dors , ô ma Pologne chérie ,
    — Dans ce qu'ils nomment ton tombeau
Repose en paix , chère patrie ;
Je sais , moi , que c'est ton berceau.

Là se terminait l'hymne de l'abbé Lamennais ; pour compléter l'image, je voulus, avec témérité sans doute, y ajouter une dernière strophe.

Je l'écrivais, il y a trente ans, à pareille époque, au moment où le Christianisme s'apprête à célébrer le saint anniversaire des sept jours qui, sur le Golgotha, virent se consommer le divin sacrifice.

Hélas ! comme le sublime martyr, la Pologne a eu sa Passion. Depuis quatre-vingts ans, elle est clouée sur le Calvaire ; elle y saigne toujours par les quatre plaies du partage ; ses lèvres brûlantes ont épuisé le fiel ; et aujourd'hui, à la honte de l'Europe chrétienne, qui, impassible, assiste à ce meurtre odieux, c'est la civilisation moscovite qui, pour achever la victime, par la main sauvage d'un Tartare, lui porte au flanc le dernier coup de lance !

Ah ! tant qu'il restera une goutte de sang dans sa veine héroïque, la captive s'indignera sous le fer homicide : pauvre Pologne, tu te débattras pour revivre !

Il gisait, comme toi, sous la pierre, immobile,
Celui qu'en s'inclinant, invoquent tes drapeaux ;
La garde de César, satellite inutile,
Avait cru voir la mort dans trois jours de repos.
Elle dormait : soudain vient de trembler la terre ;
De la tombe brisée un blanc fantôme a fui,
Et l'homme, renaissant par un sacré mystère,
Sur ses maîtres d'hier en Dieu plane aujourd'hui !

Dors , vaillante sœur de la France !
— Dans ce qu'ils nomment ton tombeau
Dieu près de toi mit l'Espérance ;....
L'Espérance , c'est un berceau !

———

ÉPILOGUE.

—

Il y a deux ans, d'horribles massacres épouvantaient encore l'Europe chrétienne ; le sang coulait sous le poignard de nouveaux fanatiques, et la France en était à regretter le rappel de la division qui, en Syrie, avait tenu en respect les égorgeurs de Damas.

La question orientale se dressait, menaçante, pour la vingtième fois, et l'on se demandait enfin jusques à quand l'apathie des diplomates laisserait retomber sur leurs congrès impuissants ce sanglant rocher de Sisyphe.

Les cabinets étaient loin de marcher d'accord sur cette arène brûlante, le but n'était point identique ; des complications graves pouvaient survenir et menacer la paix générale.

Je vis là un sujet à traiter ; je m'inspirai de la fierté nationale
plutôt que des exigences et des subtilités diplomatiques ;
puis, planant en poète sur cet Orient, tout plein encore des
souvenirs de la gloire française, je fis un glaive du vieil
adage: *Gesta Dei per Francos,* et je tranchai ainsi le nœud
gordien ; je résolus la question d'Orient à vol d'oiseau, en
traversant, sur mes strophes, la Méditerranée dans toute
son étendue.

La question grecque actuelle n'avait point encore surgi
près de celle de la Turquie, aujourd'hui définitivement
tombée dans le marasme précurseur de la dissolution. En
planant sur l'Archipel hellénique, je ne vis que la gloire
antique de la Grèce, s'illuminant d'un rayon de celle des
dignes fils des Thémistocle et des Miltiade dont j'ai, dans
mon premier livre, chanté l'héroïque réveil d'il y a quarante ans.

Nous n'avions point encore eu sous les yeux cet humilant
spectacle d'un peuple abdiquant sa souveraineté et la laissant
vendre à l'encan ; consentant à devenir le gros lot d'une
loterie royale, dans laquelle, pour première mise, les
joueurs sont tenus d'apporter le schisme en échange de leurs
billets. Le mercantilisme, qui depuis quarante ans a partout
dans les cœurs, desséché tant de fleurs généreuses, de
son haleine glacée a soufflé jusque sur Athènes et Salanime.
La peur de la moindre secousse pouvant ébranler l'édifice
gouvernemental, a, là comme ailleurs, gradué le patrio-

tisme et fait imaginer un thermomètre politique à chaque division duquel correspond une classification de l'opinion publique. La théorie a détrôné toute spontanéité du cœur ; dans Athènes, Démosthènes s'est aujourd'hui fait Réac, et accroupie à la Turque dans un bazar, sur quelque chapiteau mutilé arraché du Parthénon, Pallas est doctrinaire.

Ce n'est point à cette Grèce là que va s'adresser ma muse voyageuse, c'est à celle de Marcos Botzaris.

Toujours jaloux de voir la France tenir dans le monde le rang qui lui appartient, je l'ai toujours aussi rêvée assez grande et assez forte pour que ce qui gémit sous l'oppression tourne vers elle des regards confiants.

Mais où réside enfin, après tant et de si laborieuses expériences, le secret de cette suprématie grandiose ? Dans l'amour de la patrie, *chère à tout cœur bien né,* a dit Voltaire ; la définition est incomplète. Si le patriotisme est l'âme d'un peuple, quelle est l'âme de ce patriotisme lui-même ? Dans les sociétés modernes, ce doit être le Christianisme.

C'est une thèse admirablement développée par le P. Félix dans un discours prononcé devant un auditoire polonais, à l'occasion du service annuel pour les émigrés morts sur la terre française. Et par ce mot patriotisme, il n'entend point ce cosmopolitisme humanitaire s'affranchissant de tout sentiment religieux ; non, il entend l'amour du sol natal, où reposent, bénis, les ossemements paternels, où vivent toutes nos affections.

« Comme le soleil fait germer toutes les plantes dans le lieu
» où les a semées la Providence, et les attire à lui, tout en les
» enracinant dans leur terre natale; ainsi le Christ, vrai soleil des
» âmes, embrasse et attire toutes les nations, mais sans les
» arracher à la terre qui a porté leur berceau et a produit toutes
» leurs gloires. »

La Foi et la Liberté, se tendant une main fraternelle sur l'autel de la patrie, tel est l'emblême de toute grandeur nationale; tel est le sentiment dont je me suis inspiré dans le petit poème qui sert d'épilogue à ce volume, où j'ai si souvent, moi-même, fait retentir ces deux mots en parlant de notre France, si chère à tous.

Cela dit, qu'il me soit permis de faire au lecteur la réponse de Virgile enfant à son père, le sermonnant pour son invincible entraînement vers la poésie :

Displicui, nunquam versificabo, pater.

Je t'ai déplu, lecteur; abjurant mon travers,
Je ne veux désormais plus écrire un seul vers.

. . . .

Quoi qu'il en soit, viens, c'est vers l'Orient
Que je t'emmène. — Hélas! sur la Syrie
Plane toujours un nuage effrayant,
Où, précurseur d'une autre boucherie,
L'éclair qui luit serpente en jets de sang;

Où sur des fronts marqués pour la tuerie
Comme une faulx apparaît le Croissant.

Du vieux Liban , franchissons donc la cîme ,
De là s'embrasse un horizon sublime ;
Viens ; des lieux saints jusqu'aux bords paternels
Suivons des preux la guerrière épopée ;
Pour leurs enfants , voulant demeurer tels ,
Un souvenir vaut parfois une épée.
Sur cette mer dont les flots éternels
Ont si souvent vu passer notre gloire ,
Comme un flambeau faisons planer l'histoire ;
O France , alors , mille points lumineux
Peuplant soudain cette mer étoilée ,
Feront parler ta grandeur rappelée ,
Et vont doubler la coupole des cieux !

* *
*

DE BEYROUTH A MARSEILLE.

Gesta Déi per Francos.

I

Oh ! France , que ton glaive ou terrasse ou protège ,
Toujours l'humanité sera de ton cortège.

Dans le port de Beyrouth la foule , en se croisant ,
Animait sous ses pas le quai retentissant ;
Tout s'empressait de fuir ; la voix de la patrie
De loin parle aux chrétiens que lui rend la Syrie.

Ici la voile s'ouvre au docile aquilon ;
Là , brûlant de tracer son double et blanc sillon ,
La vapeur en grondant s'indigne du mystère ;
Au jour avec fracas elle s'ouvre un cratère ,
Et chasse loin du bord le rapide coureur
Qui volcan , alcyon , merveilleux voyageur ,
Bat les flots de son aile , et bravant la tempête ,
Fuit les pieds dans l'écume , avec l'aigrette en tête.

On accourt , chacun sait qu'en un jour de danger ,
Sous l'aile de notre aigle il n'est plus d'étranger ,
Et l'on eût dit qu'alors la rive syrienne
Se mirait dans les flots de l'Europe chrétienne.

Debout sur le tillac d'un brick aux trois couleurs
Deux fugitifs jetaient des yeux voilés de pleurs ,
L'un aux bords où l'attend sa Marseille chérie ,
L'autre aux pics du Liban , quarante ans sa patrie ;
L'un jeune , l'autre vieux. — Le premier , cœur ardent ,
Poète , était venu , loin du pâle Occident ,
Au foyer où d'un Dieu la grandeur se reflète
Dorer de chauds rayons sa mondaine palette ;
Le second , pauvre prêtre , au sommet du Carmel ,
Obscur , avait offert ses jours à l'Éternel ;
Et tous deux rapprochés , fuyant même carnage ,
En frères revenaient du saint pélerinnage.

Le brick fendait les flots : le rivage mouvant
Au regard qui le suit semblait fuir sous le vent ;
Les monts s'aplanissaient , et leur chaîne affaissée
N'allait plus se montrer qu'aux yeux de la pensée.

— Adieu , disait le prêtre , ô Terre Sainte , adieu ,
Toi le berceau du monde et la tombe d'un Dieu ;
Il faut partir ! la haine , en ses plans enhardie ,
A sur ton sol sacré promené l'incendie ,
Et les Druses , horreur ! séides du Croissant ,
Étaient là pour l'éteindre avec des flots de sang !
Peuple , troupeau chrétien qu'on fait changer de maître ,
De ta cendre biblique ah ! puisses-tu renaître !

— Adieu Jérusalem , adieu Ptolémaïs ,
Remparts que du nom d'Acre a souillés l'osmanlis ,
S'écriait le poète. Ah ! pour fleurir encore
La gloire n'est donc plus qu'un mot vide et sonore ,
Et tous vos souvenirs sont donc ensevelis !

    Ne sens-tu pas , pauvre Solime ,
    Sous les pas de maîtres impurs ,
    Frémir la poussière sublime
    Des héros couchés sous tes murs ?

    Sur le front de la Palestine
Ils croyaient , pour toujours posant la croix latine ,
    La donner pour reine au Croissant :
Pour te rendre l'éclat de ta pourpre tombée ,
    N'est-il donc plus de Machabée
    Prêt à la teindre de son sang !

C'est toi , Ptolémaïs , qui l'arrêtas naguère ,
Alors que des chrétiens voulant briser les fers ,
Nos soldats , sur ta brèche accoururent , du Caire ,
Tomber , tout glorieux de ce noble revers.

De Mahomet, hélas ! tu restas tributaire ;
Mais songe qu'à la France il reste un cimeterre,
Syrie, humble vassale au gré de tout traité.
Nos bataillons enfin, si ton droit y succombe,
Viendront, nouveaux Croisés, délivrer dans la tombe
   Et le Christ et la Liberté !

— Et le brick emporté par la brise volage
Vers un autre horizon allongeait son sillage.

II

L'Égypte apparaissait : le vieillard attentif
De loin montrait Damiette au jeune homme pensif.

Là, mon fils, pour briser le joug de l'infidèle,
Saint Louis, de la foi fit briller l'étincelle ;
C'est du vieux nom Français là qu'il fonda l'honneur :
Comme roi, de respects ici-bas tout l'entoure,
Et là haut, sur son front la palme de Massoure
   Fleurit en face du Seigneur.

Le poète écoutait, quand son regard avide
Vit poindre à l'horizon la triple Pyramide.
   — Là, mon père, nos grenadiers
Combattirent aussi sous une autre Oriflamme !
Voyez sur ce granit leur ombre qui réclame
   Son rang près des vieux chevaliers.
Comme eux, ils ont du Nil fait respecter leur glaive,
Et fécond rejeton, le nom français s'élève
   A l'ombre de ces deux lauriers.

Si l'Égypte aujourd'hui voit dans Alexandrie
Couler à flots dorés l'opulente industrie :
Au foyer du progrès venant tremper ses fils ,
Si , pour devenir sœur de notre jeune Europe ,
Elle veut en jeter la riante enveloppe
   Sur les ossements de Memphis ;
C'est que d'un saint transport la France possédée ,
De son ère nouvelle y vint planter l'idée ;
C'est qu'au choc d'un drapeau de sang français trempé ,
Sur son axe ébranlé l'Égypte vibre encore ,
   Comme longtemps , l'airain sonore
Résonne , et se souvient du fer qui l'a frappé !

Terre des Pharaons , profite de nos veilles ;
Que chez toi tous les arts importent leurs merveilles ;
La vapeur et le fer, voilà le rameau d'or !
   Pour gagner la terre promise ,
A la voix de Lesseps , frappe , comme Moïse ,
Le rocher où , captif, le flot s'indigne encor ;
Marie ainsi deux mers à l'hymen toutes prêtes ,
Et , des bords de Suez , sur son cap des tempêtes
   Détrône enfin Adamastor !

— Et le brick emporté par la brise volage
Vers un autre horizon allongeait son sillage.

III

Les vents Ioniens dans la voile ont gémi ;
On dirait que le flot vient , encor plus ami ,
Au brick qui , pour la voir, sur sa quille se dresse ,
Jeter comme un parfum le doux nom de la Grèce.

— Salut , dit le vieillard , toi qui gardes encor
La foi dont en ton cœur saint Paul mit le trésor :
Toi dont le sang teignit , fidèle au Dieu fait homme,
Et le pal de Stamboul et les cirques de Rome ,
Ah ! vers la croix latine achève un noble essor.

    — Oui , déchue et superbe Athènes ,
    Disait le poète à son tour ,
Que sur ton front chrétien , cité de Démosthènes ,
Baptème triomphal , la gloire ait son retour.
Du haut du Parthénon , jadis flambeau du monde ,
Rallie à toi tes fils ; fais une nation
De tout Grec qui gémit , par quelque vente immonde
    Sujet du Turc ou d'Albion.
Puis , si le Turc menace ; en avant ! feu !... combats !
    Ressuscité , relève-toi Lazare !
A la France qui sut t'affranchir du barbare
    Comme à ta mère tends les bras.

C'est elle , loin des bords que l'Hymette domine ,
Qui seule te vengeant d'un honteux abandon ,
Portant de Navarin le terrible brandon ,
Après sa large part d'une autre Salamine
Vint menacer Stamboul d'un autre Marathon !

— Et le brick emporté par la brise volage
Vers un autre horizon allongeait son sillage.

IV

La côte barbaresque aux sinueux contours ,
Dans un vague lointain a serpenté deux jours ;

Tunis était doublé ; comme une autre patrie
Le brick a d'un hurra salué l'Algérie.

— Oh ! providence ! dit en soupirant tout bas
L'exilé du Carmel ; dans ses derniers combats
L'enfant de saint Louis , fils aîné de l'Église ,
Ici plantait les lys sur la terre conquise ,
Hélas ! et dans Paris , le peuple déchaîné ,
Arrachant ce fleuron d'un front découronné ,
De son royal proscrit signait l'arrêt sévère ,
Et le faisait passer du triomphe au Calvaire...
Terre , aujourd'hui chrétienne et maîtresse de toi ,
Reste du moins française et fais fleurir ta foi.

— Oh ! généreux soldats , s'écriait le poète ,
L'âme pleine de joie et les yeux pleins d'éclairs ,
Vous qui depuis Bouvine , au cri de la trompette ,
Portez le même cœur sous vingt drapeaux divers ;
Oui vous l'attacherez de votre forte épée
Ce joyau glorieux aux reflets éclatans ;
La France , dans Alger de votre sang trempée ,
Est fière de porter cette perle , échappée
      De la couronne des Sultans !

      Courage , belle colonie ,
Tu portes dans tes flancs un avenir meilleur ,
Courage ! Dieu voulut , sur la terre punie ,
Que tout enfantement se fît avec douleur.
      Mais pour vous tout devient possible ,
Vous que cinq fois l'Atlas vit planer sous des cieux
      Où de Rome l'Aigle invincible
Avait craint d'égarer son vol audacieux !
              23

On dit qu'à ce moment un sillon de lumière
Se courbant de l'Atlas aux rives du Jourdain,
Communiqua l'éclair de bannière à bannière,
Et que des vieux Croisés l'Oriflamme guerrière
Sur le tombeau du Christ se ralluma soudain :
On dit que les Français, dont la tombe héroïque
A, du Nil au Cédron, jalonné le chemin ;
Morts pour la Monarchie ou pour la République,
Sous cet arc triomphal, dressé sur leur relique,
Ivres du même orgueil, se tendirent la main !

— Et le brick emporté par la brise volage
Cinglait, en pleine mer allongeant son sillage.

V

La Corse au loin surgit. — Un orgueilleux transport
Éclate au souvenir du Dieu né sur ce bord.

Italie ! Italie ! à toi, reine, sacrée
  Par la gloire et par le malheur ;
A toi, Napoléon ; de la nue azurée
  Protège-la, vieil Empereur.
Non, la foudre n'a point desséché de son aile
Le laurier d'où tomba ta couronne éternelle
  Et d'Arcole et de Marengo ;
Aux bords du Mincio puisqu'il verdit encore.
Parle, et que l'unité réponde, écho sonore,
  Au canon de Solferino !

Connais-tu dans ton orbe, ô Méditerranée,
  De Chypre jusqu'à Gibraltar,

Un seul lieu qui n'ait vu sa rive illuminée
      D'un reflet de notre étendard ?
Sur la brise des mers c'est cet éclair qui vole ;
      Et comme sous les feux du jour ,
La Méditerranée , en immense auréole ,
Voit de nos trois couleurs resplendir son contour.

— Et le brick emporté par la brise volage
Vers la douce Provence allongeait son sillage.

VI

Marseille ! a dit bientôt la vigie. — A ce cri,
Chacun à l'horizon jette un œil attendri.
C'est elle , la voilà ! — Mon fils , dit le vieux prêtre ,
Écoutez-moi. Là haut voyez-vous apparaître
Cette modeste croix , planant sur la cité
Du sommet de ce roc où , dans sa piété ,
Le marin dont l'esquif sur les flots se hasarde ,
Invoque Notre-Dame et se met sous sa garde ?
C'est ce signe éternel qui seul , croyez-le bien ,
Des peuples florissants deviendra le lien ;
Civiliser le monde était sa loi première ,
Et c'est toujours du ciel que vient toute lumière.

— Eh ! bien , dit le poète , à toi , Marseille , à toi
Sur les bords Levantins d'accomplir cette loi.
Cours , fée irrésistible , en charmant ta conquête ,
D'une double auréole illuminer ta tête ;

Oui , va , Circé chrétienne , aux enfants du Coran
Présenter de nos arts le breuvage enivrant :
C'est ainsi que la paix doit , fille de Phocée ,
En sceptre fraternel changer ton caducée ;
Poursuis ; que de tes mains , sur les flots aplanis ,
Par le nœud du progrès deux mondes soient unis !

Mais si quelque flotte ennemie
A tes pacifiques transports
Venait , par Gibraltar vomie ,
Montrer d'impérieux sabords ;
Appelle à ton secours , Marseille ;
Ta sœur est là , qui pour toi veille
Sous son belliqueux pavillon ;
La France alors , puissante égide ,
Sent battre son cœur intrépide
Dans la poitrine de Toulon !

Oui , Marseille , chère patrie ,
Vogue sans craindre d'oppresseur ;
Si tu règnes par l'industrie ,
Par le Trident règne ta sœur.
Sur ton lac , France , marche en reine :
Devant ta pourpre souveraine
En licteurs changeant ses vaisseaux ,
S'il faut frapper pour te complaire ,
De la puissance populaire
Toulon portera les faisceaux !

— Et le brick , doucement venant heurter la plage ,
Voit enfin , dans le port , se fermer son sillage.

VII

Les deux amis alors , en pélerins pieux ,
Dans les bras l'un de l'autre , échangent leurs adieux.
— Allez , mon fils , allez où le cœur vous appelle :
Sur vos lèvres , la gloire a voltigé bien belle ;
Digne enfant de la France , aux brises d'Orient
Vous venez de jeter votre songe riant....
Vous prouverez peut-être , ainsi qu'aux jours antiques
Où les cœurs se gonflaient de souffles prophétiques ,
Que Dieu , gardant ce don pour qui sait le bénir ,
Aux lèvres du poète a placé l'avenir !

www.ingramcontent.com/pod-product-compliance
Lightning Source LLC
Chambersburg PA
CBHW070301030726
47505CB00004B/877